左岸之光

天涯 著

宁波出版社
NINGBO PUBLISHING HOUSE

图书在版编目（CIP）数据

左岸之光 / 天涯著. — 宁波：宁波出版社，2019.3
ISBN 978-7-5526-3506-5

Ⅰ.①左… Ⅱ.①天… Ⅲ.①长篇小说－中国－当代 Ⅳ.① I247.5

中国版本图书馆 CIP 数据核字（2019）第 056745 号

左岸之光

著　　者	天　涯
责任编辑	徐　飞
责任校对	虞姬颖
封面设计	金字斋
出版发行	宁波出版社
地址邮编	宁波市甬江大道 1 号宁波书城 8 号楼 6 楼　315040
印　　刷	宁波白云印刷有限公司
印　　张	21.75
开　　本	710 毫米 ×1000 毫米　1/16
字　　数	244 千
版　　次	2019 年 3 月第 1 版
印　　次	2019 年 3 月第 1 次印刷
标准书号	ISBN 978-7-5526-3506-5
定　　价	49.80 元

宁波出版社版权所有，侵权必究。如发现缺页或者倒装，影响阅读，请与出版社联系，电话：0574-87248279。

这是一个奇异的梦境。

林之光梦见自己走进一片茂密的丛林,一棵又一棵郁郁葱葱的树,高大、紧密,整齐地列着队。树与树中间有一条很狭窄的小道,看不到尽头,似乎伸向了幽秘的深处。

这是哪里?林之光的心里充满了疑惑。

有一股神秘的力量在吸引着他,让他不由自主地沿着小道朝前走去。薄雾萦绕,林之光感觉到雾气拂过脸颊时的清凉和湿润。那雾气蒙住了他的眼睛,让他看不清方向。他取下眼镜,想擦一擦,一时又找不到可以擦的东西,只好用指腹轻轻划过镜面。

前方,隐约有光。

林之光精神一振,不由加快了脚步。突然,树林不见了,光也消失了,他站在一个空旷的山坡上,四周寂静得只有他的心跳声。一种莫名的恐慌袭上林之光的心头,屏息凝神,他强迫自己冷静下来。环顾四周,忽看到前方出现了一座城堡,有着童话的色彩。有城堡,一定有人,林之光兴奋地跑了过去。到城堡门口,他惊讶地发现这座城堡的城墙居然是由一本又一本厚厚的精装书砌成。而城堡的门,分明就是一本打开的书。

林之光是极爱书的，看到书被当成砖，砌成了墙，这么被糟蹋，非常生气，甚至还有几分愤怒。他想，就算你再有钱，也不该这样对待书啊！他一定要找城堡的主人，问一个为什么。边想边去推城门，手指还没有触到，门自动打开了。林之光微微一怔，朝城内观望，黑灯瞎火的，看不清楚究竟是什么状况。

有什么可怕的？难不成里面有什么怪物会吃了我？林之光哼了一声，他虽不是那种高大、勇猛的男人，但内心还是有万丈豪情。低下头，几本竖起的书做成了门槛，他看到书脊上还印有金色的英文字母。让他意外的是，地上的路，竟然也是由一本本书铺设而成。

这究竟怎么回事？林之光跨过门槛，走了进去。

城门，又悄无声息地合上了。

"啪"的一声，林之光听到身后传来清脆的落锁声，暗叫不好，猛地回头，背后的一堵书墙毫无征兆地朝他倒了下来。

林之光一激灵，梦醒了。

睁开眼睛，林之光才发现自己躺在沙发上，胸口还趴着一本翻开的《追忆似水年华（上）》，这是法国作家马塞尔·普鲁斯特的作品。二十多年前他在书店推过这套书，自己也留了一套，却从没有认认真真读过。今天难得在家休息，吃好午饭，妻子和女儿都不在家，他一个人闲着没事，就随手从书架上抽了这本书出来，发现纸张都变了颜色，像深宫里的怨妇，很是落寞。林之光产生一种莫名的歉意，觉得特对不起这位作家，暗下决心一定要抽时间把这套书读完。

谁知道没看几页就迷糊过去，还做了这么一个奇怪的白日梦，不可思议。林之光把书放在一边坐了起来，回味刚才的梦境，如此清晰，好像跟真的一样。也许，这是对他事业的一个注解吧！而他就是那座城堡的主人。

手机响了,一个爽朗的声音传了过来,之光哥,我已经到堇江茶室,你过来没有?

林之光猛然想起下午还有一个约会,瞧这记性,都给搞忘了,连忙说,大军,我马上出发,你先坐会儿。

收起手机,林之光直奔车库。车子开出小区,他看到道路两旁的树叶已开始斑斓。一年四季,他最喜欢秋天,那是丰盈与收获的象征。想到刚才的电话,林之光的嘴角浮起了笑意,或许午后的这个梦还有另一层意思,暗示他的左岸之光书店要重新出发了。

1

* * * *

"铛",一记厚重的钟声,从明州地标性建筑鼓楼上传了过来,散发出悠远的回音。

一只神奇的手对时间这盘磁带进行了快速倒带,"咔嚓"一声,定格在风起云涌的80年代中期。

身材瘦高,戴着一副近视眼镜的林之光背着书包走出明州中学大门。作为一名高三学生,他眼下最重要的事是考大学。当别的同学在紧张复习功课时,他还时不时要偷看几本闲书。今天是星期五,他想去母亲李小梅工作的新华书店看看,不知道最近又到了什么新书。

学校离市新华书店不远,穿过一街一巷就到了。林之光很喜欢走这条路,特别是夏天,狭窄的马路两边是枝繁叶茂的梧桐树,被遮挡的阳光变成了碎片,洒在马路上。走在树荫下,感觉特别地凉爽。巷子两边是参差不齐的老房子,有平房,也有两层楼的,木结构和砖瓦混搭。临街的两层楼住户,有的自住,有的出租。这些灰扑扑的房子,只有下过雨或雪后,才会变成一幅画。黑瓦白墙,有种说不出的静谧意韵。

林之光走进书店的大门,看到母亲正站在柜台边忙碌,就上前叫了一声妈,两只眼睛朝柜台里瞧。小时候,他最喜欢跟母亲到书店来,眼巴巴望着玻璃柜里的小人书。组长不在的时候,母亲会偷偷从柜子里拿出一本小人书让他坐在角落里看,千叮咛,万嘱咐,让他翻的时候小心,不要搞破了,也不能折,免得留下痕迹。组长在,就没有这样的待遇。他只好在店里转来转去,碰到特别想看的,就双手扒着玻璃柜不动,冬天的时候,多盯一会儿,嘴里喷出的口气会让玻璃蒙上雾气,他就伸出小手去擦。初高中阶段,他已养成了看杂书的习惯。那时候,书不多,该看什么书,不懂,也没那么讲究,反正能抓到什么就看什么,不过他最喜欢的还是文学方面的书,特别是小说。

李小梅见儿子进来,微微点了下头,没空搭理。今天遇到一位难侍候的主,挑挑拣拣了半天,还没有决定买哪一本。顾客是个二十出头的小青年,个小,身子挺单薄的,脸上没几两肉,穿着一套宽大的蓝色工作服,工作服的口袋上印着"丰和"两个字。

几次反复上上下下取书之后,李小梅的脸色就不太好看,没好气地说,你到底要不要?

就那套《太平广记》吧!小青年犹豫了一下,似乎下了很大的决心,对李小梅说。

李小梅暗暗吃了一惊,中华书局出版的《太平广记》一套10册,价格不便宜,没想到这个人看起来貌不惊人,买起书来倒挺有气魄,不禁多打量了对方一眼。

一共15元6角,你真有眼力,这套书只剩最后一套了。李小梅的脸色由阴转晴,热情地对小青年说。

小青年点点头,说好。

李小梅把票据交给小青年,见儿子伸长脖子东张西望,说你还不回家做作业去？马上要高考了，你倒是给我用点心。

林之光嬉皮笑脸地说，我看看有什么新书，不会耽搁做作业的。

正说着，小青年拿着收款凭证过来，交给李小梅，把那套《太平广记》又仔仔细细地检查一遍，盯着李小梅把书包扎好。林之光站在一边，很羡慕地看着，很想去翻翻。小青年感受到林之光的目光，就笑着问，你看过吗？林之光摇头，说没看过。小青年一本正经地说，我也没看过。林之光见对方没比自己大几岁，说话这么幽默，跟着笑了起来，说大哥真厉害，一出手就是一套。

李小梅见那小青年一反刚才的挑剔劲，忍不住好奇问道，小伙子，你在丰和陶瓷厂工作？小青年嗯了一声。李小梅开了一句玩笑，说买了这套书，你这个月是不是都要喝酱油汤了？小青年说，差不多。

小青年走的时候，林之光知道了他的名字叫胡杨，比他大四岁，虽然没读过大学，但特别喜欢书，逛旧书摊和书店是他的一大爱好，省吃俭用就是为了买书。林之光没想到一个工人居然这么爱看书，敬佩得不行，看胡杨的目光里又多了一份崇拜。

见胡杨小心翼翼拎着书走了，林之光转过头对母亲说，等以后我工作了，也可以随心所欲买书看。对了，妈，今天有啥好书给我也买一本。

闲书少看，又不能当饭吃。李小梅对宝贝儿子这个爱好总体还是支持的，只是马上要高考，她实在怕儿子分心。林之光信誓旦旦地保证不会影响学习，她才勉强同意。

这一天，林之光离开书店时，他的书包里多了一本苏联作家伊凡·沙米亚金写的小说《多雪的冬天》。林之光心满意足地回家去，想着晚上做好作业可以看小说，心里是按捺不住的兴奋。

拐个弯,这条街最高的一幢五层楼房子映入林之光眼帘,那是他同学沈默的家。沈家祖上是大户人家,又有多名亲戚在国外,以前因为这海外关系,沈家的日子很不好过,改革开放后就不一样了,这海外关系又成了令人眼红的香饽饽。这房子是沈默爷爷造的,后来被政府分给好几户人家住,沈默和他父母、姐姐沈伊住在一楼。每天早上去学校,好多次,他都碰到沈伊拎着马桶出来,放到门口的树下。不远处,环卫工人拉着粪便车,摇着铃铛沿街收路边马桶里的污物。也有小孩子奉命端着小便盆去公共厕所倒掉,急急穿过马路,一脸的不情愿。

走到沈默家门口,见沈默拿着一瓶酱油从隔壁副食品商店出来,打了声招呼。沈默见林之光还背着书包,就问,现在才回家?

林之光停住脚步说,我到书店去了。

沈默一听,立马来了兴趣,忙问,是不是又有什么好书?

林之光拍了拍书包,很大方地说,我看完了借给你看。

沈默说好。然后得意地告诉林之光,我爸说了,如果我这次能考上大学,他会奖励我一套《鲁迅全集》。

林之光说,这个奖励好,等我考上大学,让我妈也给我买一套。

沈默说,你最好换一套别的,这样我们可以交换着看,等于有两套书。

林之光觉得沈默的建议不错,至于买什么书,他要好好想想。

那天晚上,林之光等父母睡了才拿出《多雪的冬天》,坐在床上看了起来。怕母亲万一起来发现,他用两本练习册挡住台灯向外发散的光,只留一个朝着床头的光源。边看边默记主人公伊凡·瓦西里耶维奇·安东纽克的名字,心想外国人真麻烦,取这么长的名字,记性不好的人,估计是看了后面,忘了前面。不过说实在话,这书没有武侠小说好看,有些枯燥,林之光看着看着,眼皮就打起架来。他瞧了一眼墙上的石英钟,快11点了,连忙收起书,关灯睡觉。

  高考,大学毕业,参加工作,似乎是一瞬间的事。
  1991年一个初秋的午后,林之光和沈默站在明湖边的柳树下,聊着理想与现实的差距。
  好怀念读大学的时候,自由、充满活力,林之光的目光遥视远方,惆怅地说。那时候,他和同学们一起参加学校的各种社团,他加入的是文学社,社里经常组织辩论赛。他虽然口才不好,个性也不活跃,但每次活动他都会去,哪怕只是做个听众也是好的。
  沈默,我现在最后悔的事就是填高考志愿时,没有遵循自己的内心,听从了父母的意见,选了一个自己不喜欢的专业。林之光回过头对好朋友说,还是你好,到报社工作,也算是如愿以偿。
  是啊,读高中时,你说你的理想是当一名老师,要桃李满天下。我的理想是成为一名作家。结果你大学读了个无机非金属材料专业,也太听你父母的话了,现在后悔了吧?还要去车间干体力活吗?穿着牛仔裤、白衬衣,戴着金边眼镜的沈默弯腰捡起一颗小石子,朝湖面飞了出去。小石子跳跃着掠过湖面,又迅速沉了下去,有细小的波光泛起。
  林之光点了点头,说不用了,已回办公室。
  身为明州水泥厂技术员的他下放车间锻炼一年,唯一的收获就是工人大哥们对他很包容,见他是个文弱的书生,那些体力活尽量少让他干。他就躲在嘈杂又烟灰飞扬的车间角落,捧着从厂里图书馆借来的外国小说和各种文学期刊,甚至英文版的细胞生物学等书籍,如饥似渴地阅读,以消解从大学生到工人这种身份差异带来的不适。

你们报社人际关系复杂吗？我很讨厌办公室的工作环境，不讲能力，论资排辈，实在烦得很，还不如车间工人来得爽快。林之光说。作为一个有梦想的年轻人，读大学时那些激情飞扬的豪言壮语，一次次在夜深人静之际冲击着他的心灵。

沈默说，我们报社都是年轻人，氛围很好，大家都有新闻理想，工作起来很有激情。

真羡慕你，我最近在转念头，不想干这个工作，这种一眼可以望到头的人生我不喜欢。我想辞职，自己去创业。说到最后一句，林之光感到胸腔里有一股热血在奔涌。

你想辞职？准备去做什么？沈默吃了一惊，放弃安稳的国企工作下海，这个不仅仅需要勇气。按他对林之光的了解，他的性格似乎不适合做生意。

林之光很认真地说，是的，我想了很久，我喜欢书，想去开家小书店。

开书店？这个倒是适合你，李阿姨在新华书店当部门经理也有条件。沈默说，不过我觉得你父母肯定不会同意。

我现在每天在家里大谈抱负，准备找个合适的机会跟我爸妈提出来，现在主要是手上没钱，不然我就先斩后奏。林之光说。

如果你真想好了，我支持你！沈默上前拍拍林之光的肩膀说，开店钱不够就跟我说，我给你想办法。

林之光高兴地说，好，那我就更有信心了，谢谢老同学！

沈默说，我们之间就不要客气了。看了好友一眼，沈默又说，之光，你当初确实不应该读理科，读文科就好了，说不定我们还能成为同事。还记得我们读高中时文学社编的油印小报吗？我昨天还翻出来看。

林之光说,大脑少根筋,你也知道我妈这个人很强势,非要说这个专业对就业有利,就稀里糊涂报了。工作了才知道,做自己不喜欢做的事有多痛苦。你说的那些油印小报我也有保存,沈社长、沈总编,还是你幸福,爱好与工作有机结合,说不定哪一天真的当《明州日报》总编。

沈默大笑道,怎么可能?我现在编编副刊,平时在家读读书,工作上没什么压力,挺好的。你实在不喜欢,就跟你父母去说,为了你的理想,努力一把。

林之光举起拳头,说,人活着是要有理想的,我今晚就去摊牌。

沈默又丢了一颗石子到湖里,说,祝你成功!

吃过晚饭后,林之光跟父母正式提出辞职开书店的想法。正在收拾碗筷的李小梅脸一沉,很不高兴地说,你书白读了?好好的国有企业工作不干,去当个体户?你哪是做生意的料?她提高了好几个分贝的音量说。

同样感到惊讶的还有林良友。对儿子不安分的念头,他早已察觉,只是认为年轻人容易眼高手低,有些想法也属正常。现在听林之光的口气不像是开玩笑,就摆出家长的样子,语重心长地说,不要这山望着那山高,要安心做好本职工作。你这个年纪,可以考虑找对象,早点结婚,我和你妈的任务也算完成了。

林之光语气坚定地说,水泥厂的工作我真不想做,找对象结婚还太早。

李小梅的脸色越发阴沉,她说,有本事就不要问我拿钱。

林之光说,我是真的不喜欢这份工作,每天很没劲。妈,我不想一辈子待在水泥厂。当初选专业,我顺从了你们的意思。可现在我很后悔,如果当时我坚持选自己喜欢的专业,就不会有今天这个想法。

李小梅越发不高兴,她说,你在怪我们?我们还不是为了你好!

林之光说,我知道你们是为我好,可事实证明,我的人生只有我自己才能负责,你们负责不了。

李小梅说不过儿子,不由气急,林良友一看不好,连忙和稀泥,话是对妻子说的,可实际上是讲给儿子听。他说,小梅你就少说两句,年轻人今天这个想法,明天又一个想法,不要当真。自己的儿子你还不了解?他也就嘴巴说说。说完,朝林之光使了一个眼色,让他闭嘴。

林之光给父亲一个面子,就不再接这个话题,说一句吃饱了,我出去走走。转身,出了家门。

李小梅没有了对手,就把目标对准丈夫,没好气地说,都是你惯出来的毛病,脑子进水,好好的技术员不当,去当个体户,说出来让人笑掉大牙。

林良友顺着李小梅的话说,是是,都是我的错,你别生气。说完,积极主动去厨房洗碗。结婚这么多年,在强势的妻子面前,他自觉归位于"妻管严"行列,图一个清静。李小梅见他这个样子,也就不好再说什么。对自己的丈夫,李小梅虽不满他性格的软弱,事业上也毫无建树,在单位里混到头发都要白了,也没混出个什么名堂,但责任心还是有的。还有一个优点,就是听话,听她的话,这让她多少有些安慰。

下楼后,林之光径直朝平时最爱溜达的公园路走去,反正离家也不远,就二十来分钟的路程,当散步。那里有几家民营小书店,他常去光顾。

公园路是一条长约千米,充满人间烟火味的商业小街,街面不宽,青石板铺就,气息比较混乱。卖五金的旁边是粮油杂货店;做衣服的裁缝店边上是一家卖大饼油条的早餐店。面馆的隔壁,是卖花圈和念过经的黄纸、烧给去世亲人的锡箔元宝的,每次经过那店门口,就给人阴森森的压抑感。在街的尽头,还有公共浴室和小旅馆等,很热闹。

这条街还有一个特色,就是几家民营小书店夹杂在这些杂乱无章的小店之间。这些小书店的出现,打破了新华书店一统天下的格局,由于各有特色,吸引了一大批爱书人。

刚拐进公园路,林之光发现路口新开了一家青山书店。他记得这里以前是供销社的一个门面,卖锅碗瓢盆和热水瓶之类的日用小商品,一段时间没来,竟变成了书店,就走了进去,第一个反应是人好多。

一位戴着啤酒瓶底一样厚的眼镜的老先生把书举到鼻子前,好像不是在看,是在嗅。林之光见老先生头发花白,胡子拉碴,衣服也皱巴巴的,给人感觉比较邋遢,但他举着书本的神情专注得令人感动,不由多看了他一眼。一位烫着卷发的小青年,脸色苍白,看起来好像营养不良,正捧着一本汪国真的《年轻的思绪》,靠着墙,看得津津有味,额前一缕长发耷拉下来,遮住了半只眼睛,让林之光有一种上前把那头发夹到他耳朵背后的冲动。又怕被人骂多管闲事,生生地把那句提醒的话给吞了下去。更多的人则伸着脖子,悄无声息地寻找自己心仪的目标。

这时,又走进来两个女孩。一个梳了两根麻花辫,瓜子脸;另一个圆脸,剪着短发,刘海烫过,卷卷的,带几分妩媚。她们趴在柜台上,问营业员有没有港台言情小说。营业员说有,连忙从书架上拿了好几本过来放在柜面上,让她们挑。两个女孩这本翻翻,又拿那本看看,窃窃私语,似在选择。最后,圆脸女孩干脆把看中的几本都买下,和女伴一起欢欢喜喜地拎着书走了。

林之光喜欢待在书店,那是一种奇妙的踏实感,让他的心不由自主地安静下来。边上一男人见林之光的目光在书店的角角落落流连,就用一副自来熟的口气对他说,这里有些老版本的书,你若喜欢可以挑几本去,数量不多,下次还不一定能拿到货。

林之光闻听此言,回头打量对方,瘦高的个头,年纪看起来比他大一点,于是随口问,你是老板?

那男人点头,热情地说,我叫王青山,兄弟以后多照顾我生意啊!

林之光并不懂老版本的价值,但碰到喜欢的书,还是非常舍得买,赚来的工资大半花在这上面。听老板这么一说,于是就请他推荐哪些书是老版本,认真挑了起来。

最后,林之光买了中国青年出版社1956年出版的法国科幻小说家儒勒·凡尔纳三部曲的第一部《格兰特船长的儿女》、1957年出版的《神秘岛》,人民文学出版社1958年版的《林家铺子》等几本书。付好钱,正要出门,看到胡杨从外面进来,就叫了声胡哥好。

胡杨见是林之光,笑着问,你跑这里买书,你妈知道吗?

林之光说,我又不是三岁小孩。胡哥消息真灵通,是不是哪里开了新书店,你就往哪里跑?

胡杨说,当然,这里我已经来过好几次,跟我们王老板已成为朋友。转过身对王青山说,这是我小兄弟林之光,他妈妈是新华书店的。

王青山很认真地对胡杨说,你的兄弟以后就是我的兄弟。

林之光见他们这么讲,不好意思马上走,三个人就攀谈起来。林之光说,我不想上班,也想开家小书店,可惜我爸妈不同意,还要做思想工作。

王青山并不清楚林之光的情况,听他说要开书店,还以为他没工作,就说开书店挺好的,现在只要有书,销路根本不用愁。

胡杨一脸的不相信,他说,你这么好的工作,水泥厂收入高,人家想进还进不去,你要辞职,你爸妈当然不会同意。

王青山才知林之光在国企上班,觉得他所谓开书店不过是一时兴起,就说,我是不会读书,才想着做点小生意挣钱,你不一样,捧着铁饭碗。

林之光说,我就想开个小书店,有书看,还可以结交一批喜欢书的朋友,多好。

王青山暗想,这林之光真是个书呆子,以为做生意这么容易?嘴上却说,行,有需要我帮忙的地方,尽管开口。

林之光见王青山这么仗义,很感动,毕竟素昧平生,更何况大家都开书店,等于多一个竞争对手。

胡杨说,之光,你开书店,我一定来捧场。

林之光说,好。

告别王青山和胡杨,林之光拎着书回家。

夜色里,传来叶倩文《潇洒走一回》的歌声,"留一半清醒留一半醉,至少梦里有你追随／我拿青春赌明天,你用真情换此生／岁月不知人间多少的忧伤,何不潇洒走一回……"

林之光不禁跟着轻轻地哼了起来。

2

* * * *

1992年夏天,林之光心心念念的书店"左岸之光"终于开业了。就在公园路上,隔"青山书店"半条街的距离。这店名,是他和沈默一起商量后取的,在名字前面加了"左岸"两个字,代表书店的存在意义,除了物质,更多的应该是作为一种精神的载体。

为了说服父母开这家书店,林之光费了不少口舌,最后各退一步,父母借钱给他,要求他先不要辞职,若确实生意好,再考虑。林之光答应了。又听从母亲的意见,叫待业在家的表弟张勇当营业员。

开业那天是星期天,林之光和张勇两个人七点半就把店门给开了。"左岸之光"书店被分成三块区域,图书占了百分之七十五,杂志占了百分之二十,小礼品百分之五。面积虽小,但布置得很清爽。其中图书区域,又被林之光按出版社分类摆放。比如三联书店出的,整整齐齐放一个书架上,中华书局的,又放另一排。最有特色的是,林之光把封架销售改成了区域开放式销售。当时,这种销售模式,在整个明州市,只有少数书店在尝试,因为容易丢书。

时间太早,街上人还很少,别看林之光脸上很笃定的样子,心里却忐忑不安。由于地段好,这个店面每个月租金就要300元,在这条街上也是数一数二的贵,再加上人员工资等,是笔不小的开支。

成本这么高,倘若没生意,自己得在那个水泥厂待到头发白,一想到这个,他就头皮发麻,暗暗发誓,无论如何也要闯出一条路来。

正胡思乱想着,胡杨的身影出现在眼前,林之光很开心地迎了上去,说,胡哥,你来了。

胡杨玩笑道,我是不是应该说几句生意兴隆,财源滚滚来之类的话?

林之光嘿嘿一笑,他清了清嗓子,一脸严肃地说,我开书店可不是为了赚钱,而是为了精神的享受。

胡杨被林之光的正经样子逗乐了,他说,文艺青年的毛病!你不挣钱,拿什么来支付房租和人员工资?精神,必须要以物质为基础。你看我,这么多好书都想买,可我没有钱怎么办?只能过来看看,过过眼瘾也好。

林之光说,你也是文艺青年,像你这么喜欢书的人,也是很少见的。

胡杨说,我是工人阶级,喜欢书,是因为从前没书看。

见顾客三三两两进来,林之光和张勇就忙着招呼,胡杨也自顾自看起书来。对于购书,现在的他确实是心有余而力不足。但不管怎样,今天是左岸之光书店开业第一天,过来买几本捧捧场也是应该的。

胡杨走的时候,带走了精装本的美国作家汤玛斯·伍尔夫的作品《天使,望故乡》,还有一本描写美国山川风物的《春满北国》。他指着三联书店出的另外几本美国文化丛书,对林之光说,等我下个月发了工资来买。

林之光说,胡哥,《天使,望故乡》你怎么不选平装,平装便宜多了?

胡杨摇摇头说,我现在尽量买精装本、老版本,最好是成套系列的,适合收藏。以后你有好书,给我留下。

林之光说,好的,胡哥你工资不够花了。

胡杨说,工资哪够?我一直是除了上班,业余时间还想办法去赚点外快,不然哪有钱买书?修自行车、补胎都干过。

林之光说,你比我能干多了。

胡杨一笑,说能干啥,你忙你的,我走了。

林之光顾不上,说了句有空来,就忙着一边在本子上记录,一边收钱。张勇两只眼睛盯得很牢,怕稍不注意,就被人顺走书或其他东西。

儿子书店开业,李小梅在家坐立不安。林良友说,你不放心那我们就过去看看。李小梅一想也对,眼见为实,就和丈夫一起来到公园路。到了书店门口,没有进去,只是站在外面稍远的地方。林良友见顾客进进出出的,人挺多,就对妻子说,这下你可以放心了。

李小梅摇摇头说,就这么一会儿看得出什么,哪有这么容易赚钱的。

林良友看了妻子一眼说,你就爱瞎操心。

李小梅不说话,伸长脖子盯了好一阵,才跟林良友说,走走,去菜场,晚上给儿子炒两个好菜吃。林良友问,不进去?李小梅迟疑了一下说,算了,不进去了。林良友只好随了妻子,夫妻俩转道朝菜场走去。

这一天,林之光的精神始终处于亢奋状态。自己当老板,感觉就是不同,哪怕只有这么一家小小的店,也有一种当家做主的自豪感。

快吃晚饭的时候,王青山进来,他看了看店里的布局,发现确实比自己闭柜销售要新颖得多。再仔细看了书的品种,很高端,不像他,什么书都进。

不错不错,真是出手不凡啊!王青山嘴上很是赞赏,内心还是有那么一点嫉妒,不过很快就掩饰过去。

以后还要请青山兄多多指点。林之光谦虚地说。

哪里,向你学习,你是大学生,我是大老粗。王青山说。

林之光连忙说,各有各的特色。

王青山明白自己的弱项就是在选书方面,他书读得太少。作为普通工人家庭出来的孩子,他最多就看些《一双绣花鞋》《刑警队长》这类通俗小说,还有《少女之心》之类的手抄本。学习成绩不好,初中毕业就混社会,开书店纯粹是听别人说这一行能赚钱,就一头扎了进来。

这时,沈默约了三个同学过来,王青山也不便打扰太久,就告辞离开。林之光让大家随便看,若选中满意的书,打九折。几个同学都说不要,按原价。

沈默看得特别认真,几乎是一本本扫过去,转了一圈,朝林之光点头说,你大多数的书很合我胃口,少部分我不喜欢。

林之光得意地说,我喜欢的书,你肯定喜欢。你不喜欢的,别人喜欢,那是为了赚房租进的。

沈默说,理解万岁!

为了表示对林之光理想的支持,沈默一口气选了路遥的《平凡的世界》、顾城的《黑眼睛》、张贤亮的《肖尔布拉克》、王朔的《我是你爸爸》等一堆书。林之光很不好意思,说你不需要的书不要买。沈默说都需要,你开书店好,以后我要什么书,你帮我找。林之光说没问题。

天黑了,街上的店铺开始陆续打烊,几个同学也都各自带着书回家去了。林之光点了点一天的营业额,居然有500多元,非常开心。他原本想着能有个200元就算不错,没想到生意这么好。

张勇盯着营业额,两眼放光地说,阿哥,如果天天生意这么好,那不得了。

林之光拍拍表弟的肩膀说，阿勇，明天我要上班，这店就靠你了，东西卖掉别忘了记账，不然货与款要对不起来。

阿哥，我知道，你放心好了。张勇拍拍胸脯保证道。

你一个人可能会比较忙，不过上班时间我估计人不会像今天这么多。一下班，我会马上过来。林之光抬起手腕，看了一眼手表，都9点多了，说今天辛苦，回家吧！张勇说好，他家离店骑自行车需要半小时，也不算太近。

林之光回到家里，林良友和李小梅在看电视剧《梅花三弄：梅花烙》。见儿子回来，李小梅马上问，你饭吃过没有？林之光说，吃过两只包子。林良友接过话头说，你妈做了你最爱吃的红烧肉，本来以为你会回家来吃，早知道给你送过去。李小梅说，我去热下，你再吃点。又问，今天生意怎么样？

林之光一脸兴奋，他说，非常好，第一天营业额就有500多元。妈，开书店可以让精神、物质双丰收，我相信这是一个正确的选择。

林良友担心地问，阿勇一个人管得过来吗？

李小梅马上说，看来还得招一个营业员，你这书店又是开放式的，阿勇既要盯着，还要记账，根本不行。毕竟他年纪太轻，万一有个疏漏什么的，你又不好说他，店里至少得两个人。

林之光说，是的，如果像今天这么多顾客的话，根本忙不过来，记账肯定会漏下。

再找个人成本就提高了。林良友沉吟道，不过店里只有一个人也不是长久之计，人有三急，万一遇上什么事，那还得关门。

人还是要招的，就算我辞职，也需要再找一个，找个女孩子，心细一点的，能吃苦、能守店的那种。林之光说。

李小梅把热好的饭菜端上桌,叫儿子吃饭,一边说,边走边看,生意好就再找一个营业员。

这一夜,林之光做了一个很奇怪的梦。他梦见自己在不停地搬书,直到醒来,还浑身酸痛。

看来这辈子要跟书结缘。林之光心想。

经过几天的试营业,林之光发现张勇一个人确实忙不过来,于是在书店门口的小黑板上打出了招营业员的信息。要求25岁以下,女性,五官端正,能吃苦耐劳,初中以上文化程度,喜欢书,薪资面议。

林之光把面试时间定在周日,他要亲自面试。

一上午,进店来咨询的人有几个,但聊了几句,林之光总觉得不合适。有的女孩子跑过来一看,店面这么小,又要从早站到晚,工作时间这么长,马上就打起了退堂鼓。有的打扮得很另类,穿着奇装异服;有的耳朵上打着几个耳洞,涂脂抹粉的,一看就不像个能安静守店的人。林之光很干脆,直接给回绝了。

傍晚,一个身穿暗红色衬衣,黑色裤子,扎着一根马尾的年轻女孩骑着自行车经过店门口,看到小黑板上的招聘信息,她又倒了回来,停好自行车,走进来问,老板,你们需要营业员吗?

林之光闻声抬起了头,看到一张清秀的脸,皮肤略黑,泛着健康的红润,挺拔的鼻梁上有几粒淡淡的雀斑,给这张脸增添几分俏皮。眼睛不大,但很有神采。见女孩问,就点了点头说,是的。

我可以吗?女孩一脸认真地问。

介绍一下你的情况。林之光说。

我叫周洋,1973年出生,高中文化程度。我喜欢看书,想找份跟书有关的工作。女孩说完,满怀期待地盯着林之光。

当营业员很枯燥,上班时间也长,你坚持得了吗?林之光想还是把丑话说在前面比较好,不要干两天又不想做了,麻烦。

周洋点点头说,没问题,我不怕吃苦。

那行,你明天就过来上班,工资160元一个月,两周休息一天,先试用半个月,如果合适就留下来。林之光说。

真的啊,太好了,谢谢老板!周洋开心得差点跳起来。

张勇凑了上来,招个女孩子当营业员他喜欢,男女搭配,干活不累。

阿勇,明天周洋来上班,你们相互配合,好好相处。林之光又对周洋说,小周,他叫张勇,我表弟,平时店里就他负责。

张勇的目光像探照灯一样来来回回在周洋身上扫了几遍,感觉她挺可爱的,就对林之光说,阿哥,你放心好了,我们会把店管好的。

周洋见天色还早,就主动提出来说,我在店里待一会儿,看看你们是怎么做生意的。

林之光有点意外,马上表扬道,你这工作态度不错。

周洋羞涩一笑,林之光不由对她有了几分好感。他带着周洋很有耐心地告诉她书的各个分类,摆放位置,有哪些杂志,货品怎么出样等等。提醒她平时账目要清楚,店要管牢,不能让人顺手牵羊把店里的东西带走了。每个月月底要盘库,如果超出正常的损耗比例,营业员要负一定责任,承担部分损失,钱要在工资里扣。周洋很认真地听着,默默记在心里。

不知不觉,天黑了下来,周洋告辞。林之光问周洋住在哪里,周洋说在周家村。林之光一听,那地方在城乡接合部,离书店还是有一段距离的。周洋猜到林之光在想什么,说我骑自行车,方便的。

林之光说,以后你就上白班,晚上太晚了小姑娘回家不安全。

周洋很感动，没想到自己会碰到这么一个好心的老板，看他戴着一副眼镜，很斯文的样子，不像老板，倒像个老师，就连声道谢。

见周洋一口一声老板，林之光笑着说，以后不用叫我老板，这个称呼怪怪的。

那我叫你什么？周洋天真地问。

叫我林老师。林之光想了想说。

好的，林老师，那我先走了，明天早上我会准时到。周洋朝两位摆摆手，骑上那辆旧自行车，消失在夜色里。

张勇站在门口，饶有兴趣地盯着周洋远去的背影对林之光说，阿哥，这周洋看起来挺机灵的，又有礼貌，有个帮手，我就不会手忙脚乱了。

明天你观察一下，看看周洋做事情怎么样，反应快不快。林之光边说边把黑板拿进来，擦掉了上面的招聘信息，然后写上推荐书目，让张勇明天早上别忘了摆到门口去。

张勇很听话地答应，不知为何，他第一次对上班充满了期待。

周洋回到家里，母亲蒋春花正在收拾碗筷，父亲周大海坐着在抽烟。见女儿回来，蒋春花很不高兴地说，去哪里了，这么晚才回来？

爸、妈，我找到工作了，明天就去上班。周洋忽略母亲的表情，平静地说。自从得知自己高考落榜后，这些日子她一直闷闷不乐。在班上，她的成绩一向处于上游方阵，倘若不是在高考前的关键时刻得了急性肺炎给耽搁了，相信自己也不会考砸。她跟父母提出复读，明年重考，结果母亲说家里经济条件不好，供不起两个大学生，希望她早点工作挣钱，还说女孩子不用读这么多书。对母亲重男轻女的思想，周洋很无语。

什么工作？多少钱一个月？蒋春花的脸色马上转阴为晴，关心地问。心想女儿参加工作是好事，减轻家里的负担，下个月可以给在四川读大学的儿子周松多寄点生活费了。

书店营业员，工资160元一个月。周洋盛了一碗饭，坐在桌子边就着剩菜吃了起来。她家是三间平房，父母和哥哥各占一间，只有她这一间被一分为二，前半间是厨房，后半间是卧室。即使哥哥平时不在家，他的房间她还是不能去住。

周大海没啥爱好，就喜欢饭后抽一支烟。他是个普通工人，和妻子都在明州第一棉纺厂上班，收入不高。随着两个孩子都大起来，要花钱的地方越来越多。特别是周松，一年要花不少钱。而妻子总觉得儿子在外面读书很辛苦，恨不得每个月能多寄一点钱过去。对此，他很有意见，总觉得妻子太偏心。周洋成绩很好，如果再复读一年的话，肯定可以考上大学，为这事，他还跟妻子吵了一架。不过他这个女儿脾气也倔，说不读就不读，自个儿跑出去找工作。烟抽完了，周大海站起来，对周洋说，在外面不要争强好胜，手脚要勤快，对人家要和气。

周洋说，我知道。

蒋春花怕女儿参加工作后翅膀硬了，更不听她的话，就说，你以后每个月的工资还是交给妈存着，将来办嫁妆用，平时的零花钱妈给你。

周洋不悦，明白母亲真实的想法，这哪是给她存嫁妆钱？分明是让她为哥哥以后讨老婆做一份贡献。母亲对哥哥的溺爱，周洋从小就深有体会，家里有什么好吃的，哥是第一个，最后才轮到她。哥的身上从来都穿得清清爽爽，她的衣服基本上都是母亲的旧衣服改的，只有过年才有新衣服穿。记得有一次，她忍不住问母亲，自己是不是她亲生的?结果挨了一顿打。从那以后,她在心里就竖起了一堵墙,和母亲怎么也亲近不起来。这个时候,她不想和母亲争执,就嗯了一声,不再说话。

见女儿这么乖巧,蒋春花很满意,语气也变得温和起来,说晚上早点睡,明天要上班。

父母回隔壁房间去了,周洋关上门,走进自己的空间,打开台灯,在写字台前坐下来,捧一本《红楼梦》读。这是她最喜欢的一本书,只是字太小,看久了,眼睛就觉得累。没能上大学,周洋心里是满满的遗憾,现在去书店工作,既可以多看点书,补充一点知识,又能赚工资,一举两得。她一定要好好工作,珍惜这难得的机会。

看了一会儿书,周洋又从抽屉里拿出日记本,认真地把今天的经历做了个详细的记录。

加油,周洋,明天一定会更加美好!周洋写下一个大大的感叹号,嘴角浮起浅浅的笑容。

3

* * * *

这个夏天,宁县谢家村 22 岁文学青年谢大军和他的未婚妻董亚芳,带着简单的行李,怀着对未来美好生活的向往,踏上了从宁县开往明州的客车。

听着耳边嘈杂的声音,谢大军的思绪已飞出车窗,飞向远方。作为农民,他很不合格,肩不能挑,手无法提。本来还有一次读书改变命运的机会,可惜大学没考上,就这样成了农民。在村里,他是个另类,喜欢看书,还喜欢写诗。夏天坐在大树下的石凳上,别人在抽烟闲聊,他满脑子都是天马行空的想法。去城市,那里会有更多的机会。他的目光越过一望无际的田野,这个念头变成一粒火苗,点燃了他内心的渴望。

大军,你说我们到城里后找个什么样的工作?一路上,董亚芳的头一直靠在谢大军瘦削的肩膀上,让他感到从未有过的沉重压力。董亚芳与他是同村加同学,两个人是自由恋爱。

我也不知道,到了再看吧,总会有适合我们的事情做。谢大军说。其实他心里也没有底,只有走一步看一步。

客车到达明州长途汽车站,已是傍晚时分,太阳还没有落山。谢大军带着董亚芳在主街背后找了家名叫阿福的小旅社,放好那两只廉价的皮箱,就出去找吃的。

对城里的一切,两个年轻人都感觉很新鲜。平时,最多也就去一趟宁县县城,只是那偏僻之地的县城,破旧、落后,没什么吸引人的地方。前面出现一条小巷子,巷口上挂着一个招牌,用红漆简单粗暴地写着"金店"两字。谢大军不由想起过年前和父亲一起来明州买四件套金首饰作聘礼的情景。那天,买好金首饰,父亲谢刚坚决不去小饭馆吃饭,拉着他在路边摊吃了一碗面条。为了给他娶媳妇,父母省吃俭用,差不多把家底都掏空了。舍不得去住旅馆,父子俩花两元钱,在通宵的录像厅里待了一夜。怕遇到小偷,父亲一夜未合眼,他也不敢有丝毫大意,把金首饰藏在贴身的衣服口袋里。幸好那些录像片还挺精彩的,他们又是第一次看,倒不觉得困,只是里面空气太混浊,待久了,头有些晕。好不容易熬到天亮,两个人坐早班车回家。订婚的时候,这些金首饰作为谢家给董家的聘礼,交到了董亚芳手上。

董亚芳也看到了,她问谢大军,上次金首饰是在这里买的?

谢大军摇头说,在福临门珠宝行买的。

董亚芳哦了一声,就不再说话。她知道,谢大军家经济条件一般,这聘礼在当地算是重了,让她很有面子。这么一想,身体就很自然地黏在谢大军身上,紧紧挽住他的手臂。谢大军感觉到了,心头一热,有点迫不及待想回小旅馆。

进城前,按董亚芳父母董生康和邵招弟的意思,既然要一起进城打工,干脆先把结婚证领了,这样住在一起名正言顺。邵招弟想着这中途万一有什么变化,终归是女孩子吃亏。当然,这话她没有说出来。不过谢大军和董亚芳都不想这么早结婚,觉得自己还太年轻。现在结婚,万一有了孩子,就哪里也去不了了。见两个年轻人都没这意思,当父母的也不好强迫,只好作罢。

为了节约钱,两个人在路边小摊各吃了一碗馄饨,旁边是录像厅,墙壁的黑板上写着《赌神》等片名。谢大军见董亚芳的目光在黑板上逗留,就问她是不是想看?董亚芳摇头,说今天算了,有点累。谢大军说,那我们回去休息。

穿过纳凉的人群,来到阿福旅社。这里条件很简陋,没洗澡的地方,不过旁边是公共浴室,想洗也方便。

等一切都收拾干净,回到房间,时候已不早了。虽然在家时,两个年轻人已偷尝过禁果,但拥有一个完整的夜晚还是第一次。小旅馆的床很小,谢大军在董亚芳耳边低声说,小点好,晚上正好可以让我抱着你睡。

董亚芳把脸埋在谢大军单薄的怀抱里,轻声问,你以后会不会不要我了?

谢大军摸着董亚芳滑顺的头发说,傻瓜,怎么可能?你如果不放心,我们下次回家就把结婚证给领了。

董亚芳抬起头说,我们还是先挣钱,在城里站稳了脚跟,再结婚要孩子。

谢大军的手掌在董亚芳的背上来回滑动着,一边感受着肌肤的细腻,一边说,听你的,老婆,我会努力去赚钱。

董亚芳"嗯"了一声,很幸福地闭上了眼睛。

第二天一早,谢大军和董亚芳一起出门找工作。董亚芳知道自己没技术,又只有一张初中文凭,想找好工作不太可能,就跟谢大军提议,去宾馆和酒店碰碰运气。之前,她听人家说过,宾馆和酒店工作机会多。谢大军心里不愿意董亚芳去那些地方工作,可一时也想不到好的去处,就说先找找别的。

两个人像无头苍蝇一样乱转,没个头绪。街上也有工厂招工的信息,可谢大军不想去工厂上班,他心里想着,如果能找一份跟自己爱好有点沾边的工作就好了。

董亚芳没这么多想法,她觉得还是现实一点好,说要么我去工厂做?一问,那厂不是在城里,路还很远,在一个小乡镇上。谢大军说算了,再找找。

回到小旅社,谢大军把自己扔在床上躺着,盯着天花板,想现实的残酷,心里涌起阵阵诗人的忧伤。

董亚芳在床边坐下,转过头对谢大军说,明天我还是去宾馆试试,那些地方肯定要服务员。

谢大军不吭声,眼下当务之急,得先找个落脚处,总不能把带来的钱花完就灰溜溜地回去,那也太丢人了。董亚芳还是比较了解谢大军,知道他爱面子,既然出来了,不混出个样子他是不会再回老家的。就劝谢大军,先不挑工作好坏,干了再说,有合适的再换。谢大军想想也有道理,就不再说什么。为了节省时间,两个人决定第二天分头行动。

董亚芳年轻漂亮,人又聪明,她没有找小宾馆,而是问人家明州最大的宾馆在哪里,然后就直奔过去。因为她想,大宾馆需要服务员的可能性更大些。

来到环宇宾馆门口,董亚芳忽心生怯意,她居偏僻乡下,以前也难得进城一次,这次如果不是和未婚夫同行,一个人不一定有勇气。刚才路上还雄心勃勃的,可真站在这高楼面前,她又有点怕,低下头看自己的穿着,花衬衣、黑色脚踏裤、白球鞋,这样子是没法跟城里人比的。深深吸了一口气,心一横,顾不了这么多,鼓起勇气走了进去。

请问,你们这里需要服务员吗?董亚芳走到总台,小心翼翼地问一位穿着蓝色制服的姑娘。

蓝衣姑娘摇了摇头，微笑着回答，我们现在没有在招人，你去别家看看。

董亚芳很沮丧，像只泄了气的皮球，羡慕地打量着宾馆整洁的环境和总台服务员身上干净的工作服，悻悻地离开。这家不行，那就继续找。董亚芳骨子里有一股不服输的劲，既然大宾馆不要人，那就去小宾馆找，她就不信整个明州没有一家宾馆是不招人的。董亚芳就用最笨的方法，一家家去问。走得筋疲力尽时，终于看到有一家名为"归来宾馆"的玻璃窗外贴着一张招工信息，看样子规模也不小，不由喜出望外。

一个小时后，董亚芳满脸喜气地走了出来。工作找到了，这是家新开的宾馆，虽不能与环宇相比，但档次也不算低。她做迎宾小姐，虽说工作时间很长，除了吃饭时间，从早上8点要站到晚上6点，但宾馆提供食宿，每个月150元工资，董亚芳非常满意。

谢大军天快黑了才回，两个人一见面，就问对方找到工作没有。董亚芳开心地说，找到了，还包吃住，明天就去上班。谢大军一听包吃住，马上说，住你还是不要去住，我明天就去找房子。董亚芳说，可以白住干吗不住？我先去占个位子。谢大军见董亚芳坚持，只好说，那随你。董亚芳问谢大军找到一份什么工作。谢大军说，书店营业员，工资160元，可惜不包吃住。董亚芳说，挺好的，比在农村强多了。谢大军说，这点钱也只够房租和吃饭，不过这工作我倒是很喜欢，看书方便，有空还可以继续写我的诗。董亚芳说，诗你还是少写，又不能当饭吃。谢大军不悦，说这你就不懂了，人活着就要有精神追求。董亚芳就不吭声了。

这一晚，两个人在床上缠绵很久，幻想着以后的新生活，心情还是有点小小的激动。

周洋一晚上没睡好,第一天上班,八点多点就到书店,张勇还没有来,她就在店门口等着。九点还差一刻钟,张勇骑着自行车过来了,看到周洋,惊讶地说,这么早。

你好!周洋迟疑了一下,不知道该叫名字还是老师。

张勇好像猜中周洋在想什么,就说你以后喊我张哥好了。

周洋红着脸,轻声说,好,张哥。

进门,周洋放下小背包,就开始忙着打扫卫生,抹灰、扫地、整理货架,手脚麻利。她很小就会做家务,这些细碎的活对她来说小菜一碟。张勇把黑板搬到门口摆好,交叉着双手,看周洋做事这么认真,对她的印象就更好了。

没顾客的时候,周洋也不闲着,她的目光一遍遍从书架上扫过去。张勇问她在看什么。她说在记书名,这样顾客要什么书,自己就能在最短时间内找到。张勇说,看不出来你还这么有心。周洋说,工作是要认真。张勇一听,有点惭愧,他爱玩,管了几天店,心里已经有点按捺不住,觉得守店太枯燥。周洋比他还小一岁,但似乎比自己成熟多了,不由敬佩。

中午吃饭时间到了,周洋问张勇平时午饭是怎么解决的。张勇说,我一个人管店,又不能离开,就隔壁点心店买点吃的。现在你来了,我可以换个口味了。周洋说,行,你先去吃,店我管着。张勇说,好,那我去吃碗面。

张勇刚离开店没多久,一个身材矮小的年轻人走了进来。周洋很热情地问他需要什么书。小青年直奔书桌边,那里摆着几本畅销书。年轻人选了《北京人在纽约》和《曼哈顿的中国女人》这两本。

一共13元7毛,周洋一边在销售本子上记录书名,一边说。

年轻人拿出两张10元递给周洋,周洋找了他6元3毛。那人忽然又说,我还是给你零钱吧。说完,他又从口袋里掏出一把零钱,数给周洋。

这时,又有人进来买书,周洋就手忙脚乱地把一把零钱放进抽屉,又还了那小青年20元钱,去招呼新的客人,小青年拿着两本书离开。

张勇吃好面,给周洋带了两只包子回来,说请她吃。周洋说那不行,一定要给钱。张勇说没关系,大家在一起工作,不用这么见外。可周洋坚持要给,说无功不受禄。张勇只好收下包子钱。

周洋吃包子,张勇看了一眼记录本,说不错,卖掉好几本书。这《北京人在纽约》和《曼哈顿的中国女人》真畅销啊,我看过不了两天,阿哥又要去补货了。

不好,搞错了。刚把一口包子咽下肚的周洋,突然叫了起来。

什么搞错了?张勇奇怪地问。

刚才有个男人来买这两本书,完了,我被他搞糊涂了,少收了6元3毛钱。周洋急得脸都红了,让张勇赶紧数下抽屉里的钱,与本子上的销售记录核对一下。

除去备用金,果然少了6元3毛。周洋想到自己第一天上班,就出了这么大娄子,这工作怕保不住了,不由难过得低下了头,包子再也吃不下。

怎么会这样?张勇详细问了经过,马上得出结论,那男人是故意的。他安慰周洋道,责任在我,我不应该出去吃面,毕竟你刚来,不熟悉。晚上我哥回来了,我跟他解释一下。

是我不仔细,跟你没有关系。周洋闷闷不乐,为自己的疏忽,很是自责。

张勇安慰道,没关系,我会跟我哥说的,你放心好了。我也搞错过,生手嘛,难免的。

见张勇这么说,周洋朝他投去感激的目光,说谢谢你!以后我一定会小心的。

两个陌生的年轻人,因为这件事,似乎一下子拉近了距离,周洋也少了几分拘谨。

林之光下班到书店,很关心地问周洋当了一天营业员感觉如何。周洋低着头,把中午搞错钱的事说了一遍,一脸的紧张。她说,林老师,对不起,下次我不会再犯这样的错误,这6元3毛钱你到时候在我工资里扣。

阿哥,这事不能怪周洋,是我不好,中午跑出去吃面,她第一天来,那个人是故意来搞脑子的。张勇自告奋勇承担责任。

林之光听了,首先对两个人的态度给予了肯定,然后说,我们开着店,会遇到各种各样的人,特别是这种开放式书架,稍不注意,书就会被人拿走。你们别以为喜欢看书的人不会做这样的事,错了,对有些人来说,偷书不算偷。这次就当买了个教训,下次一定要注意。

谢谢林老师,我以后一定小心。周洋没想到林之光这么宽容,就这样原谅了自己的过错,心里满是歉意。

林之光说,我相信你。

这句话,让周洋感动得差点要哭了,能被人信任,是一件多么幸福的事。

周洋下班回去了。张勇问林之光,阿哥,你是不是真的相信这钱不是周洋私下拿的?林之光笑着说,天下没这么笨的人,第一天上班,就为了这几元钱把工作给搞丢了。再说,我看周洋也不是那种人。

阿哥好眼力，我也相信周洋说的是真的。中午我给她买了两只包子请她吃，她非要把包子钱给我才肯吃。接着，张勇又向林之光汇报周洋一天在店里的表现，说很勤快，也很用心，总之一句话，这个营业员找对人了。

林之光见张勇这么说，放心了。他就怕两个人相处不好，会影响店里生意。

4

* * * *

  谢大军在公园路上的"旧时光"二手书店上班已半月有余,对这份工作,他很知足。由于"旧时光"在巷尾,所以每天早晚他都会经过左岸之光书店。这天下班,想着接董亚芳还早,就走进左岸之光,想看看有些什么书。

  周洋见有顾客上门,就很有礼貌地问谢大军需要什么书。谢大军随口问,有没有诗集?

  刚进货回来的林之光一听这是个诗歌爱好者,就特意看了谢大军一眼,见是个文弱的小伙子,笑着说,有啊,我们这里有席慕蓉、汪国真、舒婷、顾城的诗集。

  谢大军问,北岛的诗集有没有?

  林之光摇头说,没有,你喜欢他的诗?

  谢大军说,我以前读过他的诗,印象最深的就是《回答》里的那句"卑鄙是卑鄙者的通行证,高尚是高尚者的墓志铭"。

  林之光清楚这个名字的敏感,于是转移话题,问谢大军,你是个诗人?

  谢大军略带几分骄傲的神情说,我喜欢写诗,梦想是有一天能出一本诗集。

林之光说，我最佩服会写诗的人，想象力很丰富，明明很平常的语言，到了诗人笔下就变成另一种味道。

谢大军听林之光这么说，好像遇到知音一样，打开了话匣子，两个人站在那里说得起劲，周洋和张勇在旁边听得有趣。

见两个人聊诗聊得热闹，周洋忍不住插了一句话说，我喜欢席慕蓉的诗，读过她的《七里香》，好多都会背。

谢大军说，你们小姑娘都喜欢席慕蓉、汪国真的诗。

林之光第一次听周洋说喜欢诗，不由来了兴趣，说，小周，那你背一首。

"如何让你遇见我／在我最美丽的时刻／为这／我已在佛前／求了五百年／求它让我们结一段尘缘／佛于是把我化作一棵树／长在你必经的路旁／阳光下慎重地开满了花／朵朵都是我前世的盼望／当你走近／请你细听／那颤抖的叶是我等待的热情／而当你终于无视地走过／在你身后落了一地的／朋友啊／那不是花瓣／是我凋零的心"

这首《一棵开花的树》周洋背得声情并茂，把一个青春少女祈盼爱情的心情都给表达出来了。三个小伙子听了，不禁鼓起掌来。林之光赞许地对周洋说，真看不出来，你的声音很好听，适合去当播音员。张勇看周洋的眼神里又多了一分热度，他发现自己好像已经喜欢上了她，只是不确定周洋对他有没有那个意思。

谢大军也没想到在这里会碰到一个同样喜欢诗的女孩子，很高兴，他说，我叫谢大军，在"旧时光"书店上班，认识你们很开心。张勇听了，心里泛起莫名的醋意，紧盯着周洋。

周洋不好意思地说，我也喜欢写几句，只是不知道那个算不算诗，不懂。

林之光说,明天抄几首过来让我们学习学习。

谢大军说,写诗看起来容易,但要写出一首好诗太难。

林之光对谢大军的观点表示赞同,他说,来我们书店买书的,好多都是文学爱好者。可惜现在书店太小,没法组织诗歌沙龙,等有条件了,一定搞。

谢大军说,到时候你一定要叫我一声。

林之光说,没问题。

你们好,在讨论什么?胡杨从外面走了进来,笑着问。

林之光笑着说,胡哥,你有好几天没来了。

胡杨故作严肃地问,兄弟,你是惦记我,还是惦记我的钱包?我的工资全买书了,没钱吃饭,准备上你家去。

林之光哈哈大笑起来,说吃饭小意思,随时欢迎大驾光临。

胡杨的目光落在书架上,感叹道,藏书需要经济实力,我得多挣钱才行,不然看到好书又没钱买,那感觉真不好。我们那个厂现在效益越来越差,我打算出来正式下海。

林之光说,我也准备干到年底就辞职,以后就一心一意开书店。胡哥,你准备做什么?

胡杨说,我和一个朋友合伙开家小型照相馆,以后你们要拍照找我。本人平生两大爱好,除了藏书,就是拍照。

林之光朝胡杨竖起大拇指说,用一个爱好养另一个爱好,胡哥,高人。

胡杨说,我那朋友不管具体业务,只负责出钱,年底根据利润分成。

林之光说,这样挺好的,人多主意杂。

谢大军疑惑地问,两位大哥都有单位?

林之光说，是，我们都有工作。看谢大军不解的神情，林之光解释道，不想在单位里混日子，趁年轻做点自己想做的事。

谢大军很震惊，说你们真不简单，我是因为当农民太辛苦，所以才跑到城里来找活干，没想到你们可以放弃好好的工作，自己出来开店。

林之光说，你也一样，你也在寻找自己的人生目标。

突然沉默，"人生目标"这四个字触动了这几位年轻人。林之光见气氛有点怪异，就另起话头，问胡杨，你说现在我们明州藏书的人多不多？

胡杨说，据我了解，人数并不多，主要是受各种条件限制。每个喜欢藏书的人，都有自己的收藏方向，比如我就喜欢收藏初版本，最好是精装本。那些再版本，我就没啥兴趣。前几年，我一有空就去上海买书，坐下午的轮船去，第二天早上到，福州路、瑞金路上的书店逛得最多。说实话，大上海还是不一样。

林之光说，那肯定的，说来惭愧，我长这么大，只去过一次上海，还是很小时候，现在都没印象了。

说到怎么卖书，张勇插话道，流行的最好卖，不管是书还是其他东西。对了，阿哥，我觉得你可以进点磁带与唱片，经常有顾客来问。

林之光很意外，心想，果然是谁在第一线，谁掌握准确的信息，于是说阿勇脑子真灵光，这建议不错。不过，我们的书店不能只卖流行的，还要有些跟别人不一样的东西。

张勇不以为然地说，开店就是为了赚钱啊，那些很冷门、没有人要的东西最好少进。

林之光摇摇头说，你不懂。

张勇想到自己只是打工的，听着就是，于是就不再争辩。

小伙子，我看你也是块当老板的料。胡杨打趣道。

张勇被表扬得不好意思起来，说我哪有阿哥这样的本事，能把店管好就很好了。

林之光拍拍表弟的肩膀说，以后有机会的。

时候不早，周洋说，我要回家了，饿得前胸贴后背。谢大军看了一下手表，说我也要走了，去接女朋友下班。张勇一听谢大军有女朋友，暗暗松了一口气。

林之光对谢大军印象很好，见他要走，很热情地说，有空过来。谢大军说一定。胡杨不管他们，自顾去书架上搜索感兴趣的书籍。他今天不打算买，就是来看看，摸摸那些书的封面，结果没忍住，还是买了一本，然后恋恋不舍地离开。

谢大军今天因为认识了新朋友，很高兴，走路都带着风，兴冲冲来到归来宾馆，董亚芳已下班。穿着高跟鞋站了一天，她累得瘫倒在宿舍的小床上，一动也不想动。谢大军到宿舍来找她，董亚芳说她的脚肿了，晚上不想去出租房，只想马上睡觉。谢大军心里虽然失落，但看董亚芳疲惫的样子，就不再勉强。

那你晚上早点休息，我回去了。因为宿舍里还有好几个姑娘在，谢大军不便久留，只好闷闷不乐地离开。

董亚芳没想到这份工作会这么累，之前，她从来都没有穿过高跟皮鞋，更没有穿过旗袍。现在每天打扮得漂漂亮亮，站在宾馆门口，微笑着说您好、欢迎光临、欢迎再来，一天下来脸都笑僵了。可换工作，她又不舍得，再说，她又能去干啥？去饭店当服务员？那就更累了。同事告诉她，只要练出来就好，刚开始是很累的，可这世上不吃苦哪能挣得到钱？这么一想，董亚芳就觉得这点苦算不了什么。再苦，也比种田来得轻松。

谢大军还没有吃晚饭，走到街上，就随便走进一家小吃店，要了一碗青菜肉丝面，胡乱打发了自己的胃。

回到狭小的出租房，谢大军衣服也不脱就躺在床上，眼睛盯着屋顶昏黄的光晕发呆。对年轻的他来说，每天晚上未婚妻饱满又青春的身体是一味药，可以让他忘记现实生活所有的忧伤。董亚芳上班这段时间，由于太累，晚上几乎都没精神配合他做那件事，任他一个人在她身上兴风作浪。现在好了，直接拒绝，他真怕有一天亚芳再也不愿跟他回出租房。想到这里，他隐约觉得亚芳一开始就要单位宿舍似乎有另外的想法。再一想，应该不会，不管怎样，董亚芳已是他谢大军的女人，两个人就差一张纸，他就不信她会有别的打算。

这一晚，谢大军在床上翻来覆去睡不着，索性起来，从行李箱里摸出一本练习本，一支圆珠笔，趴在那张绑着一条残腿的写字台上写起诗来。

"我是鹰／撕裂重叠的乌云／遨游／无垠苍穹……"谢大军写着，内心有豪气升腾，可一回到现实，又不禁沮丧起来。

胡杨回到家里，妻子王霞正在看电视，见他又买书，脸上闪过一丝不悦。当初人家给她介绍胡杨，说他喜欢书，人又忠厚老实，虽在工厂上班，却是个文化人。她想自己文化程度不高，长相普通，工作也一般，找个有文化的男人不算下嫁，说出去也挺有面子。可真生活在一起，才发现这男人对书的痴迷远远超出她的想象。两个人结婚前，胡杨就提出暂时不要孩子，说经济压力太大，她答应了。他说家里所有开支由他负责，但她不能干涉他买书，她也答应了。现在见他三天两头买书回来，却不知道给她买件新衣服，心里很不高兴。

我看书比你爹娘还要亲。王霞突然冒出这句话,视线又落到电视屏幕上,那里正在播放《新白娘子传奇》。

胡杨装作没听到,说,照相馆的店面已经找好,明天我去看下。等店开起来,你那个街道工厂就不要去做了,又挣不了几元钱,以后你管店,我管业务。

王霞说,你让我也辞职?那万一没生意怎么办?

胡杨说,不会没生意的,放心好了,你要相信你男人的眼光。

王霞见胡杨这么自信,就说了一句,那得给我开工资,不能比现在的工资少。

胡杨说,工资肯定有的,这个你不用说。人家也是相信我们夫妻,不然就不会答应让你去管店了。这次照相馆投资初步预算出来,我们这部分钱得赶紧准备好,我手上没什么积蓄,你能不能把你的私房钱借给我?

婚后,王霞的钱是自个儿挣自个儿花的,她手上有多少钱,胡杨并不清楚。见丈夫打她钱的主意,王霞一口回绝,说没有。

胡杨见妻子不肯帮忙,难免有些心寒,只是他手上真没钱,英雄气短,只好耐着性子说,你这钱算我借你的,我给你写借条,放心好了,每个月分期还你。

王霞说,我也没多少钱,存的又是定期,取不出来。

胡杨说,可以取的,只不过损失一点利息,我补给你。再说,我想多挣点钱,不也是为了你和以后我们的孩子能过好日子?

王霞不开腔,胡杨的心情就变得很抑郁,他没想到妻子这么看重钱,夫妻情分在她眼里居然什么都不是。见妻子这副样子,胡杨也没兴趣继续谈下去,他走进书房,轻轻关上了门。

王霞盯着那道门,心里有说不出的憋气,这电视剧都没兴趣看了。在这个家里,小书房是禁地,胡杨不允许她乱翻他的书,说动过,他想找书就会找不到。要不要把钱拿出来?王霞很纠结。想想胡杨除了喜欢书,不抽烟不喝酒不赌博,也是难得。算了算了,不跟他计较,至于私房钱要不要拿出来,她要再想想。

胡杨一走进书房,整个人就被书包围起来。其实所谓书房,是他硬生生把客厅隔了一个角落出来。里面放了一张小桌子,一个小圆凳。为了不占地方,请人直接在墙上做了个顶天立地的简易书架。这是属于他一个人的天地,每次看到这些书,他就有一种坐拥江山的错觉。

坐下来,拿出晚上刚买回来的《存在与虚无》,胡杨的手指轻轻划过书的封面,好像那里有温度似的。他有个习惯,每买一本书,都会做个登记,并编号,跟图书馆的一样。

《存在与虚无》,〔法〕萨特著,陈宣良等译。三联书店 1987 年 3 月初版,大 32 开,平装 37 千册。胡杨在笔记本上认真记录。这是现代西方学术文库丛书中的一本,他在慢慢收集。在小桌子的一个角落,放着一本封面粗糙的托尔斯泰的《复活》,这是他读高中时,私下问人家买来的翻印本,买书的钱是他偷偷从父亲口袋里拿的。事后,狠狠挨了父亲一顿打。由于太特殊,这么多年,胡杨一直把这本《复活》放在最显眼的位置。他也说不清为什么要这么做,好像已成了一种习惯。

在小书房磨蹭到半夜,胡杨才关了灯,悄悄回卧室去休息。王霞没有睡着,她不想理胡杨,就侧着身,面朝里躺着。胡杨没注意到妻子其实是醒着的,再加上晚上钱的事让他不高兴,就侧到另一边睡。没多久,响起了轻轻的呼噜声。王霞转过身来,伸出手想去掐胡杨的手臂,最后还是放弃了,在黑暗中微微叹了一口气,闭上了眼睛。她明白,如果这次不拿钱出来,这夫妻感情怕是要受影响了。

第二天早上,当胡杨从睡梦中醒来,王霞已起床。吃早餐时,王霞向胡杨表达了自己强烈的不满,她阴沉着脸说,胡杨,我们结婚才多久,你就三天两头半夜才回房睡觉,你这是什么态度?对我不满意吗?

胡杨见妻子生气,忙检讨,说是我不对,以后我注意。不过你也要理解我,我不是在外面玩,我在家里,就是看看书,也没做其他什么事。

王霞说,我不管,反正你以后如果超过10点还不睡,就跟你那些书睡在一起好了。

胡杨一听10点睡觉,很为难,可看王霞的脸色,只好说,尽量做到。

王霞说,钱我可以拿出一部分,但说好了,这是借,你要付我利息。

胡杨有点哭笑不得,就举手保证,一定一定,你放心,谢谢老婆支持我创业。

王霞斜了胡杨一眼说,以后你有钱,可不能做对不起我的事。

胡杨说,怎么可能,我又不是那种人。

吃完早餐,王霞去街道工厂上班,胡杨骑着自行车先去看了店面的位置,离明湖很近,在十字路口的一个拐角处,位置还是很不错,醒目。胡杨眯起眼睛,脑子迅速转动,思索照相馆的生意怎么做。他是个很务实的人,没有钱就买不了喜欢的书,所以必须得先挣钱。

日子一天天过去,开店虽然辛苦,工作时间长,从早上开门到晚上打烊,至少12个小时,但生意比想象中要好,每个月的营业额可以达到一万多元。书是从批发书店进的货,按八二折或八五折的价,除去房租和张勇、周洋的工资等各项成本开支,收入很不错,这让林之光非常惊喜,也让李小梅很意外。她在新华书店待了半辈子,每个月就挣这么点死工资,奖金也不多,没想到儿子开这么家小书店,能有这么好的收益,确实没有想到。

这一年,最好卖的一套书是《王朔文集》,这让林之光第一次领略畅销书的魅力。真的是量不嫌多,只嫌拿不到货。不过,林之光更希望其他一些比较冷门的书也能这么畅销,只要在店里,他总是不遗余力地向顾客推荐,诸如维特根斯坦著的《哲学研究》、露丝·本尼迪克特著的《文化模式》、弗洛伊德的《摩西与一神教》等书。每卖掉一本冷门书,比卖掉十本畅销书还要高兴。

在信息捕捉方面,林之光有种很惊人的直觉,平时他经常在饭桌上和母亲聊天,了解新华书店的动向。而李小梅自从儿子开了书店后,在单位里就有了私心,不仅时刻关注哪本书销量大,还异常关注出版社新书出版动向,及时把最新信息转告给儿子。《王朔文集》刚出来,谁也不知道这套书会成为畅销书,林之光是在和母亲聊天时,偶然听说之前这家出版社推出过一套"中国著名作家新作大系",其中新华书店卖得最火的是王朔的书。林之光就把这句话印进脑子,去进货时,看到《王朔文集》,他大着胆子进了100套,谁知道没几天,这书就卖完了,这让他很意外,赶紧补货。

1992年年底,林之光辞职,离开了国企,正式成为一名个体户。这次父母都没有反对,特别是李小梅,因为她看到了活生生的"钱途"。而林之光兴奋的是,终于可以全身心做自己喜欢的事了。

周洋见林之光辞了职,担心会失去这份工作,毕竟店面就这么点大,三个人显得浪费,不禁有些忧心忡忡。谢大军跑来,拿他写的诗给周洋看,周洋也没心思搭理。

张勇察觉到周洋的情绪不对劲,就偷偷跟林之光说了,林之光马上猜到了,就找周洋谈。周洋还以为林之光叫她不用来上班了,很是忐忑。

林之光说,小周,你不用担心,安心管店。我的目标不是这一家书店,只要有钱,我马上就会去开第二家,很需要你这样认真、负责的帮手。

周洋听林之光这么说,松了一口气,说林老师,我是真喜欢这工作,我会好好做的。

林之光微笑着说,我知道。

5

* * *

沈默走进办公室,开始下一期副刊的选稿。他很满意这份工作,除了编稿,有时间就读书、写作。作为一名有责任心的编辑,他还有一个任务就是发现新人,培养一支作者队伍。现在喜欢写作的人不少,稿源也不用愁,主要是质量。再说,报纸上也不能总出现那几张熟面孔,要有新鲜血液。

办公桌上放着厚厚一沓投稿信,沈默看稿的速度很快,一般读上几句,就基本上能判断这稿子能不能用。忙半天,他已把一些质量比较好,又适合在报纸上发的稿子给选好了。让他高兴的是发现了几位新作者,其中一位叫谢大军的写的诗歌,还是有些灵气。看稿子上留的地址,明州市公园路旧时光书店,心里产生了去看看这位作者的想法,不知道他多大年纪,于是下班后就直奔公园路。

第一站自然是左岸之光书店。

林之光看到沈默过来,就问,你最近忙啥,人影子也没有,是不是找对象了?

沈默说,你不说我倒忘了找对象这事,看来你有目标了?

林之光说,你们这种文艺青年就喜欢浪漫,你是当编辑的,又喜欢写作,可以考虑找个文学女青年。

沈默大笑，说你不是个文艺男吗？不过你这个建议还是不错的，找个文学女青年，有共同语言。

两人在说笑的时候，张勇的视线有意无意地落在周洋身上，他也说不清为什么会这么关注周洋的一举一动。刚才林之光和沈默的对话，好像突然把他心里的一个想法给点醒了。

沈默一边在书架上"扫"书，一边对林之光说，我今天发现一位新作者，诗写得挺好的，在旧时光书店上班，等会儿去看下。

林之光一听旧时光，马上问，是不是叫谢大军？

沈默惊讶地问，这你也知道？

林之光说，我们是朋友。

沈默从书架上抽出《二十世纪文学理论》和《现实中和艺术中的审美》两本书，说这个世界真小。

林之光说，是很小。

付好钱，沈默去找谢大军。对旧时光这家二手书店，沈默不熟悉，因为他不喜欢买旧书。看到店里面有个小伙子，就走进去问，这里是不是有个叫谢大军的人？

谢大军说，我就是，请问你是？

沈默微笑说，我是日报副刊编辑沈默，你的诗写得不错，下一期会发出来。

谢大军一听，激动得不知道该说什么，连忙搬出一把凳子，请沈默坐。他说，沈老师，这是我第一次投稿，以前从没有投过。

沈默说，你起点不错，第一次就写这么好。

谢大军不好意思地说，写是写好几年了，一个人瞎写，也没有老师教。

两个人就在那里聊，沈默了解到谢大军来自农村，平时喜欢写诗,到书店工作,有了更多机会阅读。看到报纸副刊有诗歌,就抱着试试看的心情投了稿,没想到还被选上了,意外惊喜,这第一次发表对他来说意义重大。

沈默鼓励谢大军多看书、多练笔。他说,坚持写,你会写出好作品的。

谢大军态度恭敬地说,沈老师,我会好好努力。对了,到时候报纸发表了,麻烦给我留一张好吗?

沈默说,没问题,不过你自己也可以去报刊亭买。

谢大军说他知道了。

时候不早,沈默说我回去了,你可以整理一下以前写的诗,下次过来拿给我看下。

谢大军点头说,好。

晚上,谢大军关了店门,兴奋地跑到左岸之光书店,把这个好消息告诉林之光。

林之光摆出一副我早已知道的样子说,沈默跟我说了,他有没有告诉你我们是同学?

谢大军又是一个意外,他说沈老师没讲,好巧。

周洋走过来,认真地说,谢大哥,你教我写诗吧!我也要去投稿。

谢大军把沈默的话转告给周洋,说沈老师今天跟我讲了,要多读书、多练笔、坚持写,你会写出好作品来。

周洋底气不足地说,我没这天赋,只是喜欢而已。

林之光插话道,我看你们两个都有潜力。

张勇在一边干着急,因为他不懂这些,又不甘心被忽略,于是就凑热闹说,谢哥,收我为徒,我也学写诗。

谢大军说,我哪有这本事,自己还是小学生。

林之光见大家兴趣这么浓,就开玩笑说,你们都拜我为师吧,保证你们一个个都写出好诗来。

周洋说,原来林老师是隐藏的武林高手啊!

几个人正笑闹着,王青山经过书店门口,见林之光在,就走了进来。林之光忙热情招呼。谢大军趁机告辞,晚上董亚芳答应下班会回来,他要回出租房去。张勇与周洋也不敢偷懒,忙着去拆下午到的货了。

之光,最近生意怎样?王青山关心地问。

林之光说,还可以,就是常常拿不到货。

王青山说,我也一样,稍微晚点,货就被抢完了,所以还得跟各路神仙搞好关系。

林之光说,搞关系我不行,没那本事。

我看你也不像个生意人,现在做生意,不会抽烟,不会喝酒,又不请客,怎么行?那些套路还是要学一点的,脸皮要厚。你们知识分子都比较清高,不像我,书读得少,大脑简单,不会想很多。王青山打趣道,还有,我给你出个主意,你该去找个女朋友。男人嘛,结婚有了孩子后,责任感会不一样。我没比你大多少,孩子都可以打酱油了。

林之光说,性格关系。至于找女朋友,暂时还没有这个想法,还是先立业后成家。

你是还没有遇到喜欢的女孩子,等你遇到,巴不得马上结婚。王青山以一副过来人的口吻说,你喜欢哪种类型的?有合适的,我给你介绍。

林之光被王青山这么一问,一时回答不出来。他说,这个问题还真没认真考虑过。我好像不讨女孩子喜欢,从没有被人追过,也没追过别人。

王青山惊讶地说，兄弟，不会吧，你长得文质彬彬的，怎么会没有女孩子追？肯定是你没发现。

林之光用手扶了扶眼镜，一脸正经地说，你看我这眼神，近视眼啊，看不清楚。

王青山哈哈大笑起来，说老婆确实要找好，找对了有助于男人的事业，找得不好，这日子就没法过。近视眼有什么关系，可以发现身边人。

正蹲在一边拆货的张勇，闻听此言，不由抬头看了周洋一眼。刚才周洋的手无意中碰到了他的手，让他的心狂跳起来。守店本来是件很枯燥的事，可自从周洋来了后，他上班就变得很积极。张勇确定自己喜欢上周洋了，只是不知道周洋的心思，他想找机会试探一下。

听了王青山的这番说教，林之光嘿嘿地笑了起来，说我身边哪有什么人。话音刚落，看到周洋捧着书去摆放，两个人目光撞在一起，又迅速移开。不知为何，林之光的心"咯噔"了一下。

又闲聊了一会儿，王青山走了。林之光在跟他的交流过程中，获知一条重要信息，就是以后计算机肯定会普及。他马上联想到那些与计算机有关的报刊书籍，必会有很大的市场空间，看来自己得想办法找找这方面的资源。

林老师，这书怎么卖？周洋见新拆开的一包货里面是原版的外国小说，全英文，不由好奇地问。

林之光走过去一看，忙说，你们先把这些书放到里边来，这个得另外贴价格标签。

由你来定价吗？周洋胡乱猜测道。

没想到林之光点头说，是啊，价格由我来定。

这下轮到周洋张了张嘴，她没想到还可以这样，吐了吐舌头说厉害。林之光被周洋的调皮劲给逗乐了，他突然觉得这个女孩其实蛮可爱的。

张勇因为存了心，所以看周洋的目光有点不一样。等周洋下班回家，张勇有点按捺不住对林之光说，阿哥，我好像喜欢上周洋了。

林之光非常意外，他问张勇，周洋喜欢你吗？

张勇摇摇头说，不知道。

林之光说，你先不要急，周洋人是不错的，如果她对你没这意思，你去说破反而不好，会很尴尬。搞不好，她还会离开这里去别的地方打工，我们要找个合适的人替代也难。如果你发现周洋也喜欢你，那再向她提出来，这样就比较妥当。

张勇觉得表哥说的也有道理，就说知道了，等合适的机会再说。稍做停顿，张勇又问，阿哥，你以前有没有谈过女朋友，有啥经验可以传授一点？

林之光笑着说，你阿哥人呆呆的，找不到对象，哪有什么经验，我还等着你教我怎么找呢。兄弟俩相互打趣一会儿，见时间差不多，就关门回家。

爸，妈，我回来了。周洋把自行车推到屋里停好，然后来到隔壁房间，跟父母打了声招呼。

蒋春花正在看电视，见女儿回来，不满地说，又这么晚，个人老板那里干活要你这么积极干吗？到点就下班回家，他又不给你奖金。

周洋没辩解，只说了一句，有事。

和母亲扯了几句闲话，周洋把话头转到正题上，她说，妈，跟你商量一件事,以后每个月工资我想自己留60元,给你100元。

蒋春花一听,很不高兴地说,你一个小姑娘要这么多钱做什么?每天吃家里的,就是中午也把饭菜带到店里去,又没什么花钱的地方。

周洋耐着性子说,妈,我又不会乱花钱,我也不小了,有自己的计划。你说给我存嫁妆钱,我看还是算了,我自己来存好了。

蒋春花对女儿的想法表示极度的不满,她说,家里情况你又不是不知道,我和你爸都不知道哪天下岗,你哥还在念书,你不帮着点,还打自己的小算盘。还有,蒋春花稍做停顿,接着说,你还小,不要这么早就想着找对象,过几年再说。

周洋很郁闷,说,我哪里有找对象了。我的意思是,就因为哥还在读书,以后娶嫂子要花很多钱,我就不要来增加你们负担了。

蒋春花还想说什么,被周大海粗着嗓门给打断,他说,行了行了,你也别多说了,烦。

才上几天班,翅膀就硬了,蒋春花的脸色阴沉下来,说,白养你这么大,一点也不懂事。

周洋不想再跟母亲争论,闷闷不乐地回到自己房间,重重地关上了门,把桌上的冷菜冷饭倒锅里热了热,胡乱吃了一碗,算是完成了任务。

收拾好,坐在写字台前,周洋从抽屉里拿出那本带锁的笔记本,打开,低着头开始写日记。

"总喜欢在美丽的笔记本上写点什么,美丽我并不美丽的心情。记惯了流水账般的日记,突然换一种方式竟有种迷茫的恍惚,似乎不知道要写些什么,该写些什么,好在读者大概只有我一人,便也无所谓了。常有这样的感觉,今天写的,即使写得很真实,很满意,可过一段日子去看时，却发现是那样粗陋、幼稚，或许，这是因为我在一点点成熟吧。"

对爱情，年轻的周洋有着美好的幻想。每个情窦初开的女孩心里，都有一个梦中的如意郎君，她自然也不例外。灰姑娘盼着能遇到王子，然后带着她离开这里，远走高飞，从此过上幸福的生活。

看自己胡思乱想些什么？周洋不禁自嘲起来，只是想到母亲一直来对她的忽视，她恨不得马上就离开这个家。

"我记得我小学二三年级时是非常不快乐的，一是那时母亲对我实行'全封闭'政策，我实在不能忍受，二是成绩不是最好，老师也不喜欢我，那时几乎天天都郁郁寡欢，再加上有些同学的冷嘲热讽，让今天的我回首那段时光，除了灰色，什么也没有。"

周洋在日记本上继续写道，这是她喜欢的一种倾诉方式，写好，她又小心地锁上，放进抽屉里。

好了，还是不去想了。周洋站起来去洗漱，对未来她还是充满了信心。

"啪"一声，台灯灭了。

黑夜中，周洋久久难以入睡，她在想将来的那个他会是个什么样的人呢？不由自主地联想到每天接触的林之光和张勇，一个成熟、稳重，一个头脑活络，各有各的优点。不过，这两人似乎跟想象中的那个"他"还是有点距离。想着想着，脸就开始发烫，周洋轻轻骂了一句花痴，闭上了眼睛。她不知道，林之光这一晚也莫名失眠，在床上翻来覆去睡不着。

林之光在回忆自己这二十多年来的情感，几乎是空白的。读大学的时候，这个专业女生特别少，虽然他对某位女同学也曾暗恋过一段时间，只不过动作没有别的同学快，还没等他想好如何向心中的女神表白,他的同桌哥们已先下手为强,为此他还郁闷了一段时间。等平静下来,侧面问同桌经验,那哥们得意地说,喜欢就要勇敢大胆去追,不要怕拒绝,大男人优柔寡断不行,会错失良机。想到张勇说喜欢周洋,自己心里竟然会有种无法形容的不舒服,好像被什么东西给抑住了似的,怎么回事?林之光不禁有点烦躁起来。

闭着眼睛,林之光的脑海里闪过周洋安静地站在那里,阳光透过窗户漏进来,让她那张洋溢着青春气息的脸在半明半暗中有种特别的美。难道我也喜欢她?林之光大吃一惊,在黑暗中瞪大了眼睛。不行,张勇喜欢她,自己不可以有其他想法。林之光很快进行了自我否定。

在一间简陋的出租房里,谢大军搂着董亚芳,兴冲冲把自己的诗要在报纸上发表的消息告诉她。他以为能看到未婚妻一脸崇拜的样子,谁知董亚芳不耐烦地说,累死了,快睡觉。

谢大军松开了手,说一句,你这人真扫兴。

董亚芳是真累,所以懒得理谢大军,就转过身,面朝墙壁自顾自睡了。谢大军心里有一种说不出的忧伤,这个要跟他共度一生的女孩一点也不理解,更不支持他这个爱好,这让他很失望。他希望和董亚芳有一种精神上的共鸣,而不是两个人在一起,只是为了生儿育女,那样的婚姻就太没意思了。

难道我选择错了吗?谢大军暗暗问自己。

6

* * * *

新的一天开始了,身穿白色连衣裙的周洋骑着自行车去上班。她是个很单纯的人,现在一门心思想着好好工作,对书店的整体氛围很满意,老板人实在,同事也很关照自己,有空还可以免费看书,多好啊!所以无论是对张勇的殷勤还是林之光的关注,她都没有往男女朋友那方面去想。

到了店里,周洋就忙着打扫卫生,整理书架。张勇盯着周洋那窈窕的身材,想着趁表哥还没有来,干脆现在就问她。可万一周洋从此以后不理他了怎么办?那要不要说?张勇犹豫着。

有了。张勇灵机一动,他找出《偏偏喜欢你》的磁带换上,店里立刻回荡起一个男人深情的歌声,"愁绪挥不去/苦闷散不去/为何我心一片空虚……"

陈百强的歌挺好听的,周洋对张勇说。

是啊,我也很喜欢听,周洋,你有自己喜欢的人吗?张勇突然问。

周洋一愣,摇摇头说,没有。

那你现在有没有考虑找一个男朋友?张勇满怀希望地盯着周洋的眼睛问。

男朋友?周洋迟疑一下说,没想过。

你看我行不行？张勇鼓起勇气说，我喜欢你。说到喜欢你那几个字，张勇变得有点口吃，眼睛也不敢看周洋。

你说什么？你喜欢我？正拿着一本书的周洋吓了一跳，她的脸唰地变得通红，一时不知该如何回答。这可是第一次被男孩子表白，她紧张得舌头都要打结了。

张勇点点头，一脸真诚地说，周洋，我是认真的，第一次看到你，我就喜欢上你了，真的，你要相信我。

"旧日情如醉／此际怕再追／偏偏痴心想见你／为何我心分秒想着过去／为何你一点都不记起／情义已失去／恩爱都失去／我却为何偏偏喜欢你"，歌声深情又惆怅，一遍遍地重复着。

周洋从最初的慌乱中平静下来，她对张勇说，我从没有想过现在找对象，我妈也不会同意，你让我好好考虑一下。

好的好的，我知道我这样太直接了，没有吓着你吧？你考虑一下，不管行不行，我们都是好朋友。张勇这话倒是发自真心，因为他怕周洋不同意，有顾虑，说不定就不在这里干了，那到时候想见也见不到了。

周洋把书放好，双手捂着胸口，朝张勇笑了笑说，你真吓着我了。

张勇搔了搔头皮说，对不起，我这人就是这样，喜欢就喜欢，不喜欢就不喜欢，很干脆。

周洋这才明白张勇放那首歌的用意，不过这歌词好像也不对，大概他就想要最后一句话吧，也算是有心了。

林之光走进来，他对张勇说，你赶紧理一个角落出来，今天会到1000本《废都》，到时候就垒在一起，我们把广告打出去。

周洋以为自己听错了，问道，1000本？这么多？

林之光说，是的。

张勇也觉得这个数字不可思议,但看到林之光胸有成竹的样子,他就啥话也没说,赶紧去干活。

林之光之所以进这么多《废都》,是无意中听沈默说这部长篇小说号称"当代《金瓶梅》",书中有大量的性描写,而在出版前还删掉了很多,那些删去的字用小方框代替。

事实证明林之光的感觉是敏锐的,《废都》还没到书店,来买书的人已排起了长队。第一批书刚到货,林之光估摸了一下形势,就以最快的速度订了第二批货。

两天时间,第一批1000本《废都》就一销而空。那两天,三个人忙得连吃饭时间都没有,收钱收得手软。紧接着,第二批《废都》上架,很快又被抢购完。沈默及时在副刊上推出了有关《废都》的书评,再加上全国各地媒体参与的各种讨论,引发了巨大争议,出现了一个全民谈《废都》的现象。那段时间,谁若不关注《废都》,不看《废都》,那简直太落伍了。

从7月到8月,当出版社创下《废都》50万册发行量的骄人成绩时,林之光接到相关部门通知,《废都》下架,不准再销售。不料,这反而提高了这本书的知名度。那些本来没兴趣买或来不及买的人纷纷跑到书店来问,还有没有这本书?林之光摇头说没有。其实他手上还有少量的几本,但既然不能卖,就不卖了。

《废都》成为禁书后,林之光给张勇和周洋各一本,说看不看留个纪念也好。他自己挑了几本书,去报社找沈默。

沈默见林之光给他送书,纳闷,说你这干吗?要什么书,我会去你店里买。

林之光说,你这段时间谈恋爱去了?都不到书店来,我只好亲自送货上门。

沈默调侃道,这么好心?行啊,那我就收下,多少钱?

林之光说,少来,这是送你的,谢谢你给我提供了信息。

沈默还不明白,说我给你提供什么信息了?

林之光用手指敲了敲写字台的玻璃说,当代《金瓶梅》。

沈默恍然大悟,笑骂一句,你这家伙,发财了?

林之光摇头,说发财不是我的目标。对了,我跟你商量一件事,你这版面,以后能不能开个小栏目,专门用来介绍新书?每次介绍三到五本,由我负责给你现成的稿子,只要求在最后一行写上由左岸之光书店提供就行了。

沈默说,你这个建议不错,不过我要跟领导汇报一下。还有,你介绍什么样的书,得有讲究。

林之光说,我不推荐畅销书,我想介绍一些冷门,但又很有意义的书给读者。

沈默懂林之光的意思了,他说,行,定下来我告诉你。

林之光高兴地说好,刚要告辞,沈默想起一件事,忙叫林之光等等。他从抽屉里翻出一张报纸,递给林之光,说你带给谢大军,上面有他的诗,让他留个纪念,上次去你那时忘记带过去了。还有稿费,应该也收到了。

好的,我等会儿就去找他。林之光把报纸放进包里,对沈默说,那我走了,有空过来坐。

沈默说好。

林之光离开报社,直接去旧时光书店。谢大军看到他,忙说,之光哥今天不忙?

这是沈默叫我带给你的。林之光从包里拿出报纸,递给谢大军说,上面有你的诗歌。

沈老师太有心了。谢大军感激地说。其实那期报纸他买了两份，没想到沈默会惦记着这事，让他很感动。

林之光见谢大军的脸色不太好，就关心地问他近况，说你现在下班也不到我店里来聊聊。

谢大军的脸色灰暗起来，他突然问，之光哥，你谈过恋爱吗？

林之光摇摇头说，没有，怎么了？

谢大军神情抑郁地说，我女朋友现在宁可住在单位宿舍，都不愿回来。她说我太自私，不体谅她。可我觉得她去宾馆上班后，整个人都变了，嫌弃我不会挣钱，嫌弃出租房条件太差。之光哥，我这个人把精神看得比较重，可她说物质才是最重要的。我们现在就这样僵着，我也不知道该怎么办。

林之光一时也难住了，他没什么恋爱经验，不懂怎么去哄女孩子，但有一点，他认为恋爱的两个人观念还是不能差太远，不然没法生活在一起。想了想，林之光说，这事我也没什么好主意，不清楚你们两个感情深浅，你如果爱她的话，就主动向她认个错。我想她若还爱着你，一定会给你一个机会。

谢大军说，我们感情基础挺好的，所以我才特别难过。亚芳以前是个很朴实的女孩子，不知道为什么变化会这么大，整天说钱钱钱，很烦。

林之光说，环境是可以改变一个人的。

谢大军陷入沉思，过了好一阵，他似乎下了决心，对林之光说，我还是舍不得，晚上去把她接回来。

林之光拍拍谢大军的肩膀，一切尽在不言中。

回到书店，林之光看到张勇和周洋两张年轻的脸，突然意识到自己这个年纪，好像是该找对象了。可找谁呢？他的目光落在周洋身上,脑子却突然闪过一句话,"兔子不吃窝边草"。晕,想哪里去了?林之光暗暗骂了自己一句。

下班后,谢大军没有耽搁,直奔归来宾馆。走到门口,看到董亚芳穿着大红旗袍,黑色高跟皮鞋,脸上化了妆,涂了跟旗袍同一个颜色的口红,亭亭玉立站在门口,很是青春靓丽,一阵恍惚。他无法将眼前的亚芳与种田的亚芳联系起来,两个影子重叠在一起,让他有一种很不真实的感觉。

董亚芳看到谢大军,脸上的笑容瞬间凝固,肚子里的气还郁积在那里。她越来越觉得谢大军脾气不好,很固执,不会哄女孩子开心。这次冷战好几天,他才过来,不给他一点颜色看,他是不会长记性的,于是就没搭理谢大军。谢大军也不在意,坐在大堂的沙发一角等她。

好不容易等到董亚芳下班,她头也不回去宿舍,谢大军就跟着她,在她身后低声下气地说,别生气了,我错了。

董亚芳还不想这么快就原谅他,依然冷着脸。谢大军只好再求,说些好听的话,保证下次再不重犯。见谢大军服软,董亚芳也就给了他一个台阶下,娇嗔地说,如果下次还这样,就再也不理你。

好了好了,我带你去吃好吃的。谢大军拉起董亚芳的手,赔着笑脸说。

我去换衣服。董亚芳怕被同事看到难为情,挣脱掉谢大军的手说。

走到宿舍门口,谢大军停住脚步,等着。董亚芳把工作服换了,然后就和谢大军一起回出租房。

晚上,两个人经过一番激情的碰撞后,才算是真正的重归于好。

董亚芳依偎着谢大军说,以后我们一定要好好赚钱,有了钱就能当人上人,可以吃好的、穿好的、住好的,我们的孩子也不会吃苦。

谢大军见她又提钱，心里不悦，可又不想破坏刚刚和谐的气氛，于是就耐着性子说，哪有这么容易赚钱，又不是做生意的，靠打工能挣多少钱？

董亚芳沉默，黑暗中，她睁大眼睛，盯着天花板想心事。她知道，那陈旧的天花板上有雨水渗过的痕迹，黄黄的，像某类爬虫。墙壁也是，画满了此类图案，整个小房间有一股潮湿的，带着淡淡霉味的气息。她在想那些出入宾馆，衣着光鲜的客人，一个个挺胸腆肚，走起路来都跟别人不一样。有钱真好，她在心里微微叹了一口气。以前在农村，没有个比较，出来了才知道人与人之间差距这么大。谢大军已进入梦境，董亚芳想，躺在身边的这个男人胸无大志，想靠他过上好日子，看样子是不太可能。难道这辈子，她只能住这样的出租房？董亚芳的心里有一个声音在呐喊，这不是我想要的生活。

这一夜，董亚芳做了一个奇怪的梦。她梦见自己穿着高档的衣服、高跟皮鞋，挽着一个男人的手走在街上，周围的人都用嫉妒的目光看着她。风吹过来，让她的心情非常愉悦。那男人把她带到一辆红色的小轿车面前，对她说，这是送她的礼物。她很惊喜，伸出手去摸那车身，手指刚触到，凉凉的，一激灵，突然就醒了。

怎么会做这样的梦？董亚芳很纳闷，她的手指似乎还沾着触摸到车身时的那种凉意。再回忆梦中的男人，面容模糊不清，但有一点可以肯定，绝对不是谢大军，而是一个年纪比较大，很壮实的男人。这莫非在暗示自己不会嫁给谢大军？想想不可能，自己都跟谢大军订过婚了。可再一转念，又觉得还真不一定，说不准哪天她真的遇到条件好的男人喜欢自己。人往高处走，只要她以后做个有心人，还怕没有机会？这么一想，身子不由自主地往里挪了挪，离谢大军稍微远点。

窗外,天亮了。

董亚芳不知道谢大军哪根神经搭错,说今天难得休息,一起去照相馆拍几张合影,再去看场电影。董亚芳有些不情愿,可想到一整天待在这个散发着霉味的出租房,心情就变得烦躁起来,那还不如出去逛街。

谢大军带着董亚芳去了胡杨的照相馆,胡杨很热情地接待了他们,开玩笑问是不是拍结婚照。董亚芳随口就回答,不是。谢大军的心莫名一惊,他也解释不清自己为什么要拉着亚芳来拍照,是为了以后万一分手有个念想,还是想确认她是自己未婚妻这个事实?

胡杨是过来人,瞧着谢大军的神情,就很聪明地转了话题,开始介绍馆内的几款背景墙,供两个人选。最后,谢大军选了一幅风景的,大草原,有落日有羊群有一望无际的青草。两个人站在那里,谢大军伸出手搂住董亚芳的肩,拍了一张合影。不知为何,当谢大军搂住董亚芳的时候,他明显感觉到董亚芳的身体突然僵了一下,随后又恢复自然。谢大军想,也许是自己太敏感了。

拍好合影,谢大军还建议董亚芳拍几张单人照,可惜董亚芳心不在焉,兴趣不大,只好作罢。

到电影院,买了两张票,看了一场《霸王别姬》。这题材对谢大军和董亚芳来说很新鲜。谢大军第一次发现,男人居然可以如此妩媚,而主人公跌宕起伏的人生命运紧紧揪住了他的心。特别是看到最后蝶衣死在师兄小楼的怀里,谢大军的眼眶湿润了。董亚芳心里却有一种怪怪的感觉。平时,她和谢大军很少看电影,因为两个人的收入加起来也没多少钱,而城里生活开支本来就大,能省的就省了。今天偶尔看场电影，还选了这么个片子，悲悲切切的，一点也不好看。当谢大军听到董亚芳抱怨电影不好看时，他什么话也不想说了。

7

* * * *

明州汽车东站,一辆从宁县开来的客车缓缓进站了。

那是1993年的深秋,一个云淡风轻的日子,19岁的卓慧提着一只帆布包下了车。她穿了一件黑白细格子两用衫,里面是黑色毛衣,一条黑裤子,一双黑色人造革鞋子。短发,苍白的瓜子脸上有一双忧伤的丹凤眼,笔挺的鼻梁,红而薄的嘴唇紧紧抿着,带着几分冷漠。她的个子比同龄人要矮些,人又瘦,看起来好像还没有发育。与她同行的是一位大婶,姓马,长得比较结实,她们都是谢家村人。马大婶是带卓慧到明州相亲的,对象是她城里的表外甥罗健。

罗健因为小时候一次医疗事故,他的智力停留在了10岁左右,30岁了还没有找到女朋友。把爹娘急得不行,就托马大婶在农村找找,看看是否有合适的姑娘。马大婶就在村里放出口风,替城里的外甥找对象。卓慧听到后,主动去问马大婶具体情况,又看了罗健的照片,然后说她愿意嫁。

阿慧,你这不是跟我开玩笑的吧?马大婶以为自己耳朵听错了,疑惑地问。

阿婶,我没有开玩笑,我家的事我不说你也知道,我只想尽快离开。卓慧冷静地说。她的口气一点也不像个19岁的女孩子。

这事你能做主？你父母也不一定会同意的。马大婶忧虑地说，再说你这年纪也领不出结婚证。

我父母你不用担心，他们才不会在乎我的死活，有彩礼拿肯定会同意，你只管去说好了。至于结婚证，到了法定年纪就去领。卓慧好像在说一件别人的事。

马大婶虽然不清楚卓慧为什么会这么坚决想嫁给一个还没有见过面的男人，但有一点她还是知道的，就是卓慧跟她的母亲王翠花和继父谢阿根的关系一直很紧张。王翠花打起女儿来比后母还要狠，而谢阿根就是个酒鬼，没喝醉还正常，一旦喝醉发起酒疯来，总是拿卓慧出气，骂她拖油瓶，说些极其粗鲁与难堪的话，左邻右舍都听不下去。

晚上，马大婶就到卓慧家，跟王翠花和谢阿根提亲，说表姐家条件很好，人家都是供应户，如果不是因为孩子比一般人反应稍微要慢点，早结婚生子了。而且她表外甥长得很出挑，从外表看，一点都看不出来，在明州毛纺福利厂上班，是个工人。现在诚心诚意托她在这边找个好姑娘当媳妇，不要女方一分嫁妆，只要同意这门亲事，就给一万元彩礼，还有一套金首饰，另给一笔酒席钱。说完，马大婶又拿出罗健的照片给两人看。

一听这个条件，正捏着酒杯有滋有味喝着黄酒的谢阿根马上两眼放光，一口答应。马大婶又问王翠花意见。王翠花抬头看了女儿一眼说，嫁到城里，你可以享福去了。卓慧面无表情，似乎一切都跟她无关。倒是同母异父的弟弟谢飞龙显出一脸的不舍，他说，姐，那以后我不能天天看到你了。王翠花马上说，你好好读书，以后考到城里去读大学。谢飞龙一听，不吭声了。他的成绩不好，能不能考上高中现在还不知道，更不用说大学了。

见事情谈妥，马大婶就欢天喜地告诉了自己的表姐，约定今天带卓慧进城先见个面，当面聊聊，如果没意见，就把婚事定下来。按道理，卓慧父母至少要有一个陪同着前来，可王翠花说，这事就让马大婶全权代表好了。卓慧也不想她父母跟着来，她的人生自己做主。

阿慧，只要你以后好好跟我外甥过日子，我表姐一家是不会亏待你的。马大婶叮嘱道，身为媒人，责任重大，她可不想中途出什么幺蛾子。

阿婶，你放心，我心里有数。卓慧轻轻地说了一句，她的内心充满了恨。从小，她就听母亲说自己命硬，算命先生说她会克父克夫，所以从没有给她好脸色过。在她3岁的时候，奶奶把她送给一户不会生孩子的人家，可她父亲舍不得，因为他不相信女儿会克自己这种鬼话，又把她给抱了回来。没想到，7岁的时候，父亲意外死亡，似乎验证了算命先生的预言。父亲的死，成了她心里的一个死结，她也认为自己是个不祥的人。母亲改嫁的时候，不想带她走，可老年丧子的奶奶坚决不要她，没办法，母亲只好带着她改嫁到谢家村，后来又给她生了一个弟弟。她就是家里的免费劳动力，多余的人，人还没有灶台高的时候，她就要烧饭、洗衣服，还要照顾弟弟。每天放学回家，割猪草、做家务，没一刻空闲。她很努力读书，想考师范，早点离开家。谁知道老天爷喜欢捉弄她，在决定命运的考场，她的初潮突然而至。她傻在那里，大脑一片空白，她以为自己要死了。

没考上，家里不可能再供她读书，卓慧也知道这个家容不下她，她跟母亲和继父提出进城打工。她以为母亲和继父会一口答应，没想到居然被母亲一口拒绝，理由很简单，家里需要劳动力，不然那几亩田怎么办？可她真的不想当农民，更不想整天看父母的脸色。特别是有时候继父用不怀好意的眼神打量她，让她有种莫名的恐惧。

她满脑子只有一个念头,就是离开这个家。她也想过离家出走,可身无分文又能去哪里。正在这个时候,听说马大婶在替她城里外甥物色对象,觉得这是个千载难逢的好机会。她想,再差,难道还会比现状差吗?

马大婶和卓慧两个人一前一后走到车站外面,转了两辆公交车,又走了好长一段路,来到罗健家。

罗健家并不大,但能住商品房,条件已经算很好了,50平方米,两室一厅,住着一家三口。卓慧见罗健跟照片上的样子差不多,很白净的一个青年,坐在那里很安静。要说哪里不对劲,就是他的眼神呆呆的,反应迟钝。这点,马大婶早已跟卓慧说过了,她也就没觉得意外。

罗健的父亲大名罗周正,为人憨厚,他看到卓慧,说了一句,这孩子太瘦弱,一看就营养不良。相比之下,罗健的母亲吴领娣就精明多了。她上下打量卓慧,长得不错,年纪又这么轻,愿意嫁给罗健,肯定是有目的。

你真的想好要嫁给我们家小健?吴领娣疑惑地问。

卓慧点点头说,是的,我会跟他好好过日子。

那你说说为什么要嫁给我家小健?你也看到了,小健其他都好,就是像个孩子一样,我和他爸都很宠他,以后你得宠着他,把他生活照顾好。吴领娣追问道。

叔叔、阿姨,我跟你们实话实说,我想离开农村。阿婶知道,我妈一向不喜欢我,继父更不喜欢我。我原本想通过读书来改变命运,结果考试时出了点意外没考上。我想进城打工,父母不同意,我只剩下这条路。你们放心,我虽然年纪还小,但我什么家务活都会干,会好好照顾罗健,也会好好孝敬你们。卓慧说得很真诚、坦率。

卓慧的情况，罗周正和吴领娣从马大婶那里了解过，听她这么一说，不禁生出几分同情。

这时，一直沉默不语的罗健突然开口了，他说，妈，我喜欢她。

在场的几个人都吓了一跳，吴领娣更是高兴得声音都有点颤抖了，连忙点头说，好好，只要你喜欢就好。

马大婶一拍大腿说，阿姐，你看看，这真是姻缘天注定。

卓慧也被罗健的话惊到了，长这么大，还从没有人说过喜欢她，不料却在这里意外听到，这让她更坚定自己的选择。

由于卓慧还没到法定年纪，不能领证，罗家怕到时候竹篮打水一场空，于是提出来先给金首饰和5000元彩礼钱，等生下孩子，再给5000元。卓慧一脸的无所谓，这钱反正又不可能到她口袋，那金首饰她一样都没份，母亲说要留给她弟弟以后娶媳妇用。对罗家来这一出，王翠花心里很不舒服，既怕这门亲事黄了，又不想答应得太干脆，最后提出来让罗家写个欠条，马大婶当担保人。罗家答应了。卓慧平静面对这一切，这是她的身价，也算是对这19年养育之恩的一个回报。

考虑到罗健的特殊情况，在乡下就没办喜酒，而是把卓慧的家人都接到城里来，和罗家的亲戚在饭店吃了一餐饭，算是宣告结婚了。

就这样，卓慧进了罗家的门。吴领娣见卓慧真的是双手空空嫁进来，叹了一口气，觉得卓慧父母太不可理喻，女儿出嫁，居然一毛不拔，太苛刻，这让她理解了卓慧想离开家的迫切心情。

卓慧很清醒，她清楚，以后和公婆住在一起，日子不会轻松，但无论有多难，她已经没有任何退路。她必须要在城里站稳脚跟，至于以后怎么样，走一步看一步。

新婚之夜，罗健的房间比她上次来看到的有所变化，床上的被子换成了大红的缎面被，上面绣着百子图，很喜庆。玻璃窗和门上都贴着红双喜，房间里还有一台新买的彩色电视机。

直到关上房门，卓慧才莫名紧张起来，她不知道接下来会发生什么，没有人教过她。再看罗健，居然衣服也不脱，倒在床上睡着了，他实在太累。卓慧不敢惊动公婆，就小心翼翼地把罗健的衣服、裤子脱了，盖好被子。关了灯，在床边坐半天，才脱了外套，掀开被子一角钻了进去。她不敢动，怕惊醒罗健，更不敢挨他太近，身体完全是僵硬的。实在困极了，才昏昏睡去。

第二天早上，当卓慧睁开眼睛，忽碰到一双紧盯着她的眼睛，吓得她差点尖叫起来。过了好一阵，卓慧才想起这是罗健家，她已结婚，松了一口气。

起床后，两个人走出房间，罗周正和吴领娣正在吃早饭。看到小两口起来，吴领娣说了句，洗好脸吃饭。卓慧让罗健先去洗漱，等他好了，自己再去。

吴领娣就问卓慧昨晚睡得怎样？卓慧红着脸说挺好的。罗周正私下问儿子情况，罗健说自己睡着了，不知道。

连续几天，卓慧和罗健都在床上相安无事。老两口估计卓慧和罗健没有真正同过房，于是一合计，罗周正去夜市地摊上买了一盘毛片，让罗健偷偷看，教他。

罗健终于把卓慧给睡了，成了事实夫妻。当罗健第一次进入卓慧瘦弱的身体，卓慧的眼角流下了眼泪。

结婚一周，卓慧就向公婆提出来去找工作做。她说，爸、妈，我年纪轻轻的，不能待在家里，加重你们的负担。不管做什么工作，多少能挣点钱补贴家用。

罗周正和吴领娣听卓慧这么说,心里多少还是有点感动,觉得她懂事,但又顾虑卓慧一旦有了工作,接触的人多了,会嫌弃罗健。万一她在外面喜欢上别人,那罗家不是白忙一场吗?想到这里,吴领娣说,你有这个心,妈很高兴,工作的事我跟你爸会帮你去找,有合适的你就去上班,没有合适的,暂时就在家里,做些家务活。你看你这么瘦,要好好养养身体。身体养好了,给妈生个大胖孙子,妈这辈子的任务就算完成了。

卓慧听婆婆这么说,就很顺从地答应。她是个聪明人,对公婆的心思不说也能猜到几分,她现在要做的,就是听话。罗家给了她一个容身之地,她会好好回报的。

转眼,春节到了。

从礼节上讲,罗健得去一趟丈母娘家,卓慧只好带着他回谢家村。在车站,碰到谢大军和董亚芳回家,刚好买的是同一趟车次。算起来,卓慧和谢大军也算是亲戚,卓慧的继父是谢大军的堂叔,她得叫谢大军哥。谢大军没想到卓慧这么年轻就结了婚,见她丈夫相貌倒是长得周正,只是神情有些不对劲,怕是智力有问题。卓慧也不隐瞒,轻声说了下情况。谢大军和董亚芳都感到很意外,特别是董亚芳,她第一次对卓慧刮目相看。因为她看出来了,卓慧嫁给罗健,纯粹是为了在城里落脚生根。如果换作自己,能做到吗?董亚芳怔在那里。

这一路,董亚芳话很少,她一直在想卓慧的选择到底值不值得。客车到了县城,谢大军又租了一辆三卡车,四个人挤着回谢家村。

回家后,谢大军和董亚芳的婚事被提上议事日程,按双方父母的建议,婚期定在10月1日。这次,谢大军没意见,只是直觉在暗示他,董亚芳有别的想法。果然不出所料,董亚芳说再缓缓,理由是谢大军还没有能力养家,好不容易在城里找到工作,就要想办法扎根,等有条件了再结婚生孩子。

董亚芳说完,谢家一家三口的脸色都不太好,董生康和邵招弟一看,连忙打圆场说,别听她胡说,就这么定了,10月1日结婚,我们去准备嫁妆,你们也准备一下。

谢刚和张娟见亲家这个态度,就点点头说,婚房已准备好,请木工打一套家具就可以了。

双方父母开始进入细节的讨论,董亚芳偷偷瞄了一眼谢大军,见他脸色阴沉,忽有点后悔刚才的直言。她知道谢大军这个人很敏感,自己不同意结婚,他肯定会不高兴,于是就闭上了嘴,不再言语。

等谢大军和他父母离开董家,邵招弟把女儿狠狠地骂了一顿,说,你进了城,缺心眼了?都住一起了还不早点结婚,万一男人有个什么三心二意,吃亏的还不是你?

董亚芳想争辩,甚至想说,说不定是我不要谢大军。又怕刺激了她爹娘,就回了一句,你们不懂。回自己的房间去了。

本来谢大军对结不结婚也没那么急,但董亚芳那一番言辞还是让他很受伤,感觉不舒服。自从进城后,他一直有种预感,董亚芳早晚会离开自己,另攀高枝。想到这里,不免有些心灰意冷,觉得女人太善变,没意思。

正月初八,谢大军和董亚芳一起坐车回明州,开始新一年的工作。表面看,两个人还是老样子,但心里已存芥蒂。董亚芳知道谢大军在想什么,可她懒得解释,了解得越多,她对这个男人也越失望。在她眼里,谢大军就是一个不思上进,没什么想法的男人,对生活没啥要求。而她现在已有很明确的人生目标,就是要过上好日子。她又一次想起了卓慧。卓慧在家里住了两天就和罗健回城里去了。

听说罗家条件很好,对卓慧也很好,公婆都叫她不用出去工作,在家里干点家务活就好,享福了。

董亚芳把头转向窗外,空旷的田野还在沉睡中,一切都未知,一切又似乎在若隐若现地诱惑着她。

8

* * * *

林之光决定去趟上海,他想去出版社碰碰运气,看有没有可能跳过批发书店,直接从出版社拿货。李小梅听了儿子的想法,觉得他在异想天开,因为按当时的政策,民营书店不能和出版社发生直接的联系,更何况像左岸之光这种小书店,更加不可能。林之光是个有想法就会去行动的人,他买了一张火车票,叫张勇和周洋把店管好,就出发了。

坐了六个小时的绿皮火车,到上海已是黄昏时分,林之光找了家小旅馆住下。

闲着没事,林之光就坐公交车去市中心逛,他想顺道看看上海的书店。下了车,刚碰上下班高峰期,自行车、三轮车,加上小汽车、公交车,把狭窄的马路挤得满满的。林之光发现上海女人的穿着打扮要比明州的女人漂亮、洋气。首先是发型,同样是短发,他母亲的短发就显得很老气,而这里的女人短发好多都先烫后修剪,这样头发看起来似卷非卷,有微微的起伏感,显得柔美多了。也有烫着长波浪的,斜着梳,松松垮垮系一根绸带,甩到胸前,一种说不出的妩媚。

这时,一个身穿大红连衣裙的女孩从林之光身边经过,林之光盯着那女孩滑顺的黑长发，心想周洋也有这样一头好发，只是从没有见她披下来过，一直是扎着马尾，可惜了。下次建议她披下来，刘海最好稍微卷一下，一定很好看。转念，纳闷自己怎么会想这些，好奇怪。

小伙子，让一让。一个老头挎着一个军绿色的帆布包，抱着一大沓报纸走过来。

林之光赶紧让到一边，抬头看街两边林立的招牌，亨得利钟表店、大光明钟表商店、上海帐子公司等等，很是热闹。忽看到一家"兴发计算机经营服务部"，就走了进去，原来是卖品牌电脑和配套设备的。营业员打量了林之光一眼，见他样子也不像是买电脑的，懒得理他。林之光装作没看到那张冰冷的大饼脸，见电脑边上有一沓介绍资料，就拿了一张看，"卧式机箱""双软驱""win3.1 操作系统"，配针式打印机，一套将近 3 万元。这个价大大超出林之光的心理预期，再看营业员一脸鄙视，大写着"乡巴佬"这三个字，不禁有点恼怒，就放下资料走了出去。心想有什么了不起，哪天等我有钱了，就买好多台电脑回去。

再走到街上，林之光轻轻地吁了一口气，觉得自己没必要跟那种势利眼计较，肚子饿了，还是先去填饱了再说。他找了家小吃店，吃了一碗阳春面，一客小笼包，抹了抹嘴，问别人附近有没有书店。人家说有新华书店，给林之光指了指路。林之光道了声谢，直奔书店而去。

拐了几个弯，前面出现一幢两层楼的房子，抬头一看，原来是上海音乐书店。林之光走了进去。这是家专业书店，全是跟音乐有关的图书、磁带和唱片等。书店环境整洁，分类清楚，摆放有序，让人感觉很好。顾客不少，但店里很安静，没什么嘈杂的声音，更没有人大声喧哗，空气里只有流动的古典音乐，让林之光心生欢喜。

林之光来到买唱片的柜台，选了梁朝伟的《一天一点爱恋》、周华健的《花心》和刘德华的《真情难收》三张唱片。还买了一盒上海音像出版公司发行的《红宝石》磁带，里面有韦唯、蔡国庆等人唱的歌。

付好款，林之光提着袋子从音乐书店出来，又去了一趟百货商店，看到时髦的苹果牌牛仔裤，一问价格，居然要300多元，把他给吓了一大跳，心想这也太贵了。

经过头饰柜的时候，林之光想到了周洋，鬼使神差地挑了一只发圈，花朵形状，蓝色，中间嵌了一颗白色的珠子，朴素大方，花了10元钱。又买了几包奶糖，走出商店。晚风一吹，林之光醒悟过来，自己刚才怎么会买这东西，送周洋合适吗？再想想，应该也没啥吧，又不是什么贵重物品。只是周洋有，张勇没有，似乎也不太好。可他一时也想不出送张勇什么礼物，见时候不早，还是回旅馆休息。

第二天一早，林之光去的第一家出版社是上海译文，他直接找发行科长，态度诚恳地介绍了自己的书店和发展规划，又说了一堆自己所了解的译文社书籍情况，再三称赞出版的书质量好，非常喜欢，表达了想进货的强烈愿望。

当时的出版业空前繁荣，但读者买书却不容易，原因是书店一般面积都不大，只能有选择陈列。而出版社的新书品种又多，没法都在书店出现，只能压在仓库。再加上出版社打交道的都是集体书店，而民营书店又刚刚起步。像林之光这种小书店，出版社根本没兴趣，因为销量太有限。

不过那天林之光的运气不错。也许是人家看他长相忠厚，又说是带了现款；也许是人家见他这么了解本社的图书，诚意十足。总之,最后那位发行科长同意以七八折的批发价,让他每个品种买三册。林之光喜出望外,连声道谢。只要一家突破,后面就有希望。

回到明州后,林之光直接到书店,给两个人各一包大白兔奶糖,然后装作很随意的样子对周洋说,小周,我给你带了样小礼物,不知道你喜欢不喜欢?

周洋接过林之光递给她的纸袋子,打开一看,原来是一朵头花,惊喜地说,好漂亮,谢谢林老师!

林之光笑着说,不用谢。

张勇看到表哥送周洋礼物,感觉怪怪的。他曾向周洋表白过,可惜周洋说年纪太小,暂时不考虑,大家做好朋友。他也很大方地表示没关系,所以平时在一起工作也没觉尴尬。现在看来,或许表哥也有这意思,就是不知道周洋会不会答应。

等周洋下班走了,张勇走到林之光面前,突然问,阿哥,你是不是喜欢周洋?

林之光一愣,一时竟不知该如何回答。对周洋,他其实自己也没搞清楚过,于是就支支吾吾地说,小周人不错。

阿哥,周洋不喜欢我,如果你喜欢她,你去追好了,我没意见。这是张勇临走前丢给林之光的话。

林之光哭笑不得,说你想哪里去了。

话虽这么说,但张勇的话犹如一颗小石子,丢进了林之光的心湖,泛起阵阵涟漪。他接触的女孩子太少,但周洋给他的印象确实很好。朴实、勤快、能吃苦,若真找她当老婆,还是挺合适的。不过这事急不得,他现在的兴趣点在开店,那就先把第二家店开起来再说。

台灯下,周洋把林之光送的头花拿出来看,想象一个大男人去买这个女孩子用的物品,嘴角不禁微微上翘。她真没想到看起来挺木讷的林之光居然这么有心,还给员工带礼物。

每个少女对爱情都充满了幻想,周洋也不例外,她也想拥有一份美好的爱情,和相爱的人一起相守到老。这个梦能实现吗?周洋的目光落在那朵头花上,她想明天就戴上它吧!

当林之光看到周洋戴了头花,心里有一种莫名的异样感。张勇也看到了,忽觉得书店的工作很没意思,他不想再干。

林之光察觉到张勇情绪的变化,就私下跟张勇说,你不要想太多。张勇闷闷不乐地说,没多想。林之光说,现在这样挺好的,大家和睦相处。张勇说他知道,就不再言语。

胡杨来了,说明湖旁边有店面转让出租,问林之光有没有兴趣去看看。他记得林之光以前说过,想多开几家书店。林之光一听,马上说好。在林之光心目中,明湖是这座城市诗意的象征,有着悠久的历史,能在明湖区域开书店,那是再理想不过。

林之光到那里,见这店面位置闹中取静。站在店门口,与明湖隔岸相望,视觉效果很好。面积虽然不大,但林之光看了还是心动不已。

晚上回到家里,跟父母说了开第二家书店的想法,说店面已看过,挺好的。李小梅没想到儿子的事业心这么强,她说,你刚赚了几元钱又去开新店,万一亏了怎么办?林良友也劝儿子慎重,不要头脑发热。

林之光说,我有数,这事你们就别管了,我已经决定,就是来告诉你们一声。

李小梅清楚儿子的脾气,她说,你要开店我们也拦不住你,不过你要答应我一件事。

林之光问,什么事?

明天晚上跟妈一起去看个姑娘,是个小学老师,我看过照片,人长得很标致。李小梅不紧不慢地说。

相亲?妈,我现在忙着创业,哪有心思谈恋爱。林之光一口回绝。

之光,你也不小了,谈恋爱不会影响你创业,去看看,不要惹你妈生气。林良友怕这母子俩一言不合,又要抬杠,赶紧做儿子工作。

林之光想想自己开新店,还得依靠父母之力,算了,给老妈一个面子,于是就说,行行,那就跟你去一趟。

李小梅见儿子答应,很高兴,又喋喋不休地说了半天那姑娘的情况。林之光左耳朵进,右耳朵出,根本没有往心里去。

这相亲,林之光纯粹是去走走过场,还故意装出一副痴呆相,让人家姑娘没有瞧上他。事后,李小梅气得拿着锅铲要揍他,说以后你就打一辈子光棍好了,这么好的姑娘你都看不上,你还想要什么样的人?

妈,这件事你就别管了,我心里有数。林之光皱着眉头说,我对她没感觉。

什么感觉?结婚是过日子,哪来这么多感觉?感觉是靠不住的,找老婆就是找个适合过日子的女人。李小梅非常地不满,认为儿子小说看多了,中了毒。

林之光不想和母亲争执,就躲到房间里看书去。

真不省心。李小梅又把矛头对准丈夫,说没一个省心的。

林良友躺着也中枪,只好哄老婆,说别生气了,现在年轻人都想自己找对象,我看这事你真不要管他,随他自己决定好了。

李小梅狠狠瞪了林良友一眼,怪丈夫不跟自己站在同一条战线上。林良友就赔着笑脸,好说歹说,总算把李小梅的火给灭了。等李小梅进了房间,林良友敲开儿子的门,很不满地说,下次不要惹你妈生气。林之光朝父亲扮一个鬼脸,心想,以后一定要找个性格温柔的女朋友,如果个性跟他妈妈一样强,那要吃不消了。

很快,第二家左岸之光书店进入了紧张的装修阶段,林之光一边要监工一边联系出版社进货,还要招新员工,忙得脚不落地。

这天,林之光来到公园路店,见周洋一个人在,就问张勇去哪里了。周洋说去提货了。

周洋,我想让你去管明湖店怎么样?你去当店长。林之光认真地说。

我可以吗?周洋很意外,以为自己听错了,反问道。

你当然可以,你有这个能力。林之光肯定地回答。

谢谢林老师,我会好好干的。周洋的眼睛里全是喜悦,这是一种肯定与鼓励。

你这段时间有空看看管理方面的书,等新员工都招齐了,你还要给她们做个基础的培训。林之光说。

林老师,培训我不行吧。周洋怕自己无法胜任,让林之光失望,忐忑地说。

你不用担心,这个很简单的,再说也没几个人。林之光安慰她。

周洋听林之光这么说,松了一口气,她说现在就去找书看。林之光就帮着她一起挑。

张勇回来了,林之光问,是不是"布老虎"的书到了?张勇点点头说是的,《苦界》和《无雨之城》到了。

林之光让周洋去小黑板上写最新书讯,周洋马上照办,写好后拿到店门口。

听说周洋要去新店当店长,张勇的脸色就变得不太好,觉得表哥偏心,无论从哪方面来讲,这店长也该让他去当,怎么轮得到周洋?

林之光看张勇的神情,就猜到他的想法,他没说什么。一直等到晚上要关门,店里没其他人时他才开口说,阿勇,你是不是觉得让周洋去新店当店长,是阿哥偏心了?

听林之光这么说,张勇不好意思起来,连忙摇头否认,说没有,我管这里也一样。

你知道我为什么要让周洋去新店当店长吗?林之光问。

不知道。张勇老老实实地回答。

周洋虽比你小一岁,但比你成熟,你看你,心里有点不开心,工作就马上带情绪。去新店,一切都是新的开始,很辛苦,她比你会吃苦。更何况,她现在也有一定的工作经验,又很有责任心,所以她比你更合适。林之光语重心长地说。

张勇的脸微微泛红,他承认表哥说得有道理,只是这不满的情绪他暂时还控制不了。不过他这情绪来得快,去得也快。

林之光见张勇意识到了自己的问题,就说以后这家店要全靠你了,明天开始招新的营业员,来接替周洋的工作。

张勇点点头,说好。

周洋回到家里,还是没忍住,把这个好消息告诉了父母。蒋春花第一个反应就是会加多少工资。周洋说现在还不知道。

自从周洋自己做主分配工资,蒋春花看到女儿就没好气,说她小小年纪心眼多,不懂得体谅父母的难处。周洋装作没听见,她是个很有主见的人,在书店有空看看书,学到了不少知识,这让她越来越喜欢这份工作。

周大海见女儿有出息,很高兴。最近一段时间他和妻子的心情都不太好,厂里在传言要转制,卖给私人老板,有一大批人要下岗,搞得人心惶惶。值得欣慰的是,儿子读书成绩不错,女儿也很乖巧,再熬几年,日子就会好过了。

你们老板多大年纪?周大海随口问了一句。

二十多岁。周洋一愣,林之光具体多大年纪,她不是很清楚,只知道个大概。

这么年轻,结婚了吗?蒋春花突然关心起来。

周洋摇摇头说,好像女朋友都没有。

蒋春花与周大海对视了一下,蒋春花说,他是不是喜欢上你了?

你们想多了。周洋忽明白过来,不由大窘,赶紧回自己的房间,脸却莫名地红了起来。

"渴望像三毛流浪他乡/渴望小溪似的终日欢畅/渴望是山风/云霞……少女的梦/如水柔情似初开鲜花/像垂柳枝细嫩绵长/少女的梦/有闪电和冰雹/有徘徊与彷徨……"

夜深了,周洋在笔记本上写下了一首小诗《少女的梦》。她想起谢大军,那位喜欢诗的年轻人,哪天跟他好好交流交流。写诗,也是她的一个梦。

9

* * * *

卓慧天天待在家里很无聊,想起上次碰到谢大军,说他在公园路的旧时光书店工作,就跟婆婆提出来,说想去堂哥工作的书店看看。自卓慧进门后,吴领娣一直没有放心过,她现在只盼着卓慧早点给罗家生个孩子。按她的人生经验,一个女人只有生了孩子,那颗心才会真正安定下来。不过吴领娣是个聪明人,她的不信任并没有写在脸上,而是埋在心底,暗中观察。让她意外的是,卓慧的表现非常好,做家务很勤快,研究怎么炒菜,说话轻声细语,身上有一种远远超出年纪的成熟。

你堂哥?吴领娣狐疑地问。

卓慧点点头说,是的,过年回家,我和罗健在车站碰到堂哥和嫂子,我们坐的同一班车。

吴领娣一听这堂哥有老婆,马上很大方地说,那行,你可以请你堂哥和嫂子来家里坐。

卓慧感激地说,好的,妈,我不会耽搁太久。

吴领娣微微点了点头,从口袋里掏出一张 10 元钞票递给卓慧,说身上带点钱。又告诉她坐几路车到公园路,让她不要迷路了。

卓慧接过钱,很乖巧地表示自己会早去早回。

卓慧出了门，吴领娣坐立不安，她想卓慧会不会跑回家？再一想，不可能，这里的生活比她在农村不知要好多少倍，没理由跑掉。再说，跑得了和尚，跑不了庙，就凭给她的10元钱，她还能跑哪里去？这么一想，觉得自己想多了。

卓慧下了楼，整个人都感觉好自在，她猜测婆婆不放心，嘴角不禁浮起一丝苦笑。在罗家有吃有穿有地方住，罗家人对她也不错，她干吗要跑？若真要走，也不是现在，眼下她还没有离开的资本。等到了那一天，再作打算。

坐着公交车来到公园路，卓慧看一切都是新鲜的。经过左岸之光书店，看到门口的小黑板上写着招营业员，卓慧停下脚步，很想进去问，又想到公婆肯定不同意她出来工作，只好叹一口气。

谢大军看到卓慧突然出现在面前，非常惊讶，说阿慧，你今天怎么有空过来？

卓慧环顾店里满满当当的书，虽说是旧书，但感觉还是很特别，眼里不禁流露出向往之色，说阿哥，你这工作真好。刚才我看到有家书店在招营业员，如果我也能出来工作就好了。说到最后，卓慧的神情黯淡下来。

谢大军同情地看着卓慧，说你这么年轻不工作，难道他们能养你一辈子？

卓慧摇摇头说，我婆婆希望我能给罗家生个孩子，只有生了孩子，我才能出来工作，不然不放心。

谢大军的心情变得沉重起来，虽说他和卓慧一向没什么交集，可不管怎样，都是谢家村的人，更何况还有堂叔这层关系，既然她把自己当哥，他自然也不会把她当外人。于是小心翼翼地问道，阿慧，你为什么要嫁给这么个男人，就因为他是城里人吗？

卓慧非常干脆地回答,是。我想离开农村,离开那个家。阿哥,我们什么都没有,想在城里生存不容易。罗家人对我很好,现在生活比在家里好太多了,我很知足。

谢大军没想到卓慧年纪轻轻看问题却很深刻,很是敬佩。他说,阿慧,你可惜了,如果在城里多读几年书,像你这么聪明的人,肯定很有出息。

说到书,卓慧问,阿哥,你这里的书能借我几本看吗?

谢大军大方地说,没事,你喜欢就选几本,我买了送你,旧书便宜的。

卓慧说,这怎么好意思,又不是你自己的店。

谢大军说,没事,我们老板人很好的,我买,只付进价就可以了。

卓慧摸了摸口袋里的钱说,我婆婆给我钱了。

谢大军说,阿慧,你就别见外了,你现在什么都要靠你婆家,用他们的钱买书他们会有想法的。如果是我送你,那就是另外一回事了。

卓慧想想也是,就不再推辞,谢大军让她自己选。卓慧很认真地看了起来。在农村的时候,由于书很少,她就是想看也没什么机会。现在面对这么多书,卓慧反而不知道选哪本,最后挑了三本琼瑶的小说。她问谢大军能不能借,看完她就送回来。谢大军想了想,这类书也就是消遣,确实不值得买,就同意卓慧带回去看。卓慧很开心,连声道谢。

阿哥,我婆婆请你和亚芳姐有空到家里去坐坐。卓慧临走前,向谢大军发出邀请。

谢大军说,有机会一定去。

卓慧走了,谢大军陷入了沉思,他在想亚芳。强烈的直觉告诉他，亚芳在渐渐离他而去。订了婚又怎样？结婚还可以离婚呢，更不用说订婚。自从春节回到城里后，亚芳回出租房的频率越来越低。即使回来，跟他在床上亲热时，也完全不在状态，应付了事。谢大军想到卓慧，年纪轻轻，但她的人生目标却非常明确，而且愿意为了实现这个目标，付出这样的代价。值不值得只是旁人的看法，至少对她本人来说，肯定是觉得值，才会这样去做。那亚芳呢？她一直抱怨自己不会挣钱，没办法让她过上好日子，假如也有那样的机会，她又会怎么做？谢大军想得头疼，对这份感情，他是越来越没有信心。

　　谢大军不知道，这个时候，董亚芳被一个男人带到商场买金首饰，又带她去饭店吃饭。吃好饭，两个人进了一家宾馆。当那男人在床上不断折腾董亚芳，让她忍不住发出尖叫，董亚芳清楚自己和谢大军不会再有未来。

　　董亚芳是从卓慧身上看到了榜样的力量，明白若想过上好日子，有一条捷径可以走，那就是找个条件好的城里男人。只是这城里的男人不是想找就能找的，再说，人家条件好的又怎么可能会找个乡下妹子？给已婚男人当情人，之前她没有想过，只是在宾馆工作，见多了形形色色的人，而每次回到出租房，她的决心就会增加一分。当这个经常带客人来住宾馆，拿着砖头似的大哥大，一副老板派头，名叫李雄的男人向她示好，给她送各种礼物，等她下班请她吃夜宵，开车带她去兜风，去商场给她买漂亮的衣服，她就没有拒绝。因为这样的体验对她来说太新鲜了。想起和谢大军在一起的日子，每天要计算着这么点可怜的工资花，买衣服只敢去夜市地摊，而且从不敢多买一件，更不用说出入高级饭店了。既然机会摆在眼前，她干吗要放弃？所以，当李雄把一只金手镯套进她的手腕时，她就半推半就成了他的情人。

你会一直对我好吗？董亚芳伏在李雄怀里，轻声问。她在比较、感慨，同样是男人，谢大军的胸膛实在是太单薄，全是骨头，一看就没有安全感，而李雄就结实多了。

李雄没有说话，他坐起来，拿起床头的一包烟，抽一根出来，用打火机点燃，深深地吸了一口，又缓缓吐出，一只手轻轻地抚摸着董亚芳光洁的背。有人说，男人有钱就变坏，李雄觉得变太正常，不变才不正常。这几年运气不错，靠香港那边亲戚的关系，他注册了一家投资咨询公司，专为本市企业引进外资，从中谋利。凭着三寸不烂之舌，成功率很高，日子过得挺滋润。其实很多外资真正投入的钱很少，但没关系，那些企业只需要一张"虎皮"，即可以享受政策优惠，大家都心照不宣。有了李雄这样的中介人牵线搭桥，最后的结果是双方皆大欢喜。对怀里的这个乡下丫头，他不过是逢场作戏，谁会当真。她贪他的钱，他图她年轻的身体，各取所需，谁也不欠谁。听董亚芳问他，感觉挺好笑的，难不成她还当真了？

我想和他分手。董亚芳抬起头，对李雄说，我要跟着你。

李雄吓了一跳，他知道董亚芳有男朋友，第一次约她出来时，她就说了。当时他就笑，说我喜欢你，跟你有没有男朋友没什么关系。他一直以为她只是贪图他的一些物质，没想到她居然认真起来，这让他有些不安，忙安抚道，别傻了，你这么年轻，以后肯定要嫁人的，我比你大这么多，不能害你。乖，听话，我们现在这样不是挺好的吗？你要什么，我给你买。

董亚芳一脸严肃地说，我男朋友早晚要知道的，到时候说不定我会被他打死，不如趁他没发现提出分手。我现在不喜欢他了，我喜欢你。

李雄见董亚芳这个样子，只好说，你再好好想想，你要跟我也可以,哪天你想嫁人了就告诉我,我会给你准备一份嫁妆,让你风风光光出嫁,但有一点你要记住,离婚我是不会去离的,你最好不要有那个念头。

董亚芳盯着李雄的眼睛,微微一笑说,你放心,我不会让你为难的。

李雄被她看得心里打起了鼓,这次不会惹上麻烦吧?再一想,不可能,他是老江湖,这乡下丫头怎么可能会是他的对手。更何况这种事传出去,只会对她不利。不过这也提醒他,以后还是不能跟她太热乎,免得真把他给缠上了。

董亚芳现在满脑子想的是怎么把李雄这个男人抓牢,既然她已迈出了这一步,就没有回头路,好好坏坏,她只有走下去。

卓慧回到家里,吴领娣见她带了几本书回来,很纳闷。卓慧说,这是问堂哥借的,看完就还回去。吴领娣想想看书也不算坏事,也就没有说什么。卓慧把书放好,就主动去厨房准备晚餐。

正在切菜的卓慧忽想起看到的招聘信息,忍不住对吴领娣说,妈,今天我看到那边有书店在招营业员。

吴领娣听出卓慧的言外之意,立马说,你现在的头等大事就是把身体养好,给我生个健康的孙子,工作的事就别操心了,罗家还养得起你。

卓慧好脾气地说,妈,我知道你们对我好,我就是觉得自己年纪轻轻在家待着每天吃白饭,心里很过意不去。

吴领娣说,傻孩子,这有什么过意不去的,既然你嫁给了罗健,我们就是一家人。

卓慧说,妈,你真好!

婆媳两人一个在厨房里一个在厨房外,你一句我一句地聊着,竟聊出几分亲情来。

看了一眼时间,卓慧心血来潮地说,妈,我去接罗健下班。

吴领娣很高兴,马上说,好的,你去吧!

卓慧来到福利厂,正在糊纸盒的罗健一见她就咧着嘴笑。负责人见罗健的老婆居然是个年轻标致的姑娘,大跌眼镜。又听说她没工作,就对罗健说,可以叫你老婆一起来我们这里上班。卓慧谢过负责人,说要征求公婆的意见。负责人表示理解。

走出工厂大门,卓慧牵住罗健的手,慢慢朝家走去。她承认自己是在演戏,是给公婆和身边的人看的。对这个男人,她心里能做到不讨厌已经很不错了,要她喜欢那是不可能的。去福利厂上班,她不喜欢,因为那里没几个正常的,她怕自己在那个环境里待久了,也会变得不正常。

到家后,罗健含糊着告诉父母,让卓慧陪他上班。吴领娣问卓慧咋回事,卓慧就把那位负责人的话说了一遍。罗周正觉得这个主意挺好的,可以多挣点钱,可吴领娣不同意,她在想那位负责人是不是在打卓慧的主意。卓慧表态,一切听婆婆的。吴领娣很满意媳妇的态度。

罗健饿了,一屁股坐到餐桌边,夹起一块红烧肉就往嘴里塞,边含糊地笑着,有油从他的嘴角流了下来,滴在胸前。卓慧看到,忽感到一阵反胃,恶心想吐,就跑到厕所去,可又没吐出来。吴领娣一听,心中大喜,忙跑过去,又是抚胸又是拍背,百般关心。她在算卓慧上次来例假的日子,好像超出有段时间了,只是卓慧的例假一向不准,所以这次她也没有特别在意。

明天去医院查一下,说不定怀上了。吴领娣看卓慧的目光变得无比慈祥,让卓慧的眼眶没理由地红了起来。

卓慧双手抚胸,被吴领娣扶着到椅子上坐下,罗周正已端来一杯热开水,让她喝几口。罗健还不知道发生了什么事,只顾吃他的肉。

这一晚,吴领娣和卓慧都没有睡好。吴领娣盼着这次卓慧能怀上,卓慧也希望自己能怀上,早生早完成任务。

第二天一早,吴领娣就带着卓慧去了医院,检查结果出来,卓慧真的怀孕了。看到检查报告的结论,婆媳两人都很开心。

从那天开始,卓慧成了罗家重点保护对象,什么都不用她干,静等孩子平安降生。

10

* * * *

谢大军去宾馆找董亚芳,他想找她好好谈谈。这段时间,董亚芳很少过来,就算他去接,她也总是借口太累不想来,即使过来,也是一副魂不守舍的样子。谢大军不是傻子,他意识到董亚芳的心已不在他身上,既然如此,那就好说好散,今晚,他想要一个答案。

还没有走到宾馆门口,谢大军就看到董亚芳打扮得漂漂亮亮走出来。不知为何,他没有迎上去,而是闪过一边,站在角落的阴影里。董亚芳没有看到谢大军,现在的她走路姿态很优雅,训练出来了,高跟鞋发出的清脆声从谢大军耳边滚过,踩得他心痛。董亚芳走到路边,那里停着一辆黑色的小轿车,她走上前,很熟练地拉开车门,坐进副驾驶室。小轿车掉了个头,朝黑夜深处驶去。

谢大军握紧了拳头,呼吸变得急促起来,好像有什么扼住了他的喉咙。心里的猜测变成了现实,谢大军还是不能接受,不管怎么样,两个人没有正式分手,她还是他的未婚妻,她怎么可以做出脚踩两只船的事情?在黑暗中站了半天,谢大军努力让自己冷静下来,然后朝董亚芳的宿舍走去。

到了董亚芳宿舍,谢大军故意站在门口叫董亚芳的名字。一个女孩伸出脑袋对谢大军说,亚芳不是回你那边了吗?你们没碰上?

谢大军一脸的懊恼,说都怪我,来晚了。

那女孩说,你对亚芳真好,给她买这么多漂亮的衣服,我们几个都好羡慕她。

谢大军装作不好意思的样子说,对女朋友是要好啊,怎么你们没出去玩?

那女孩说,一出去就要花钱,还是省着点,不像亚芳,有你这么个会赚钱的男朋友。

谢大军说,惭愧惭愧,那我走了,谢谢你!

离开宾馆,谢大军的心撕裂般难受。他是没有钱给董亚芳买漂亮衣服的,可以肯定,那是其他男人买给她的。

经过一家小店,谢大军买了两瓶啤酒,边走边喝。回到出租房,已有几分醉意。他脸也不洗,牙也不刷,直接就躺在床上,盯着天花板发呆。想到董亚芳今天跟别人睡,明天又跟自己睡,他有一种说不出的恶心,想吐又吐不出来。这事若传到乡下,他谢大军的脸要丢尽了。而且,按当地风俗,倘若订过婚,男方提出退婚,那么之前送的首饰或礼金都不能退。除非女方先提出来。可既然他已知道真相,就不可能和董亚芳继续保持恋人关系。他就等董亚芳开口,看她有什么话说。

第二天早上,董亚芳回到宿舍。同事打趣道,你男朋友对你真好,昨晚你刚走,他就来接你。

董亚芳吃了一惊,昨晚她和李雄去约会了。事后,李雄回家,她一个人住在宾馆没回来。她早就想和谢大军分手,是李雄劝她慎重,现在既然被谢大军发现,也好,省得她去编一个谎话,多费口舌。

这一天,董亚芳整个人不在状态,不管怎么说,谢大军并没有错,是自己背叛了他。为了不产生内疚感,她又找了很多理由来为自己开脱。好不容易等到下班,她就去了出租房。谢大军看到她,一脸的冷漠。

董亚芳张了张嘴,却不知道该说什么。不管她想了多少个理由,真的面对谢大军时,她还是理亏。见房间的角落里多了一只鼓鼓的编织袋,而她的东西已不见踪影,她就明白了谢大军的意思。

对不起,我父母那里我会去解释,那些金首饰我会让我妈还回去。董亚芳低下头,轻声说。

谢大军沉默着,他的目光落在董亚芳身上,脑子里闪过和她在一起的点点滴滴。他给她写情诗,她虽然不懂,但还是表现出很高兴的样子。有月亮的夜晚,两个人手牵手在田野散步,说着对未来的美好畅想。她虽然有些虚荣心,但并没有提过太多过分的要求,没想到这一切到城里后都变了。如果一直待在农村,没有出来,她可能已跟他结婚。他是没有钱,可对她是真心的好。难怪春节商议婚期她不同意,原来早有别的打算。这个女人还没结婚就做对不起他的事,太过分。人心难测,真没想到这个口口声声说要跟他一辈子的女人,转个身就变了心。让他更为心痛的是,他发现她依然在他心上,这份感情对他来说,并不是说没有就没有了。

董亚芳提起编织袋,有点沉,她咬着牙提了起来,对谢大军说,我走了。

为什么?谢大军沙哑着声音,对着董亚芳的背影问。

董亚芳回头,似笑非笑地说,你太穷,不能给我想要的东西。

谢大军的身体微微颤抖一下,他咬住自己的嘴唇,拳头紧握。他很想狠狠骂她,可还是没有骂出口。

董亚芳走了,逃一样地离开。在村口,她碰到长相猥琐的房东老头,见老头一脸的狐疑,怕他多问,赶紧加快脚步。刚好有一辆出租车过来,她就招手,只有先到宿舍再作打算。坐上出租车,董亚芳想起以前只要她和谢大军在一起,再多的东西,都是谢大军一个人拎,以后还会有人帮她拎吗?

你不要后悔。董亚芳的脑海里一直回荡着谢大军最后对她说的那句话。

董亚芳虽然现在还无法确定自己会不会后悔,但有一点她清楚,那就是她已无路可退。

同屋的几个女孩见董亚芳提着一大袋东西回来,很奇怪。董亚芳含糊道,房东不让住了,要换地方,她先把东西搬过来放宿舍。大家也没有怀疑,还帮着骂了房东几句。

晚上,董亚芳躺在床上,翻来覆去没有睡着。她对谢大军并非没一点留恋之情,毕竟在一起不是一天两天,她也犹豫过,可另一种活法对她的诱惑太大。当她和谢大军吃路边摊的时候,她就会很自然地想到饭店里的美味佳肴。走进散发着霉味的出租房,她就会想到宾馆里那张宽大舒适的床。在夜市地摊上买一条20元的裙子,都要想了又想。她不要这种生活,她还年轻,凭什么不能过好的生活?我没有错。对不起,大军,只能怪你没有能力,又没有上进心。我在你身上看不到希望,既然你靠不住,我只能靠自己。董亚芳不由自主又想起了卓慧,没付出又哪来的得到?董亚芳终于心安理得地进入了梦乡。

李雄见董亚芳真的和谢大军分了手,有种"湿手沾面粉"的烦恼,他本来只是跟她玩玩,没想到她会这样不计后果。想想那个青春饱满的身体,李雄以最快速度给她租了一套一居室。至于工作,让她先不要急,等他安排好了再换。

谢大军见董亚芳决绝地离开,深受打击,"你太穷"这几个字深深地刺激了他。董亚芳,我一定会让你一辈子都后悔今天的这个决定。谢大军咬着牙,暗暗发誓。

很快,谢大军和董亚芳的父母都收到取消婚礼的信,不知道两个年轻人发生了什么事。两家父母一碰头,发现信里都没说具体原因,只说了下次回家详细讲。另外,董亚芳要求父母把收的四件套金饰还给谢大军父母。

张娟很不高兴,家里什么都准备好了,突然来这一出。她对邵招弟说,上次我们两家商量结婚的事,你家亚芳就不同意,既然她让你们退还订婚礼,说明是她的问题,她肯定外面有了别的野男人。

邵招弟也很恼火,村里人都知道两家定了亲,十月份就要结婚,现在好了,说断就断,以后女儿再找婆家,恐怕会受影响。可这事估计真是女儿的责任,她也不好说什么。

谢刚叹了一口气说,现在年轻人……我们家具都打好了。要么我进城去问问?

张娟摇摇头说,算了,我们也管不了这么多,等大军回来再问。

董生康给谢刚递了一支烟说,我家亚芳没福气,这事不要影响我们就好。

邵招弟听丈夫这么说,想到大家同一个村的,低头不见抬头见,没必要搞僵,就马上换了一个表情,对张娟说,儿女是债,大了就不听我们了。

张娟见邵招弟这么说,也就给她面子,附和道,就是,不管了,都这么大的人了,我们操心也是白操心。

最后,订婚礼是退了,不过两家总算没伤和气,这事算了结了。谢刚给儿子写了一封回信,寄到书店,告诉他,董家已退了金首饰,提醒他在城里好好工作,注意身体。

谢大军收到信后，知道和董亚芳彻底结束了，他说不出是喜是悲。这段时间他一直在考虑一个问题，就是如何挣钱。再苦再累他都不怕，只要能挣到钱就好。他想换工作，可去做什么，他又很迷茫，想想自己在这里也没什么朋友，于是下班后过来找林之光商量。

林之光见谢大军进来，说了自己要开分店的事。现在装修，等开业了你到我新店来坐坐。林之光说。

之光哥，我有事想跟你商量。谢大军的情绪很低落，人看起来也很憔悴、消瘦。

出什么事了？林之光敏感地察觉到谢大军遇到问题了。

我想换工作，辛苦点不怕，只要能挣到钱。谢大军直奔主题，他说，之光哥，我在这里没什么朋友，更没有门路，所以想听听你的意见。

给别人打工，想发财难，林之光沉吟道，最好是自己当老板，不管大小，做生意，虽然不能保证一定会挣到钱，但至少有希望挣到钱。

做生意我也想过，可一无资金，二无技术，能做什么？谢大军不禁绝望起来。

开书店。林之光脱口而出，说完，自己也不好意思地笑了起来，对谢大军说，我除了开书店，其他都不懂。

谢大军沉默了一会儿，点点头，说你提醒我了，这个还真可以考虑。反正我现在也不会结婚，开书店我喜欢，那我就留意起来。

林之光说，好的，我也觉得开书店是有前途的，你有什么不懂，可以来问我。

谢大军很感激地向林之光道了谢，他也不隐瞒，低声讲了缘由，说女朋友嫌他穷，和他分了手，所以想争口气。

林之光安慰道，面包会有的，女朋友也会有的。我比你大好几岁，也没有女朋友，不急。

谢大军被逗乐了，说，我以后要向之光哥学习，先立业，后成家。

两个人聊了好一阵，谢大军心情好多了，于是就告辞离去。

见谢大军走了，张勇对林之光说，阿哥，你让他开书店，这不是给自己增加竞争对手吗？

林之光摇摇头说，这有什么关系，书店谁都可以开的。你想开也可以啊，自己当老板。

我？我有远大的目标，书店太小了。张勇做出一副不屑一顾的样子说。

周洋配合着说一句，小伙子有理想，不错。

你啊，好高骛远。年轻人，还是脚踏实地一点好。林之光以一副长辈的口吻说。

切，你也没比我大几岁，还真当自己是长辈啊！阿哥，你这么老气横秋，要当心找不到女朋友，打一辈子光棍。张勇调侃道。

找不到就找不到。林之光打起了哈哈，视线却不经意间从周洋的脸上滑过，心里有某种情绪似要浮起来，又被轻轻压了下去。

王青山意气风发地进来，他的腋下永远夹着一只公文包，头发梳得油光发亮，手里拿着大哥大，衣着讲究，给人一种很有钱的感觉。

青山兄好久不见，最近在忙什么？林之光热情招呼。

瞎忙，天天在外跑业务，书店也没空管，交给下面的人在管。王青山说。今年他主攻教辅这一块，发展势头很好。

林之光连忙说，忙点好，我也马上要开一家分店，希望以后"左岸之光"能成为明州书业的一个品牌。林之光雄心勃勃地说，眼睛里全是光芒。

我看你还可以胆子再大一点，有些机会错过就不会再来，我前些天刚注册了一家文化公司，准备大干一场。男人嘛，这个年纪创业正好，有精力，有冲劲。王青山自信满满地说。他正在实施一个宏大的计划，一旦和那些学校签订好合作的协议，青山书店以后就转身为明州第一家专业教辅书店，闭着眼睛就能挣钱。不过这些他都没有说出来，属于商业机密，不能随便泄露。

林之光点点头说，我也这么想，只要一家成功，就可以照样复制，这样发展起来就很快。

两个人聊得激情飞扬，张勇在旁边听了，也不禁热血沸腾起来，内心蠢蠢欲动，当营业员是没出息的，早晚他要离开。

周洋听了林之光的发展规划，觉得他很有事业心，对他的好感又加了几分，看林之光的目光里又夹杂了崇拜。林之光接收到了这个信息，心思开始泛滥。他想，或许自己真的可以大胆一些。

谢大军从没有想过做生意，被董亚芳这么一刺激，就决定好好争口气。开店首先要找店面，可这店面也不是你想找就有，而且什么样的地段合适、租金多少等等一系列问题，对他来说，都是两眼一抹黑，完全外行。另外，他这事暂时还不能让老板知道，白天要上班，只有趁晚上和休息天到处去转转，哪有这么合适的，再加上心情不好，更提不起精神。想到自己根本没有能力去开一家书店，无论怎么做，都改变不了这个"穷"字，越发心灰意冷。

经过左岸之光书店，谢大军的脚步像被无形的线牵着，走了进去。林之光一见谢大军神情颓废，眼睛没一点神采，很吃惊，忙问，怎么变成这个样子？

谢大军低沉着声音说，之光哥，你说像我这种人是不是不适合在城里待着？没钱、没本事，除了会写几首破诗，其他什么都不会。

林之光说，你不要这么想，其实我们都一样的。你会写诗很好啊，我想写还不会写。对了，你是不是很久没去投稿了？上次我碰到沈默，他还问起你。

谢大军苦笑说，我现在哪有心思写诗，写不出来了。

林之光说，慢慢来，不急。

问找店面的事，谢大军说了下情况。林之光劝他不要急，这开店也不是说开就开，得等机会。

对了，要不你开家二手书店吧，这样投资就比较少，我觉得二手书还是有市场的。林之光忽闪过一个想法。

谢大军一听，脸上露出喜悦之色，说我怎么没有想到。

林之光说，对啊，你在旧时光这么久，应该知道进货渠道，我看你们老板差不多也是把整个店都交给你在打理，那里面的套路你也清楚。二手书店对店面的要求不是很高，你还可以省下装修的钱。

谢大军被林之光说得又有了信心，不过找店面，他确实外行，就拜托林之光帮他找找。林之光一口答应，谢大军表示一定要振作起来，好好规划自己的人生。

在林之光的帮助下，谢大军开了家"再回首"二手书店，店面虽小，但好歹也是一个新的开始。开店的钱大部分是谢大军回家筹的，小部分是林之光从流动资金里转出来借给他的，这让谢大军感激不尽。为了节约成本，谢大军暂时没有招人，他一个人身兼数职。不过，二手书店性质比较特殊，所以平时基本上不会出现顾不过来的情况。

一切都会好起来的，谢大军看着店门外那棵枝繁叶茂的树，给自己鼓劲。

11

* * * *

"左岸之光"明湖店开业了。

这一天,林之光的心情比开第一家书店时还要激动。他打量着书店整洁的环境,一排排专业定做的书架被涂成清新的淡绿色,而墙壁是雪白的,走进来就让人感觉很清新。看着书架上整整齐齐的书,林之光心里有些小小的骄傲,这里的每一本书都是经过他精挑细选的,全是很上档次的正版书。绝不卖盗版书,是林之光坚守的原则和底线。这家店唯一的遗憾就是面积还不够大,他想开辟个角落搞文化沙龙还不行,他希望这个梦想能在下一家分店实现。

这次新店一共招了四名营业员,两名收银员,分成两组两班倒,加上周洋,一共七个人。别看周洋年轻,自从被林之光委以重任后,格外地努力和认真,事无巨细亲自把关。她身上潜伏的能力就这样被激发出来,林之光对她非常欣赏。

对林之光开分店,李小梅还是觉得儿子的心太大,小书店容易守,收入也不错,何必折腾。现在把好不容易挣的钱都投了进去,万一没生意,哭都来不及。

对于母亲的顾虑,林之光不以为然。他说,年轻的时候不折腾,还要等老了再去奋斗?我的梦想就是有一天让"左岸之光"书店成为明州的一个文化地标。

李小梅摆摆手说,行了,别搞得整天像做梦一样,你们年轻人就是这样,想得多,干得少,不踏实。

林之光不想再跟母亲争辩,他会用事实来让母亲心服口服。不过李小梅也就是嘴上说说儿子,心里对儿子的能力还是刮目相看的。

林良友问李小梅去不去儿子的新店。李小梅说去看看。两个人就骑着自行车过去。

胡杨约了他的几位藏书家朋友一起过来捧场,让林之光很是感激。沈默是和他女朋友阮晓晓一起过来的。这是林之光第一次见阮晓晓。第一印象这是一位标准的文艺女青年,长发披肩,柳叶眉、丹凤眼、瓜子脸,身材娇小,打扮时髦,站在沈默身边,一副小鸟依人的样子。

林之光朝沈默眨了眨眼睛,在他耳边悄声说,上哪找了个琼瑶剧里的女主角?

沈默得意一笑,就是不开口。

林之光朝沈默竖起大拇指说,还是你厉害。

沈默从包里拿出一张报纸递给林之光,说,为了配合你这新店,这新书介绍栏目我特意多了点版面。

林之光接过报纸说,谢谢沈老师,你喜欢什么书,尽管去挑。

沈默说,少来这一套,你去忙你的,不用管我们。

两个人耍了一会儿贫嘴,沈默就和阮晓晓一起挑书去了。阮晓晓一边打量林之光,一边对沈默说,这林之光看起来书呆子一样,会做生意?

沈默轻声提醒,不要乱讲。说做生意并非一定要活头活脑,像林之光这样踏踏实实的才好。

阮晓晓见男友这么护着自己的好朋友，就噘起了嘴巴。她的父亲在政府机关工作，家境优越，她自小被父母捧在手心，是个娇滴滴的大小姐。大学毕业后，被她父亲安排到银行工作，很轻松。因为平时喜欢写点风花雪月的文字，认识了沈默，就看上他了，主动追求。沈默抵挡不住她的热烈进攻，就被她拿下了。

由于开业头三天有购书优惠活动，再加上品种齐全，所以来买书的人很多。李小梅与林良友进来的时候，刚好看到店里挤满了人，夫妻俩对视一眼，有点不相信自己的眼睛。

林之光没注意父母进来，他正在跟周洋说话，让她提醒那两位营业员注意力集中些，不要傻乎乎地站在那里，脑子不知道在想什么。周洋也发现了这个问题，可能是第一天上岗，人又多，营业员就不知道眼睛盯哪里，就像木头一样杵在那里，不知所措。

李小梅和林良友走了过来，林之光看到父母，说你们怎么来了？不放心我啊！

周洋闻声回头，微笑着打了声招呼，叔叔、阿姨好！

李小梅见到周洋，略感意外，去年她在书店见过，还是一个没长醒的小姑娘，现在好像一下子长大了。就笑着问，小周你调到这边来了？

周洋现在是这家店的店长，她很能干，以后这家店要靠她了。林之光的语气里是满满的赞赏。

李小梅若有所思地看了儿子一眼，又把目光转向周洋，热情地说，那是能干的，小周有空到家里来吃饭。

周洋很有礼貌地说，谢谢阿姨，我要学的东西还太多。

正说着，胡杨走过来，看到李小梅，忙上前招呼，玩笑道，李经理,你来民营书店考察吗? 李小梅一看是新华书店的老顾客,笑着说,小胡,好久不见你,我还以为你现在不买书了,原来到这边来了。

胡杨说,那是,我肯定要支持之光兄弟。李经理,其实我收藏的第一套竖排的《古文观止》就是从你手上买的,那次排了一个晚上才买到,你肯定不记得了。

李小梅说,你是真爱书。那时候文化刚开禁,不管什么书出来,大家到新华书店像抢一样,排长队还不一定买得到。不像现在,有这么多书,可以随便选。

胡杨深有感触地说,那是,现在幸福多了,我只恨钱不够,不能让我随心所欲买书。

林之光调皮地朝母亲眨了眨眼睛说,所以我要多开几家书店。

李小梅哭笑不得,只好说,就你会找理由。

看过儿子的新店,李小梅和林良友就回家去了。路上,夫妻俩聊的话题是周洋。李小梅对儿子这个年纪还不肯找对象很焦心,今天看到周洋,脑子里冒出一个想法,就问林良友,你说之光是不是喜欢上了周洋?

林良友想了想说,有可能,我看小周这姑娘人长得不错,又能干,如果之光真喜欢她,那也挺好的。

李小梅想得可就多了,她从周洋的穿着猜测她家里条件一般,这么年轻就出来找工作,说明她没有读过大学,学历低了也不行,配不上自家儿子。林良友的角度和妻子不一样,他认为找媳妇,人品第一位,家里条件是次要的,最关键的是儿子要喜欢。只要儿子喜欢,随便他找谁。李小梅说,媳妇没找好,要影响三代知不知道?你们林家如果没有我,你还能这么轻松自在过日子?林良友说不过妻子,只好闭嘴。

这一天,林之光和周洋一直从早上忙到晚上十点才打烊,等收拾好,已快十一点了。考虑到时间太晚,周洋住的地方又偏远,不安全,林之光主动提出送她回去。周洋开始有点不好意思,见林之光一片诚意,就同意了。

喧闹的城市已渐渐安静下来,两个年轻人并排骑着自行车,耳边传来车轮子沙沙转动的声音。开始周洋还有点拘谨,只闷着头骑车,不知道该聊什么才妥当。见林之光东拉西扯的说得随意,她也就放松下来。

林之光说,这是我有史以来第一次送一个女孩子大晚上回家。周洋回答,我也是第一次让一个男生送。

夜色是个好东西,可以掩饰很多东西,也能给人以勇气。林之光装作漫不经心的样子对周洋说,你这么喜欢书,也喜欢书店这份工作,干脆做我女朋友好了。

周洋以为林之光在开玩笑,就随口回了一句,好啊,那我可赚大了。

林之光说笑道,那是,我还是很不错的,不抽烟不喝酒不赌不嫖,本世纪最后一个好男人。

周洋笑得差点从自行车上摔下来,她没想到林之光还有这么幽默的一面,就附和道,是,是,本世纪最后一个好男人,我要向你致敬。

林之光一本正经地说,小周同学,你的致敬我收下了。

周洋生性活泼,只是平时工作时比较严肃,见林之光一反常态,她就大笑道,林老师,我第一次发现你的脸皮有点厚。

林之光的嘴变得油腔滑调起来,说,我的脸皮,也就在你面前厚一点。

周洋的脸红了,只是林之光看不到。两个人说说笑笑,很快就到了周洋家。林之光发现周洋家住的是平房,周围都是村民自己建的房子,环境比较差,不过这些对他来说并不重要。他对周洋说,今天累了,你早点休息,我回去了。

周洋嗯了一声,说太晚,我就不请你进去坐了。

林之光摆摆手说,下次有机会,那我走了,明天见。

看着林之光骑上车离开的背影,周洋想说一句路上小心,但没有说出来,她觉得这句话有些暧昧,难为情。

周洋打开房门,把自行车推进屋里,又轻轻关上门。

林之光回到家里,已经半夜,洗了一把冷水脸,回味自己在路上跟周洋说的话,这算是表白吗?好像也太草率了些。不知道周洋会怎么想。万一她明天早上醒过来拒绝他,那真的要尴尬死了。不禁后悔,明明没有喝酒,怎么尽说些胡话。

躺在床上,林之光确定自己对周洋的喜欢是一点点累积的,不是一见钟情型。他想找个搭档型的妻子,周洋是个合适的人选,她年轻,是块可以雕琢的玉。他已发现她身上隐藏的优良品质,这些正是他需要的。就这样在胡思乱想中,渐渐走进梦乡。

这一晚,周洋睡得很好,她是累了,脑袋一挨着枕头就进入了睡眠状态,一直到天亮才醒。醒来,回忆林之光说的那些话。他说的是真的?周洋也糊涂了。

蒋春花见女儿起床,用研究的眼神盯着她问,你昨晚几点回来的?干什么去了?

周洋说,新店第一天开业,人多,很忙,所以等关了门才回来。

蒋春花不悦地说,以后早点回来,又不是你自己的店,这么尽心干吗?太晚了,万一路上有什么事,找谁负责去?

没事的,昨晚我们老板送我回来的。周洋一边吃早餐,一边解释道。

你们老板送你回来的?蒋春花打量女儿,好像才发现女儿已经长成大姑娘。

周洋没有接母亲的话,吃好早饭,就骑着自行车去上班。

蒋春花问周大海,你说这是什么情况?

周大海看了一眼时间,说别猜了,今天职工大会很重要,不要迟到了。

晚上回来我再好好问问她,看样子是瞒着我们在谈恋爱了。蒋春花肯定地说。

谈恋爱也正常,她又不是那种没脑子的小娘,自己有数的。周大海关心的不是女儿有没有找对象,而是下岗的名单里有没有他和妻子,这才是重点。

几乎是同时,李小梅也在餐桌上问儿子有关周洋的情况。林之光低着头喝稀饭,咬一口油条,半响才直接来一句,周洋当你们儿媳妇怎样?

李小梅和林良友迅速交换一下眼神,那里写着"果然不出我所料"这几个字。

还没等李小梅回答,林良友马上表态道,我看这姑娘挺不错,打扮朴素,长得也清爽,你喜欢就好。

李小梅关心的问题一个接一个,周洋多大年纪?家里有些什么人?父母是做什么工作的?住在哪里?

林之光现在还不想讲太多,就站起来说,我吃饱了,今天还要去店里守着,新员工不熟悉,还得多费点神。

李小梅见儿子不肯说,眉头一皱,想了一个办法,说,你星期天请周洋到家里来吃饭,妈给你们做几个好菜。

林之光说,到时候看吧,店里太忙的话,周洋也走不开。

李小梅说,再忙饭总要吃,就这么说定了,你今天跟周洋说下。

林之光来到店里,周洋已经到了。她和两个营业员在忙着做各项准备工作,看到林之光进来,脸上闪过一丝异样,又很快恢复正常。趁人不注意,林之光走到周洋身边,低声说,我妈请你星期天到我家吃饭。周洋的脸唰地红了,这么说,昨晚林之光的话是真的?刚想张口问,见林之光已转身离开,于是就闭上嘴,心却如小鹿般乱撞。

很快,有顾客上门,周洋就把心事放在一边,忙工作去了。只是她与林之光的目光再次相遇时,就有了一种心照不宣的甜蜜,连脚步都变得轻快起来。

爱情,就这样突然降临在林之光和周洋身上。

当忙碌了一天的周洋高高兴兴地走进家门,发现家里氛围不对,父母愁眉苦脸坐在那里,不知道发生了什么事,忙问怎么了。

周大海闷着头在抽烟,听到女儿问话,他半天才抬起头,淡淡地说了一句,爸妈明年可能就要失业了。

周洋睁大眼睛,一脸纳闷地问,为什么?

周大海阴沉着脸说,都在说要转成私营企业,今天厂长也透露了这个消息,具体时间虽未定,但早晚要实施。

蒋春花叹着气说,如果厂真的卖给个人老板,以后这日子咋过?你哥要明年才能毕业,我们这个年纪,到哪里去找工作?

周洋安慰道,爸、妈,你们也不要太担心,找不到工作可以自己做点小生意,开个店什么的都可以。

蒋春花说,哪有这么容易。

见父母心情都不好,周洋就把要说的话给咽了下去,而蒋春花现在也没心思来询问周洋是不是在谈恋爱。夫妻俩长吁短叹,听得周洋也郁闷起来,回到自己房间,不由发起了呆。她想林之光的母亲叫她星期天去吃饭,恐怕是想了解她家的情况,到时候她就实话实说。假如林之光因为她家条件差而不跟她交往,那样的男人,她也不稀罕。当周洋以从未有过的清醒来审视这段刚刚开始的感情,她的心就平静下来。

林之光晚上回到家,李小梅问他星期天吃饭的事有没有跟周洋说过。林之光说讲过了,到时候会带她过来。李小梅微微点了点头,她要好好考察一下这个未来的儿媳妇。

大概怕母亲太强势,林之光提醒道,我跟周洋的事八字还没有一撇,你可不要把人家给吓着。

你看看你儿子,还没开始,就维护起女朋友来了,等娶进门,我看我这个当妈的就该让位了。李小梅对林良友说,语气里带着酸味。

林良友无奈地摇头,对林之光说,你妈又想多了。

李小梅哼了一声说,能不能进这个家门,还要看她是不是能过我这个关。

林之光一听不妙啊,他不能平白无故就给周洋树个对手,赶紧说几句好听的话,消消母亲心头莫名的火气。李小梅见儿子懂她的心思,也就不再多言。林之光暗暗松了一口气。

星期天到了,周洋跟往常一样打扮,到店里开始忙碌。快到中午的时候,林之光过来接她。周洋买了点水果,说不能空着双手去。林之光觉得周洋年纪虽轻,但挺懂事的,心里更加喜欢。

来到林之光家的小区,还没有上楼,周洋突然紧张起来,她说,我不行,心跳得厉害。

林之光笑着说,不用紧张,没事的,我父母人很好的,放心好了。

话虽如此,可周洋还是觉得自己整个人的神经都是紧绷着,她不禁打起了退堂鼓,说不应该答应你,现在去你家好像不合适,要么我不上去了,你跟你父母解释一下。

林之光一把拉住周洋的手说,都到门口了还不进去,丑媳妇早晚都是要见公婆的,怕什么,有我在。

周洋怕拉拉扯扯的不好看,只好跟着林之光上楼。打开铁门,李小梅闻声从厨房里出来,林良友也走出房间,热情地招呼周洋,见她还买了水果,就说过来就是,买什么水果,浪费。

周洋红着脸叫了一声叔叔、阿姨好!

李小梅笑着说,小周,你先坐会儿,菜马上就好了。

周洋说,阿姨辛苦您了,我来帮您吧!

李小梅说,不用不用,你不用管,之光,你把小周照顾好。

林之光说好,他碰了碰周洋的手说,到我房间去坐会儿。

周洋点点头。林之光家是一套两居室,装修很简单,不过布置挺清爽的。林之光的房间里全是书,连床上都堆了不少,周洋惊奇地问,这么多书你都看了?

林之光请周洋坐在写字台前的椅子上,自己出去给她倒了一杯水,又端了一盘瓜子进来,说没有,哪看得完,慢慢来。

房门虚掩,林之光坐在床边,眼睛看着周洋,感觉像做梦一样。他故意问,周洋,你老实交代,什么时候喜欢上我的?

周洋白了林之光一眼,怕被林之光父母听到,她压低嗓子说,林老师,你自我感觉太好了。

林之光握住周洋的手说,其实我很早就喜欢你了,只是阿勇那小子说喜欢你,搞得我不敢来追你。

提起张勇,周洋很坦然地说,其实张勇人还是挺好的,不过我确实对他没那种想法。即使对你,我也没有往那方面去想过,总觉得不现实。你那天晚上突然说那些话,我还以为你在开玩笑。

林之光重重捏了捏周洋的手说,傻瓜,我是认真的。

李小梅在门外喊,可以吃饭了。

林之光打开房门,和周洋一起走了出来。周洋看到餐桌上已摆上了丰盛的菜肴,心里滋生出一种别样的温暖。

李小梅是不会忘记今天请周洋来吃饭的目的的,她一边热情地给周洋夹菜,一边询问想要知道的信息。周洋一点也不隐瞒,把家里的情况详细地说了一遍。李小梅越听,心就越往下沉。这姑娘人是不错,可这家里负担实在太重。

周洋敏感地察觉到李小梅内心情绪的起伏波动,这在她的意料之中,所以并不难过。林之光怕母亲说出什么让周洋难堪的话,一直竖起耳朵听着,以做好及时补救的思想准备。林良友却觉得周洋很坦率,人也落落大方,家里条件是差点,但找媳妇,最重要的还是为人处事,人品要好,其他的不重要。

吃好饭,周洋又小坐一会儿,就告辞离开,说店里忙,去上班了。林之光说,我也去。两个人就一起出了门。

路上,周洋神情忧伤地说,阿姨不会同意你跟我交往的。

林之光说,别想太多,不会的,这事我会处理好。

周洋就不再说话,她现在有点后悔去林之光家,觉得太轻率了点。

等两个年轻人出了门,林良友先说了自己的看法,对周洋很肯定,赞同儿子跟她交往。李小梅持不同意见,她说儿子应该有更好的选择,周洋不合适,她家负担太重,以后恐怕三天两头要去倒贴娘家。这姑娘可能也没有看起来这么单纯,不管怎么说,员工爱上老板,动机就值得怀疑。林良友就说李小梅在小题大做,他说儿子喜欢,你不要管太多。李小梅说这是儿子的终身大事,她当妈的怎么可能不闻不问。

夫妻俩说着说着,差点争执起来,林良友一看苗头不对,就借口要午睡一会儿,回房间休息。

晚上,等林之光回来,李小梅就讲了自己对周洋的肯定之处和不适合的理由,让林之光慎重考虑。而林良友仍是一贯的态度,随儿子。

听母亲说周洋爱上自己是有心计的表现,林之光差点笑出来,他很严肃地纠正道,是我主动追的周洋,而不是周洋追我。周洋从来都没有打过我的主意,她就是凭自己踏实的工作能力赢得了我的好感。她为人坦率、真诚、朴素,是个难得的好女孩,所以不管你们同意还是不同意,我肯定是要和周洋继续交往下去的。如果一定要坚决反对,那我以后就不找对象了。

听到儿子以打光棍来威胁自己,李小梅气不打一处来,说你个没良心的,老婆还没有讨进门,就这副德行,以后还怎么得了,我们都不用活了。

林之光说,妈,你知道我不是这个意思,我年纪也不小了,好不容易碰到一个喜欢的人,而且这个人还可以跟我一起创业,有什么不好?周洋不是那种难弄的人,你多跟她接触,会喜欢她的。

林良友劝李小梅不要太固执,本来是一件高高兴兴的事,非要搞得大家不开心,何必呢?李小梅见父子俩又一个声音,感觉自己在家里的权威地位日渐丧失,就气呼呼地回房间去,不再理他们。

林良友暗示儿子以后说话注意方法，低声说，不要把你妈给惹毛了，真搞僵了，以后这婆媳还怎么相处。

林之光也发现一个问题，只要牵涉到周洋，他就会变得很急躁，怕她吃亏。父亲的话提醒了他，确实要改变策略才行，让母亲心甘情愿接受周洋，喜欢周洋。

周洋见林之光并没有提起父母反对的话，她也没有再问，就一心一意把工作做好。而林之光在家里也刻意淡化自己恋爱的事，不去触碰母亲的神经，把主要精力用在事业上。

12

* * *

阮晓晓自从把沈默追到手,又很怕他被别的女孩惦记,毕竟长得这么帅、又有才气、家境又好的男人太引人注目。她每天把沈默盯得很紧,一有时间就缠着他,今天看电影,明天去江边散步,后天又一起吃饭,搞得沈默都没时间看书,书店更是好久没来了。

一天,林之光去报社找沈默,批评他重色轻友,自从谈了女朋友,想见一面都变得这么困难。沈默连忙检讨,说是自己的错。又问林之光,你无事不登三宝殿,说吧,需要我做什么?

林之光从包里拿出一张小报递给沈默,用手指点了点他画圈的位置。沈默一看,原来是一篇推荐文章,推荐一本外国翻译小说《廊桥遗梦》。这本书由外国文学出版社出版,定价5.6元,讲的是一对中年人的婚外恋故事。

我觉得这个题材很新鲜,应该有市场,所以订了1000本,麻烦沈老师写篇书评在报上发下。林之光笑着说。

沈默为难地说,我书都没看到过,这评论怎么写?等你书到,再给我看,再写,等发出来,恐怕黄花菜都凉了吧。

林之光说,书中的内容简介推荐上不是写了吗?你动动脑筋,结合现实添油加醋就可以了,我相信你的水平。

沈默摇头，说，之光，我发现你现在很会举一反三嘛，脑筋越来越好了。

林之光说，谁让你是吃这碗饭的，专业。对了，我跟周洋确定恋爱关系了。

周洋？明湖店的店长？沈默没想到林之光会找个营业员，有点不敢相信，他说，我以为你要求很高，没想到这么低。

林之光有些不高兴，他说，周洋除了没读过大学，其他方面都很优秀。

沈默不由笑了起来，打趣道，看来你是真喜欢周洋啊，我还没说她哪里不好，你就要跟我翻脸了。

林之光也意识到自己过于敏感，就不好意思地说，不喜欢找什么对象。这事就拜托你了，老同学。

沈默说，不用客气，我晚上想想怎么写，到时候你怎么谢我？

林之光说，书店里的书随便你挑。

沈默哈哈大笑道，那你要亏本了。

为了防止新华书店先到货，林之光又跟母亲约定，一旦新华书店先到货，就给他打传呼，第一时间通知他。

果然，没多少天，新华书店订的《廊桥遗梦》到货，李小梅马上告知儿子。林之光以最快的速度买了一包，在自己的书店上架。随后，《明州日报》副刊上的书评也出来了，文末最后一行写着此书在左岸之光书店有售。

紧接着，林之光订的1000本到了。周洋专门腾了一个醒目的位置，把《廊桥遗梦》堆在一起，写了一块很大的广告牌放在门口。

不出林之光所料，此书很快销售一空。

周洋很奇怪地问林之光，《廊桥遗梦》讲的是中年人的婚外恋，现在怎么会有这么多人对婚外恋感兴趣?

林之光装作生气的样子说,小姑娘不准看婚外恋的书。

周洋被林之光那语气给逗笑了,说只允许你看?

这时,胡杨提着一只公文包从外面走了进来,对林之光说,我前几天去上海,入了一套二十四史,钱又用光了,完蛋,又要被老婆骂死。

二十四史?大手笔啊,多少钱?林之光朝胡杨投去敬佩的目光,说胡哥,你挣的钱是不是都买书去了?

241册,精装本,花了我600多元。胡杨摸了摸自己的下巴说。

周洋惊讶地睁大眼睛问,胡老师,你这样买书,你爱人没意见吗?

胡杨说,怎么可能没意见啊,她都不想和我过了,让我跟书过。

林之光说,胡哥,说到爱书,我最服你了。照相馆生意好不好?

胡杨说,生意不错,不然我哪有钱买书?说厉害你更厉害,喜欢书,就直接开书店。我是只进不出,家里房子太小,书都放不下,也是件麻烦事。只有多挣钱,换大房子,然后继续买书。

周洋从没有见过这么喜欢书的人,忍不住说,胡老师,你简直就是一个书痴。

胡杨谦虚地说,谈不上痴,就是从小喜欢书,没办法。对了,之光,下次我准备入手《古本戏曲丛刊》,这书"文革"前出过四辑,郑振铎主编的,前些年又出了第五辑,你方便时帮我进一套来。

林之光一口答应,说可以,是不是上海古籍出版社?

胡杨点头说,是的。

林之光记下,说等到货了通知他。胡杨很高兴,看时候不早,就告辞回家去。

周洋看着胡杨的背影,对林之光说,这么爱书的人倒是少见,只是这么多书,他来得及看吗?

林之光说,看肯定也会看的,只能看极少一部分,哪有这么多时间。

周洋想象不出胡杨家的样子,只是觉得胡杨的老婆能容忍胡杨这样买书,太不简单。如果换作她,不一定做得到。

胡杨回到家里,见王霞挺着肚子坐在沙发上边吃零食边看电视,他说你不会看看书,听听音乐,对胎儿有好处。

没兴趣。王霞丢过来三个字,视线仍停留在电视上,不愿移开。她现在很少去照相馆,那边已招了人,她的任务就是安心在家待产。

胡杨不想惹王霞生气,走进厨房,开始准备晚餐。对妻子,胡杨最失落的就是两个人几乎没有精神上的交流,爱好完全不一样。可既然结了婚,又马上要生孩子,还能怎样?每天晚上,她看她的电视,他读他的书,井水不犯河水,也好。胡杨边炒菜,边想着自己得清理一个书架出来,等二十四史寄到可以放。

你在想心事,菜烧焦了都不知道。在客厅的王霞闻到了焦煳味,朝胡杨吼了一声。

胡杨也发现了,赶紧关火,再也不敢走神。

吃过晚饭,收拾好碗筷,胡杨又钻进自己的小天地,唯有跟书在一起,他的心才是安静的。

突然,门被推开了,王霞倚在门框上,冷着脸对胡杨说,你信不信我把你这些书全部烧了!

胡杨吓了一大跳,忙从书堆里抬起头,茫然地问,怎么了?

王霞的声音里充满了怨气,她说,你说说你进门到现在跟我说过几句话?白天你要上班,我一个人在家也就算了,晚上你不陪我,整天和这些破书在一起,你当我什么?

胡杨怕王霞真的做出过激的事情来,连忙放下手中的书,把王霞半推半拉到沙发上坐下,拍拍她的肚皮说,好了好了,不要生气了,陪你。这些书是我以后留给我儿子孙子的,你可不要打它们的主意。

王霞很委屈地说,在你心里,书是第一位。早知道你是这副德行,我就不嫁给你了,开始还以为你跟别人不一样。

胡杨安抚道,对不起,是我不好,以后改正。别生气,生气对胎儿不好。胡杨嘴上安慰着妻子,心里却惦记着刚翻出来的那套"现代外国文艺理论译丛",不知怎么回事,还差一本《二十世纪文学理论》,可他明明记得自己都买齐了。刚才王霞的气话倒是提醒了他,他得想办法把一些难得的好书专门找个地方藏起来,以防万一。可又上哪去找地方?唯一的办法,是换套大一点的房子,有个独立的书房,那就理想了。可是,钱呢?胡杨不禁皱紧了眉头。

林之光和周洋建立恋爱关系后,整天满面春风,心情愉悦。李小梅见儿子这副样子,知道硬要反对,就会影响母子感情,只好默认。林之光大喜,下班后,两个人一起去吃了饭,然后到电影院看《梁山伯与祝英台新传》。看电影的人很多,林之光从开场到结束,一直握着周洋的手。他手掌的温度传递到周洋的手上,让她的心跳得好快,脸滚烫滚烫的,只不过电影院里灯光昏暗,没有人发现。

看完电影,林之光送周洋回家,昏黄的灯光照在狭窄的马路上,再加上树影的投射,让回家的路显得朦胧与诗意起来。周洋在心里惊叹,自己以前怎么没有发现?难道是因为身边有了一个他?想到这里,心里涌起了一股暖意,原来,这就是爱情。

林之光一路大谈他的计划，总有一天，他要开一家明州最大的民营书店，作为左岸之光的旗舰店。他设想的这家店面积至少要200平方米左右，考虑到成本，位置稍微偏点倒没关系，但交通要方便，适合搞各种沙龙活动。以活动来提高书店的知名度，从而带动图书销售。林之光说这些的时候，就显得特别兴奋，周洋不禁被他沉浸在梦想中的模样感动。

回到家里，周洋在台灯下打开笔记本，写下了一首《无题的心绪》小诗："我的心是一条河／泛着洁白的浪花／我的四季／因你的出现而斑斓／我的心是一叶帆／在海里远航／因你的指示／而前进／我的心是一条路／你可是路上／唯一的过客？"

一个有梦想的男人，是值得她去好好爱的。周洋想。

这一夜，周洋做了一个很香甜的梦。梦见自己穿着洁白的婚纱，走向西装革履的林之光，两个人手挽着手，走向结婚礼堂。

醒来，周洋摸着自己的胸口，暗暗奇怪自己怎么会做这样一个梦。难道她心里的愿望是嫁给他？可现在想这个问题，似乎太早。她都还没有跟父母说自己恋爱的事。林之光提过几次，说要正式上她家来拜访她父母，她一直拖着没答应，就怕父母反对，给这份感情设置障碍。还是等条件成熟了再说吧，周洋对自己说。

第二天上班，看到林之光，又想起昨晚的梦，脸上带几分羞涩。林之光不明就里，只是觉得周洋这样子好可爱。他是发现她身上有越来越多的优点，虚心好学，管理能力也突飞猛进，让他少操很多心。

林之光见店里没自己啥事，跟周洋打了声招呼，就去找谢大军。谢大军自从开店后，就很少有空来林之光这边，林之光对这个小兄弟还是很惦记，时不时过来了解下经营情况。

谢大军见到林之光，很高兴，连忙叫他坐。林之光见谢大军的精神面貌跟前段时间大不一样，看来他已从失恋的阴影中走出来，笑着说，看到你这个样子，我放心了。

之光哥，谢谢你，真的，如果没有你的帮助和鼓励，我肯定不能这么快走出来。谢大军发自肺腑地说。

还是靠你自己。林之光说，人生从来都不会一帆风顺，谁能保证自己不遇到点挫折。

谢大军说，是的，多经历点挺好的，会让人变得成熟。

问谢大军生意如何。谢大军说还不错，比原来挣工资强多了。没有顾客的时候，他就看看书。有灵感了，写首诗，很充实。

接着，谢大军又说了下一步打算，他想增加一项新业务，租赁影像制品，也好多点收入。他说，主要是经常有人来问，提醒我了。

林之光觉得这个主意不错。他说，我们公园路店也有影像制品卖，只是品种不多。你搞租赁，品种一定要多点，直接去批发书店进货好了，可以降点成本。谢大军说好。

坐了一会儿，林之光又去了公园路，发现青山书店已改名为"明州专业教辅书店"。进去一看，里面是清一色的教辅，不同年级的都有。王青山不在，林之光转一圈就出来。这给他一个启发，自己手上的两家书店，可以有不同的侧重点，各具特色才好。

来到公园路店，张勇正无精打采地站在那里。自从周洋调到新店以后，他上班变得没劲，虽然新招了两个小姑娘，可不知为何，他总觉得没有周洋看得顺眼。发财要趁早，张勇想自己还这么年轻，总不能一辈子只当个营业员，那有什么出息？还不如出去闯一闯，说不定能做出一番事业来。

见林之光过来，张勇就跟他说了自己的想法，他说，阿哥，我同学约我一起去广东,他舅舅在那边做生意,需要帮手,我想过去看看。

阿姨和姨丈都同意?林之光问。

这事我跟我爸妈说过,阿哥,我也想跟你一样,做一番事业出来。你去招个人来接替我,我想做到年底,等过了年就过去。张勇说。

见张勇去意已决,林之光就说知道了,我会安排好。

周洋一听张勇要去广东,感到很突然。见林之光忧心忡忡的样子,就劝他不用担心,说张勇头脑很活络,在外面不会吃亏的。既然他父母同意他去闯荡世界,你这个表哥就别操这闲心了,现在我们要做的就是赶紧找人。

林之光说,招人的事就交给你了,以后那些人都由你管,我负责对外开拓,对内的事由你全权处理。

想到开拓,林之光又想到一件重要的事,他对周洋说,等过了年,我准备去注册一家图书有限公司,这样有利于下一步的发展。周洋说好。对未来,两个人都充满了信心。

正说着,周洋看到胡杨进来了,忙停住话头招呼。胡杨也招呼两位,说我今天来取书。

你取书一向很积极,这次怎么拖了这么多天?林之光一边把角落里的几包书提出来,一边问胡杨。这套《古本戏曲丛刊》第五辑(影印本)12函120册书早到货了,通知他来拿,一直说没空。

我不过来拿,是因为怕我老婆又要跟我闹。现在好了,我刚把她送到丈母娘家,等她生了孩子,坐好月子回来,我有好长一段时间可以清静。胡杨把皮包放在收银台上,问,多少钱?

744元。林之光说。

胡杨一边付钱一边说,下个月我得管住自己的手了。

周洋对胡杨买书时的豪爽劲崇拜得不行,说如果人人都像胡老师一样,我们就有饭吃了。

胡杨说,小周,你是越来越能干,干脆别给之光打工了,自己当老板去。

周洋笑着说,我哪有这本事,只能打打工。

林之光说,胡哥,你可不能挖我墙脚,现在这店里全靠周洋帮我管着。

胡杨指指林之光,对周洋说,你看看你看看,这么紧张。

三个人都笑起来。

13

* * * *

沈默最近心情不好,一方面是父母催着他结婚,另一方面是他对阮晓晓的感情在发生变化。

刚开始,阮晓晓给沈默的感觉是温柔、大方,知书达理,喜欢文学,人长得又漂亮,加上家境好,几乎没什么可挑剔的。实在要找缺点,就是任性了点。可随着交往的深入,他发现这个女朋友心眼实在太小,只要看到他跟别的女孩多说几句话,她就生气,一定要他又哄又保证才罢休。甚至每次副刊发了哪些作者,她都要关注,查问哪几个是女作者。假如某个女作者的文章出现的频率略微高些,马上怀疑两个人是不是有什么关系,把他搞得身心俱疲。他提出分手,阮晓晓就马上泪流满面,说太爱他,说下次一定改。可装不了两天,又回到原来的样子。

今天又是这样。本来两个人高高兴兴一起在外面吃饭,阮晓晓吃着吃着突然想到什么,就问沈默,这期副刊怎么又有红颜的文章?我记得月初她刚发过,看来这个女人深得我们沈大编的欣赏。沈默不想在公共场合跟阮晓晓争执,就没理她。阮晓晓把沈默的沉默理解为做贼心虚,脸一沉,筷子一放,说真被我猜中了,这个人是干什么的?

你有病啊,乱说什么。沈默的脸挂不住,说不可理喻。

谁不可理喻?你跟她没有关系,怎么会整天发她的文章?阮晓晓不依不饶,周围的人都把头转了过来,好奇地看着这对长相般配的年轻人。

沈默再也吃不下,他站起来,把钱付好,头也不回地走出了饭店。阮晓晓一看,拿起包跑出来,一把拽住沈默的胳膊,边嚷嚷着,你什么意思?跟我说说清楚。

沈默把阮晓晓的手扳开,冷冷地说,以后不要再来找我,我们分手吧,谁受得了你这臭脾气,你就找谁去。

说完,刚好一辆出租车过来,沈默打上车,扬长而去。阮晓晓见沈默真生气了,又清醒过来,不行,她可不想放过他。于是也打了一辆车,直奔沈默家。

沈默去明湖店找林之光,林之光见他脸色不太好,问发生了什么事。沈默说,走,找个地方喝酒去。林之光说好。

两个人来到附近的一家小餐馆,要了几瓶啤酒,炒了几个小菜,沈默拿起酒杯,先喝了一个满杯,放下酒杯,对林之光说,我跟阮晓晓分手了,这女人真的让人受不了。

林之光一愣,说你们两个感情看起来不是挺好的吗,怎么要分手?你提出来的?

沈默又给自己倒了一个满杯,喝了一大口说,那是表面现象,你看她温柔可人的样子,实际上特别作,心眼比针屁股还要小。只要我编发了女作者的稿子,她就要盯着,问东问西,好像我跟每个女作者都有关系一样,神经有毛病。

林之光同情地看着自己的好朋友,暗暗庆幸周洋从来都没这些小心眼。就劝慰道,不合适分手就是,反正又没结婚。

沈默痛苦地说，我都提出好几次了，每次都被她死缠烂打的又和好，真烦。沈默又举起酒杯，喝了半杯，长叹一口气说，都怪我意志不坚定，不应该睡了她。

林之光"哦"了一声，说难怪她不肯放，人家是你的人了，再说你这么优秀，当然想把你牢牢抓住。

沈默说，性格差异太大，这样子就算结了婚也不会幸福。我就不明白，明知不合适，她干吗非要缠着我，就因为被我睡过？在我之前，她也早跟别的男人睡过了，这个不是理由。

林之光很少见沈默说话粗鲁，看样子这次是真郁闷了。怕他喝多，就说，你先冷她几天，然后好好谈谈，都是成年人，好聚好散，我想阮晓晓也不至于那么不讲理吧。

沈默问，之光，你那女朋友怎样？

提到周洋，林之光不由笑了起来，他说，周洋从来都不跟我提任何要求，每天尽心尽力把店里的事打理得井井有条。我们很少专门去约会，没时间，太忙了。又好像天天在约会，就在书店。

沈默说，还是你有眼光。找女朋友，确实不能被学历和外表所迷惑。刚知道你跟周洋恋爱，说实话我还挺为你可惜的，觉得你应该找个有正当职业，各方面条件都好一点的女孩，看来是我错了。

林之光说，我知道，你会这么想也正常，我妈到现在心里都很勉强，好像我找周洋，是委屈了她儿子。

两个人你一杯我一杯，喝得有七八分醉意，沈默才打车回家。谁知道一进家门，就看到阮晓晓和父母在那里正谈笑风生，气得差点吐血。他阴沉着脸，什么话也不说，回到自己房间，把门重重关上了，任阮晓晓在外面敲半天，自顾自睡去。

第二天早上，当沈默打开房门，发现阮晓晓居然还在，吓了一大跳。原来，昨晚她没回家，而是住在沈伊的房间里。沈伊结婚后，那房间平时空着。

沈默冷着脸说，阮晓晓，你想怎样？

阮晓晓扑到沈默怀里，哭着说，不要抛弃我，沈默，我很爱你，我想嫁给你。

沈默想推开她，可她缠得紧，还踮起脚，狂热地吻他。沈默实在受不了，就用力把阮晓晓从身上扒拉开，怒气冲冲地走出家门。阮晓晓就到厨房，向正在做早餐的沈母哭诉，说如果沈默不要她，她就不想活了。沈母吓得赶紧说了一大堆好话，保证晚上好好批评沈默，让他向她赔礼道歉。阮晓晓见目的达到，也就离开沈家去上班了。

当林之光再次见到沈默，已是半个月之后，阮晓晓挽着他的胳膊来到书店。林之光朝沈默投去意味深长的目光，沈默一脸生无可恋的样子。瞅准阮晓晓上厕所的机会，林之光把沈默拉到一边，低声问，又和好了？

沈默苦笑着说，这女人我算是服了她，在我面前任性骄横，一说分手就寻死觅活；在我父母面前又表现得乖巧懂事，把两个老人哄得眉开眼笑，每天都帮着她说话。我是有苦说不出来，现在就盯着我去领证结婚。

林之光说，这也太可怕了，你还真要跟她结婚？

沈默说，怎么办？她说如果我不跟她结婚，她就在我家自杀，这辈子她是吃定我了。

林之光打了一个寒战，说强扭的瓜不甜，难道她不知道？

沈默刚想说，看到阮晓晓过来，赶紧闭上了嘴。阮晓晓走到沈默面前，伸出手又吊到他的胳膊上，娇滴滴地说，亲爱的，我想吃冰激凌。沈默皱了皱眉头说，等会儿。

沈默,我这里有几本好书,你看下。林之光边说边从书架上抽出《宋诗纵横》《漫话明清小说》《古代抒情散文鉴赏集》《中国诗体流变》等几本书,放在台子上。

你这书太小众了,卖给谁啊?沈默抽出手,拿起书翻了起来。

卖给你啊,林之光调侃道。

沈默故意说,我还以为你现在只卖畅销书。

林之光说,切,少来,你知道我从来都不只是卖畅销书,开书店不能只想着挣钱,再冷门的书都要配置一点。

沈默很认真地说,我要好好向你学习,这几本书我带走了。

林之光笑了,他说,这不是变成强卖了吗?喜欢就带走,不喜欢给我留着。书一定要喜欢,就像找女朋友一样,喜欢的才好。不喜欢,买回去也是丢在一边。

话音刚落,林之光忽觉最后这句不妥,看阮晓晓的脸色,已经多云转阴,就朝沈默使了个眼色。沈默心知肚明,付好钱,拿起书告辞离开。

一走出书店,阮晓晓很不高兴地说,你们这一唱一和什么意思?打我脸吗?沈默很是厌烦,说你别没事找事,累不累?阮晓晓又想发作,可想到她和沈默的关系刚刚修复,还是先忍忍,等结了婚,那就由不得他了。

周洋走过来,问林之光,沈老师走了?他那个女朋友长得挺漂亮的。

林之光说,漂亮有什么用?我没跟你说,前段时间沈默来找我,就是说他和阮晓晓的事,明明不合适,可那女的就是不同意分手,缠着他不放,太有手段了。

周洋惊讶地说,还有这种事?真看不出来。

林之光说,还是你好,你从来都没有在我面前作过,沈默眼红得不行,说我比他有眼光多了。

周洋装作如梦初醒的样子说,哦,那明天开始我也作作,听说女人不作,男人不爱。

林之光嬉笑着说,行,允许你偶尔作。

周洋伸出手,想打林之光一下,又觉得当着营业员的面不妥,就改变方向,去撩自己的头发,心里甜滋滋的。

再回首书店,谢大军新招了一个营业员大姐,这样他去进货就不用关店门了。店有人管,他也可以自由些。

这天,林之光来谢大军处,两个人聊着最近书市的一些动态。谢大军忽看到外面进来一个烫着卷发,抹着口红,衣着时髦的年轻女人,脸色一变。

董亚芳走到谢大军面前,轻声说,我前段时间回了一趟家,谢谢你没有告诉你父母我们分手的真实原因。

谢大军紧绷着脸,不理董亚芳。

董亚芳犹豫了一下,又问,你挺好的吧?

谢大军冷冷地看了董亚芳一眼说,谢谢你的关心,我很好。

这时,正在整理旧杂志的大姐亮着嗓门喊,老板,这些《大众电影》放哪儿?

谢大军指了指一个角落说,放那里好了。

董亚芳在老家就听说谢大军自己开店了,她刚才去了旧时光书店,才问到这个地址,有些不相信,所以就特意过来看下,没想到是真的。见谢大军根本不给她好脸色,知道他内心恨她极深,再站在这里,等于自讨没趣,于是就转身走了。

林之光说,兄弟,好好干,书中自有黄金屋,书中也会有颜如玉。

没事。谢大军想笑又没有笑出来,说,其实我挺感谢她的,如果不是因为她嫌我穷离开,说不定我到今天仍安心当一名营业员。如果哪天我发达了,我一定会送一份厚礼给她。

林之光说,人活着就是为了争口气,加油!

谢大军重重地点头,说是的。

董亚芳慢慢朝前走着,谢大军居然会借钱开店,确实出乎她的意料,看来自己的离开对他刺激很大。对谢大军在村里没有说出分手的真正原因,她心存感激,所以才当面来致谢。谢大军的态度也很正常,她并不怪他。

自从搬进李雄给她租的房子,她就没去宾馆上班,每天无所事事,等着李雄有空过来和她睡一觉,然后又匆匆离开。生活费也是随李雄的心情,有时多有时少,这不是她想要的生活。她想把李雄绑住,眼下唯一能想到的办法,就是给他生个儿子。李雄有两个女儿,他做梦都想要个儿子,曾几次拍拍她的肚皮说,给我生个儿子,我不会亏待你的。

生个儿子,这已成为她的一个执念。可她发现一个问题,就是无论她当初跟谢大军,还是现在跟李雄,他们都没有采取避孕措施,可自己从没有怀上过。难道是自己不会生?想想又觉得不可能,自己身体健康,年纪轻轻,怎么可能不会生。她想去医院做个检查,又不好意思。后来她又想到一个没有怀上的原因,那就是无论是谢大军还是李雄,她并没有天天和男人上床,自然怀上的概率就小了。为此,她还专门去买了几本书看,算好哪几天是危险期,到时候让李雄过来陪她。不过她也不能就这样白白给李雄生儿子,先要问他拿一笔钱,还得签份协议,给她保障,免得到时候人财两空,白忙一场。

看到谢大军今天的样子,董亚芳的心情很复杂,说没一点后悔那是假话。可惜她已没有退路,只有想尽办法,把李雄抓牢。谢大军想用行动来打她的脸,这激起了她内心不服输的劲。

谢大军,我要用现实来证明我的选择没有错。董亚芳暗暗发誓。

林之光回去了,谢大军坐在那里沉默了许久。虽然董亚芳这样伤害他,可他对她并没有完全放下,今天见她这样子,心莫名地痛。那个纯朴的董亚芳已经死了,取而代之的是一个浑身俗气的女人,这样的女人是不值得我谢大军爱的。谢大军在心里对自己说。

营业员吕大姐是个聪明人,她走过来对谢大军说,好姑娘多的是,大姐下次给你介绍一个。

谢大军说,谢谢大姐,只是我现在一无所有,虽说开了这店,钱都是借的。

吕大姐把手一挥说,怕什么,只要有双勤劳的手,钱是可以赚的。

谢大军说,是的,我也这么想。

阿哥。谢大军突然听到有人叫他,一看,原来是卓慧和一位五十多岁的妇女,猜测应该是她婆婆。目光落在卓慧的肚子上,笑着说,阿慧,恭喜你要当妈妈了。

谢谢阿哥。卓慧不好意思地说,上次借去的书这么久了才拿来,刚才去了你原来工作的地方,那边的人说你在这里。卓慧把塑料袋里的书取出来,放在柜台上。

几本旧书而已,没关系,现在这店是我自己的,你想看什么书尽管挑。这位阿姨,是你婆婆吧?谢大军一边请两位坐,一边问。

卓慧点点头说,是的,我婆婆陪我出来透透气。

吴领娣很客气地说,有空来我家玩。

谢大军道了谢，说有空一定去。卓慧又问亚芳姐怎么不在？谢大军当着吴领娣的面不好细讲，就含糊地说一句她在另外地方上班。卓慧也就没有多问，挑了几本港台言情小说。谢大军又找了几本比较新的胎教书送给卓慧，让她没事翻翻。吴领娣替媳妇说了声谢谢，提着书，和卓慧一起走了。

看着卓慧离开的背影，谢大军想起上次卓慧跟他说过的话，真没想到小小年纪的她竟能掌控自己的命运，相比之下，自己身为男人，似乎要软弱得多。

吴领娣跟在媳妇后面，说你这个堂哥看起来人挺忠厚老实的。卓慧"嗯"了一声。她其实并不了解谢大军，但在这城里，除了罗家人，认识的也只有谢大军和董亚芳这两个人，万一有什么事，借继父这层关系，或许能得到一点帮助。当然，这是她心里的小九九。

婆媳两人回到家里，吴领娣就提醒卓慧听胎教音乐，她忙着做饭。卓慧很听话地拿出磁带，塞进单卡录音机，坐在椅子上，一边翻书，一边听音乐。她喜欢看言情小说，发现所有美好的爱情都是悲剧，没一个有结果的。不知道自己这辈子能不能遇到爱情。卓慧一边摸着肚子，一边痴想。

等吴领娣做好饭菜，罗周正和罗健也回来了，一家人坐在一起吃饭。吴领娣总是让卓慧多吃点，说这样孩子才能长得好。卓慧刚开始反应比较强烈，什么也吃不下，这段时间好了，胃口大开。看着卓慧身上一天天在长肉，吴领娣特别有成就感。

喝着肉圆子青菜汤，卓慧突然又觉得如果这日子能一直这样平静地过下去，其实也不错。罗健虽傻，但也知道心疼老婆。公婆对她虽有提防，可待她也算不薄。只是她清楚自己心里的不甘，她才20岁，怎么可能跟一个傻子过一辈子？眼下最要紧的是，平安生下一个健康的孩子。倘若孩子不正常,那她以后想离开恐怕就更难了。不过听公婆说,罗健不是先天的,孩子应该不会有问题。卓慧边吃饭边东想西想,好半天才把饭吃好。

当李雄再次提出让董亚芳替他生个儿子时,董亚芳答应了,但她是有条件的,说要与他签订一份生育协议。经过一番讨论,两个人在协议上写明,董亚芳一旦怀孕,李雄就在她的存折上存入3万元,如果B超做出来是男孩,再给她存5万元,另买一套两居室,房产证上写她的名字,这些事必须在孩子出生之前解决。查出是女孩的话,就不生,那3万元作为补偿。

董亚芳说,我未婚生子,风险太大,等于把自己的一辈子都交给了你,你不解决我的后顾之忧,我不可能安安心心去怀孕。再说,我真生了儿子,你也不可能一直让我们母子住在出租房里。

李雄有自己的打算,一旦董亚芳生了儿子,他是要抱回家的,以养子的名义让老婆去养,这样孩子的户口就不会有什么问题,至于收养手续,他有关系可以解决。老婆那边,他一点也不担心,经济没有独立的家庭妇女,只要他不离婚,她哪有什么话语权。当然,他现在不能告诉董亚芳这些,等生了再说。说难听点,他就是想借个肚皮,花钱买个亲生儿子。董亚芳年轻健康,生的儿子一定会很聪明。

为了能早日梦想成真,董亚芳决定偷偷去医院做个全面的检查,因为这么久都没有怀上,她也怕万一,那得改变计划。因为她很清楚,李雄不可能一直养着她,现在还有点新鲜劲,谁知道哪天说没就没有了。她既然下了这么大的赌注,不能白下,更不能到头来一场空。

到了医院,做了全面的妇科检查。她最关心的一个问题,就是自己能不能怀孕。检查单子出来,医生看了看,说她一切正常,没问题。董亚芳心里悬着的石头落了下来,她把单子小心地收起来,高高兴兴回去了。

晚上,李雄来了,董亚芳把检查单子递给他,撒娇道,你看看,为了生个健康的宝宝,我去医院做了全面检查,身体很好,没问题。李雄把董亚芳搂在怀里,承诺自己会好好待她。

我现在什么都没有,只有你,生了儿子,你可不能过河拆桥。董亚芳盯着李雄说。

李雄心里一惊,嘴上说,怎么会呢?你别胡思乱想,等你怀孕了,我会找个保姆来照顾你,放心好了。

董亚芳抱住李雄的腰说,我是真喜欢你,所以才想为你生个孩子。

李雄也装出一副很深情的样子说,我知道。

这一晚,李雄留在董亚芳这里过夜,两个人极尽鱼水之欢。等李雄沉沉睡去,董亚芳在黑暗中睁大眼睛,暗暗祈祷这次能怀上,而且是一举得男。

14

* * *

时间过得很快,转眼1995年的春节到了。

今年罗家不一样了,特别热闹,卓慧生了个健康的女儿。看着长相可爱的孙女,罗周正和吴领娣喜不自禁。罗健虽然不是很明白这个小小人跟自己有什么关系,但父女的血缘亲情,让他看到小婴儿也是一脸的欢喜。罗周正给孙女取了一个名字叫"罗安安",希望孩子一生平平安安。这个名字,卓慧也很喜欢。

王翠花听说卓慧生了孩子,就和马大婶一起进城来探望。卓慧现在是罗家的功臣,地位不一样了,所以吴领娣看到王翠花很客气。特别是对马大婶,更热情了,夸她做了一次好媒。

卓慧见母亲过来,也很高兴。也许是因为当了母亲,卓慧在王翠花面前不再是一副水火不相容的样子,母女俩难得坐在一起,说些心平气和的话。

王翠花对卓慧说,你不要怪妈狠心,从小到大没给你好脸色看,那个瞎子的话实在让妈害怕啊,你的命太硬了,说要克这个克那个,再说你爹又出了意外,我只能把气出在你身上。

正端着茶进来的吴领娣听到后半句话,心里一惊,王翠花一见她,马上闭上了嘴。卓慧暗叫不好,如果婆婆听到了,万一多心,岂不是自找麻烦？真是的，说话也不挑时间，不看地方，跑这里来说这些莫名其妙的话，惹是生非。

王翠花和马大婶住了一晚就走了。临走前，罗家送了不少礼物让她们带回去。

吴领娣自从听了王翠花那半句话，心里就有了一个结，她忍不住对罗周正说了此事。周罗正让她不要乱说，免得伤了卓慧的心。吴领娣也不好直接去问媳妇，就当没有听到过，不了了之。

卓慧担心婆婆会多想，暗中观察，发现没有异常，暗暗松了一口气。从小到大，那个咒语就像阴影一样跟着她，死瞎子，害死人不偿命，别来害我。卓慧在心里把那个算命瞎子诅咒了千百遍。

谢大军初三就从乡下返城，反正闲着也没事，干脆就开门做生意。新的一年，他有很多计划，都要一样一样去实施。

也许是因为过年，大家都去走亲访友了，来书店逛的人并不多，谢大军也不在意，自顾拿起一本书看。

这天下午，黄昏时分，正在看书的谢大军忽感觉有人在看他，抬起头，他看到一张熟悉的脸。

董亚芳站在店门口，怔怔地看着他，一脸的哀伤。见谢大军抬头，慌忙想走。谢大军叫住了她，董亚芳听到谢大军叫她，不敢相信自己的耳朵，她转过身，惊讶地看着他。

进来坐吧！谢大军的语气淡淡的，一副无爱无恨的样子。

董亚芳怯怯地走了进来，低着头，半天才轻声说，对不起，大军，我错了。

谢大军觉得很可笑，他想董亚芳是不是被那个男人抛弃了，所以想回头来找他？把他当什么了？刚才他也不知道为什么要去叫她，鬼使神差的。

你没有错,谁都想过好日子,你也不用自责,现在我挺好的,这个还要感谢你,如果没有你那句话,我也不会有今天。谢大军倒了一杯水,放在董亚芳面前说。

董亚芳的头更低了,好像要把脖子折断似的。她一个人闷得慌,就出来逛街,脚却不由自主地往这里走,这么久了一直没有怀上,心里很焦虑。她以为谢大军回家过年去了,不可能会碰上,没想到他竟这么早开了店门。她想走开,可脚像生了根,不肯挪动。她以为谢大军会羞辱她一番,结果却没有,这让她更加悔恨。

你现在过得怎么样?那个男人对你好吗?谢大军的语气里有几分若隐若现的关心。

董亚芳抬起头,答非所问,说我找了份工作,在商场当营业员。

谢大军略感意外,他低头看了一眼手表,神情淡漠地说,希望你早点过上想过的生活。

董亚芳明白这是逐客的信息,她的脑子里忽然有了一个计划,用哀求的口气说,大军,我们一起吃个晚饭吧,大过年的,一个人太孤单了。

谢大军看了董亚芳一眼,怕她打什么主意,见她可怜巴巴地望着他,眼泪都快出来了,心一软,说好吧,不过餐馆都没开门,我是准备回去吃泡面的。

董亚芳马上破涕为笑,说,我们一会儿去菜场看看,买点菜,去你那里。

谢大军犹豫起来,可最后还是答应了,关了店门,一起去了菜场。摊位很少,但还是有人做生意。买了点菜,又到小店买了一瓶黄酒,来到谢大军住的地方。

他换地方了,租了一套一居室,有厨房,可以做饭。董亚芳一进屋,就去厨房忙碌,谢大军站在厨房外面,看着她炒菜的样子,又想起以前的日子,神思游离。

很快,菜炒好,酒也烫热,两个人坐在餐桌前,一人一杯酒。董亚芳突然哭了,说自己是天下最愚蠢的女人,放着这么好的男朋友不要,真想一头撞死算了,都没脸活了。谢大军没有说话,他一杯接着一杯喝酒,不知不觉,一瓶黄酒见底。董亚芳了解谢大军的酒量,也知道他是个心肠很软的男人,见他已有八分醉意,哭得更伤心。她站起来,扑进谢大军怀里,紧紧地拥抱他,满脸泪水地亲吻他,一只手伸向他的敏感处。

谢大军残存的理智想让他推开董亚芳,可年轻的身体不听话,酒精又让他意识变得模糊,他已分不清眼前是现实还是梦,欲火已熊熊地燃烧起来,他把董亚芳抱起来,扔到床上。董亚芳很配合地脱了自己的衣服,又帮谢大军脱。谢大军像疯了似的,动作粗暴地进入董亚芳身体,边动作边骂她不要脸。

这是一场激烈的肉搏战,等战争结束,谢大军瘫在床上,像死猪一样睡了过去。董亚芳起来,去卫生间冲了个澡,穿好衣服平静地离开。

第二天早上,谢大军从睡梦中醒来,脑子短路,想不起发生了什么事。他的头很痛,身体也很疲乏,等他起床,看到桌上的菜和酒瓶、两双碗筷,如雷轰顶,愣在那里。他想起来,他把董亚芳带了回来,借着酒意狠狠地折腾了她。谢大军冲进卫生间,任水流从头顶沿着脖子一直到脚底,一种从未有过的羞耻感淹没了他。

董亚芳回到住处,内心是满满的喜悦,谢大军从没有在她面前这么威风过,让她的身体得到极度的满足。最关键的是,这几天正是她的危险期,下午她也是临时起意,才设了这么一局,倘若这次她怀上,她既可以赖在李雄身上,得到协议中的一切,也可以此为要挟,让谢大军跟她结婚。董亚芳简直被自己的聪明才智给深深折服。接下去一段时间,她不会再在谢大军面前出现,她要等一个结果。董亚芳越想越兴奋,她开始幻想怀上后到底选择谁的问题,她很自信这次有很大概率会怀上。为了防止万一怀上后李雄怀疑,这两天她得想办法叫李雄过来,只要上过床,主动权就在她手上。

这一晚,董亚芳睡得特别香甜,她还做了一个美梦,梦见自己拥有了想拥有的一切。

等谢大军从愤怒、沮丧与自责等复杂的情绪中冷静下来,仔细回忆了一遍,确定这是董亚芳故意搞的鬼,他恨自己自控能力太差,上了当。都是酒惹的祸,谢大军发誓,从今以后滴酒不沾。这么一来,谢大军心里对董亚芳残存的一丝感情也消失无影,他彻底把她打入了另册。只是他住的地方被董亚芳知道了,会不会还来纠缠他?再一想,就算他搬了家,书店还开着,他又能搬哪里去?不管了,她胆敢再来,他就不会再对她客气。

奇怪的是,从那以后,董亚芳再也没有在谢大军面前出现,而那个晚上所发生的事,似乎变成了幻觉,而非真实。谢大军想,也许,自己该开始一段新的恋情。

周洋跟父母说了自己交男朋友的事。蒋春花和周大海一听林之光家和他本人的情况,没提什么反对意见,还让周洋叫林之光到家里来吃饭。

这是林之光第一次正式去周洋家,李小梅给儿子准备了一些礼品让他带去。对周洋,她虽然不是很喜欢,总觉得她配不上自己儿子,可儿子喜欢,她也没办法,只好妥协。

到了周洋家,刚进门,蒋春花就上下打量"毛脚女婿",见他双手提着烟酒等礼品,很有礼貌地叫阿姨、叔叔,长相也不错,就热情地叫他坐,说家里太小,见不了客。

周大海拿出一包烟,问林之光,你抽不抽烟?林之光摇摇头说,我不抽烟。周大海自己抽了一支点上,深深吸一口,又吐出来,说不抽烟好,可惜我戒不了。小林,你父母都有好单位,不像我们,眼看着就要下岗,一大把年纪,还得自谋生路。

林之光说,这也是大势,没有办法。

周大海苦笑道,我们这代人真倒霉,真是什么都赶上了。

林之光说,叔叔,你的经历比我们丰富多了。

为了接待林之光,蒋春花临时把周松的房间作会客室。周大海和林之光聊了几句后,就对儿子、女儿说,你们陪之光,我去看看你妈饭菜准备得怎么样了。三个年轻人异口同声说了一声好。

周松是个瘦高的年轻人,口才非常好,讲起来理论一套一套的,对这个比他年纪还要大的未来妹夫说,真没想到我家周洋这么小就有了男朋友,走在哥哥前列了。

周洋说,谁让你不找!

林之光笑着说,就是因为周洋好,所以我才赶紧把她盯牢,省得被人抢走。

周松表扬道,有眼光,不过我要提醒你,你可要对周洋好,不然我可不会饶过你。

林之光立马表态,说你放心,我肯定会对周洋好的。

周洋怕他们还要说出更让她难为情的话,找了个借口跑掉了。

林之光问周松,毕业后有什么打算?周松说这里太小,发展空间不大,打算去深圳看看。林之光说,那地方是改革前沿,机会肯定比这里多。周松说是的。

吃饭了。

菜很丰盛,只是林之光没吃出什么味道,因为蒋春花的目光像X光机一样盯着他,让他有些不自在。她还详细问了他家的情况。周洋在旁边听了很不是滋味,感觉母亲实在有些过分,管得太宽。

不过总的来说,蒋春花和周大海对林之光还是满意的,除了年纪偏大这一点,其他还真挑不出什么毛病来。只是蒋春花想到儿子还没有找对象,女儿先谈起男朋友来了,忍不住又多说了几句。

周松听不下去,打断母亲的话说,这有什么关系?再说我还没有毕业,有喜欢的女孩子我也会去追。

阿姨,是我追的周洋,我觉得她人聪明、善良、工作能力又强,所以就认准她了。林之光很认真地说。

周洋被林之光说得满脸通红,在桌下轻轻踢了林之光一脚,让他别说那么多废话。林之光不理,继续表扬周洋。蒋春花好像第一次发现女儿身上有这么多优点,不由沉默。

饭后,林之光到周洋房间,打量墙上的简易书架,有不少中外名著,说,难怪你会找书店工作。

说完,他站在那里,闭上眼不说话。周洋奇怪,上前推了他一把,问他在干吗。

我在呼吸你呼吸过的空气。林之光的嘴里冒出一句很有诗意的话。

真没想到你也是个诗人,周洋调侃道。

林之光转过身,突然捧起她的脸,在她唇上快速吻了一下,又老老实实在椅子上坐下。周洋大脑一片空白,脸变得通红,心跳加速,她的初吻就这样交了出去。

空气变得暧昧起来,眼神与眼神在交织。怕隔壁的父母或哥哥走过来,两个人正儿八经地坐在那里说了一会儿悄悄话,林之光就告辞回家。第一次上门,他不敢逗留太晚。

回到家里,李小梅等着问情况。林之光避重就轻,说周洋父母挺好的,通情达理,很支持我和周洋交往。

李小梅没好气地说,我们家这么好的条件,还有什么好嫌弃的,算周洋运气好。

林之光不想和母亲讨论这个话题,他很想告诉母亲,不是周洋高攀他,是他高攀周洋,像她这么好的女孩子也不是那么容易找的,他一定会好好珍惜这份感情。

当林之光告诉沈默自己去过周洋家,以后可以名正言顺地上门,又关心地问,你和阮晓晓怎么样了?

沈默说,下个月我就要结婚了。

林之光一惊,说这么快?你确定要跟她结婚?

沈默一脸无奈地说,她怀孕了。

林之光张了张嘴,一时不知该说什么才好。沈默苦笑,说我是自作自受,太软弱,又爱面子,怕她到家里闹,到单位来闹。

也许她是真的太爱你,才这样吧。林之光只好换个角度来安慰沈默,他说,你不是软弱,是太善良,又比较感性,才被阮晓晓牵着走。

沈默说,明知是个火坑,居然还要跳进去,天下大概没有几个像我这么傻的人。以后这日子能过就过,不能过就离婚,没什么大不了的。

林之光心想,你现在都挣脱不了,结了婚就更不可能了。当然,这话他没有说出来。

沈默好像猜到林之光在想什么,他说,走一步看一步吧,以后的事谁知道。结婚那天,你和周洋过来喝杯酒。

林之光答应了。

一个月后,沈默和阮晓晓的婚礼如期举行。

沈家就这么个宝贝儿子,而结婚是大事,所以在国外的亲戚能来的都来了。林之光和周洋到了酒店,发现现场布置得很豪华,再看西装革履的沈默和穿着白色婚纱的阮晓晓,郎才女貌很是般配。只是林之光在沈默的脸上看不到一丝幸福和喜悦,只有僵硬的笑容,让他那句祝福的话久久没有说出口。

15

* * * *

董亚芳挺着个大肚子站在窗前,外面正下着雨。

与谢大军重温过旧梦后的那几天,她软硬兼施把李雄叫来,在他面前装出百般柔情,说想给他生个儿子的迫切心情,说得她自己都感动了。李雄自然也被感动了,为之前对她的冷落表示了歉意。

一个月后,她的例假没有来,她欣喜若狂,但没有说,一直耐心等待。快两个月了,去医院检查,确定怀上了。她马上给李雄打电话,说有好消息告诉他。当李雄看到那张诊断书,非常开心,给她买了好多滋补品。承诺只要B超做出来是儿子,立刻给她买套房子。

按规定,医院是不能做胎儿性别鉴定的,不过李雄有关系,所以这个不成问题。当医生说是个男孩时,董亚芳喜极而泣,而李雄也是兴奋异常。他花了7万元给她买了一套60平方米,简单装修过的二手房,让她安心养胎,还叫她母亲过来照顾她。邵招弟这时才知道真相,可已经来不及了,只好默许了这桩荒唐事。

至于这孩子到底是谢大军还是李雄的,董亚芳觉得并不重要,因为两个人都有可能,重要的是男孩,而且是从她的肚子里出来,这就够了。只要她认为是李雄的,那么这孩子就是李雄的。

选择李雄,她也是经过慎重考虑和比较。她清楚自己和谢大军再也不可能回到从前,哪怕她真的怀了他的孩子,他也不会再爱她。她不要虚无缥缈的东西,她要实实在在的,比如房子、钱,这才是最要紧的。

雨,越下越大。

董亚芳站得累了,转过身,在沙发上坐下,打开了电视机。家里装了电话,花了1万元,让李雄很是心疼,可考虑到董亚芳马上要生了,万一半夜发作,没个电话那就麻烦了,该花的钱还是得花。

邵招弟从厨房里出来,在围裙上擦了擦手,忧愁地看了女儿一眼。她说,婚也没结,就生个孩子出来,如果让人家知道,我看你以后怎么办。

董亚芳拿起一个苹果吃,一脸无所谓地说,你跟人家去说什么?真有人问,很简单啊,就说我已经结婚,谁来管这么多闲事。

事已至此,邵招弟也无可奈何,只好祈求菩萨保佑让女儿平平安安把孩子生下来。

十月怀胎,董亚芳如愿生了一个大胖儿子,把五十多岁的李雄高兴得合不拢嘴巴,看着婴儿的脸,左看右看,百看不厌。董亚芳见他这副欢喜的样子,心里暗暗祈祷,但愿这孩子是李雄的。如果不是李雄的,但愿孩子像她,可千万不要像谢大军,不然万一李雄起了疑心,她就会一无所有。李雄给孩子取名李承,有继承李家香火之意。

孩子户口怎么办?董亚芳问。

想办法落户,我儿子不能是黑户,也不能是农村户口。李雄说。

董亚芳相信李雄会有办法,这个问题她就不操心了。

晚上,李雄回到家里,对正坐在沙发上看电视的老婆孙发妹说,孩子生了,是个儿子,我李家终于有后了。

孙发妹脸上没什么表情，心里百般滋味。在这个问题上，李雄说她没有发言权，因为她生不出儿子，所以也无权干涉丈夫在外面生。孙发妹哭过闹过没有用，她生性软弱，婚后因为身体不好，一直没有工作，家里全靠李雄。怀过三次孕，生了两个女儿，第三次不小心流产了。医生说她的身体不适宜再怀孕，就只好做了结扎手术。现在两个女儿都结婚了，她也老了，如果离婚，不要说名声难听，她也不知道一个人该怎么过，只好妥协。只要不离婚，她可以两只眼都闭上不管。李雄答应了，两个人不吵不闹，相安无事。

恭喜你老来得子。孙发妹把目光从电视节目上移到李雄脸上，语气平淡地说。

也是你的儿子。李雄停顿了一下说，接下去要做的这件事非常重要，我们要去找个可靠的人当证明人，证明这孩子是你捡来的，你想收养他。我会找好关系，办一个收养手续，让孩子以我们养子的名义落户。

孙发妹不吭声，许久才问了一句，这事要不要跟两个女儿说？

李雄说，记住，就一句话，说是你捡来的，你没儿子就留下来当儿子，其他什么都不用说。

孙发妹说，亚亚再过两个月也要生了，还问我到时候能不能帮她带孩子，她要上班。佩佩昨天跟我说她也怀上了。现在好了，突然冒出个弟弟，你也不怕你两个女儿、女婿笑话你。

李雄把眼一瞪说，笑话什么？谁不听话，以后一分钱也休想从我手上得到。孩子办好落户手续，暂时还是由他妈妈养着，免得你累，我想等满了周岁抱回来，由你来养，这样孩子从小就会跟你亲，把你当亲妈，太大了有了记忆就不好弄。

孙发妹抬了抬眼皮说，你外面那个女人同意？

李雄自信地说,这个你就别管了,你只要尽心尽力把儿子养大,就是李家的功臣,我不会让别的女人来替代你的位置。

孙发妹不想看电视了,她站起来,说去睡觉。两个人各有各的房,走进卧室前,她叹着气说,造孽。也不知道是在说谁。

董亚芳每天抱着儿子,当宝贝疼,嘴里喃喃自语说,儿子,妈这辈子的幸福全靠你了。

李雄来了,跟她说了让儿子落户的办法。董亚芳没想到是用这法子,再细想,也确实想不出更好的,就同意了。怕李雄把儿子抱走不还给她,董亚芳警告说,户口办好,马上把孩子给我抱回来。

李雄安抚董亚芳说,你放心好了,儿子还在吃奶,我就抱回去走个过场。你不知道,为了给儿子落户,我花了不少钱,你以为这么容易就能落户?

董亚芳想想也是,就给儿子准备好换洗的尿布和衣裤,还有奶瓶和奶粉,说不能把他给饿着了。

李雄说知道,你这两天就在家好好休息,等手续办好就会送回来。

董亚芳亲吻了一下儿子粉嫩的小脸蛋,说好吧,快去快回。

李雄抱着儿子走了,邵招弟若有所思地对女儿说,你这儿子他早晚是要抱走的。

董亚芳脸色一变,说这是我儿子,我才不会让他抱走。

邵招弟摇了摇头,一脸恨铁不成钢的样子说,你傻,他不抱走儿子,让你生干吗?让你生,又不跟他老婆离婚,跟你结婚,说白了就是借用一下你的肚子,你还整天做梦。还有,你还真打算就这样带着儿子过一辈子?他不给你钱了,你靠什么来养活你和儿子?真是聪明面孔笨肚肠,我怎么生了你这么个猪脑子的女儿。

董亚芳面如土色，跌坐在沙发上，母亲说的那些她并非没想过，只是心存侥幸而已，仗着年轻有资本，为能过上好日子搏一次。如果李雄一定要带走儿子，她又该怎么办？

唉，邵招弟深深地叹了一口气，为女儿和外孙的未来发起愁来。

李雄兴冲冲地抱着儿子来到家里，交给孙发妹。孙发妹心地还是很善良，见丈夫把私生子带过来，虽万般难受，可还是伸出双手接过。盯着这个眉清目秀的小男婴，愣了半天。不知是女人的直觉，还是其他什么原因，孙发妹总觉得这孩子跟李雄没一点相似之处。不过她没有说出来，怕李雄以为她因嫉妒无中生有，再说现在孩子小了点，确实也看不出什么。

为了伪造捡来的假象，李雄还故意用左手写了一张纸条，写上孩子的出生日期和理由，说因特殊原因，无法养孩子，求好心人收养。又找了一个平时关系很好的朋友，让她妻子做了一个伪证，说某一日，她和孙发妹去某地，见路边放着一个纸箱子，隐约听到孩子的哭声，吓了一大跳，打开原来是个小男婴。孙发妹良心好，见孩子这么小就被亲生父母遗弃，不忍心走开不管，所以把孩子给抱回了家。写好，签字，还按了手指印。李雄亲手奉上大红包一只。

一切准备工作就绪，李雄计划第二天就去给孩子办落户手续。没想到，当天晚上，孩子发起了高烧，啼哭不止。李雄和孙发妹都很紧张，连忙开车送孩子去妇儿医院挂急诊。

到了医院，医生做了检查，开化验单子，说要查下血，看是不是细菌感染。孙发妹想起电视里看到的，对医生说，顺便给我们查个血型。医生就在单子上写了一行字。李雄拿着去交钱。孙发妹抱着孩子跟着。

半小时后，化验结果出来，果然是细菌感染。孙发妹眼尖，看到单子上写的血型是 AB 型,她记得李雄的血型是 O 型,就问医生,O 型的人能不能生出 AB 型的孩子?医生很干脆地回答不可能。

李雄的脸唰地白了,手都颤抖起来,难道这儿子不是他的?莫非董亚芳除了跟他,还有另外的男人?

孙发妹碰了一下李雄的手,冷静地说,先看病。

李雄按捺住内心的怒火,他想不行,这样的话,他得去做个亲子鉴定。

从医院回到家里,李雄脸色铁青,一言不发坐在沙发上不停抽烟。孙发妹把孩子抱到自己床上躺下,走出来问,你接下去准备怎么办?李雄说,我要去做个亲子鉴定,落户的事暂缓。

慎重点好,这孩子估计真不是你的种,我看来看去就是没找到一点像你的地方。孙发妹的心里说不上是同情还是幸灾乐祸,特别是看到李雄好像一下子苍老了许多,虽说是自作自受,但还是为他感到难过。因为她深知,李雄渴望儿子已经很多年了,好不容易心想事成,却发现一场空,这个打击对他太大了。

这一晚上,李雄和孙发妹都没有睡着。董亚芳也没有睡好,她一边是奶水涨得难受,一边又牵挂儿子,也不知道李雄明天能不能把孩子送回来,就这样辗转反侧,一直折腾到天快亮了,才迷糊过去。

第二天一早,李雄和孙发妹带着孩子又去了医院,抽了血。明州还不能做亲子鉴定,医院把李雄和孩子的血液样本寄到上海去做,结果大概需要 10 天才能出来。

由于孩子还没怎么恢复,李雄就对孙发妹说,他现在就把孩子送回去,一想到这孩子不是他的,他一眼都不想看到,看到心就痛。

孙发妹说行,我看孩子烧是退了,但精神不太好,还是赶紧送过去,我坐公交车回家。

当李雄抱着孩子开门进来,董亚芳急忙从屋里出来接过,立马就给孩子喂奶。一边问李雄,事情办好没有?

李雄装作若无其事的样子说,还没有,遇到一点小麻烦,等过几天再去办,我有事先走了。

董亚芳狐疑地看了李雄一眼,还以为他真的忙,就没有在意。

李雄走了,董亚芳发现儿子吃了几口奶又吐了出来,而且整个人软塌塌的,不知道怎么回事,紧张地问母亲。

邵招弟走过来,接过孩子轻轻地拍着,又摸了摸额头,说可能换了环境,孩子不适应。再说他老婆看到这孩子,说不定恨不得掐死他,哪会好好待他。

董亚芳阴沉着脸说,完全有可能,下次不准他带回家去。

对李雄来说,这10天简直是度日如年,做事都没心思。他在考虑如果孩子确定不是他的,接下去该怎么处理。送董亚芳的那套房子写着她的名字,给她的钱也存在她的户头上。除非孙发妹向法院起诉,要求董亚芳归还房子和钱,不然他的这些投入是拿不回来了。可倘若上法院起诉,那么这事必定会闹得沸沸扬扬,对自己的声誉受影响不说,还会牵连女儿、女婿,到时候他就是众叛亲离。这么一算,觉得此举是下下之策,不可采用。最后想来想去,还是算了,当自己花钱买了个教训,但心里对董亚芳已是恨之入骨。

10天后,李雄拿到了亲子鉴定的报告,他和孩子没有任何血缘关系。李雄怒气冲冲直奔过去,进门,当着邵招弟的面,狠狠地打了董亚芳两个巴掌,说我供你吃,供你喝,养着你,给你买房,给你这么多钱,你居然做出对不起我的事,生个野种来骗我,老子恨不得现在就把你和野种给杀了。说完,把鉴定报告甩在董亚芳脸上,怒气冲天地间,你还有什么话说?

董亚芳如雷轰顶,瘫坐在地上,整个人都傻了。她不明白,老天爷为什么要这样对她?就不能让她过几天好日子吗?没想到这孩子真的不是他的,完了。邵招弟也吓傻了,这孩子不是李雄的,那又会是谁的?她万万没有想到,女儿会荒唐到这种地步。她感到一阵胸闷,两眼一黑,昏倒在地。

董亚芳尖叫着扑过去,她跪在李雄面前,抱着他的腿,求他救救她母亲。李雄被气得失去了理智,他用脚踹开董亚芳,打开门,头也不回地下楼去了。

铁门重重关上,屋里传出董亚芳撕心裂肺的哭声和婴儿的啼哭声。

打120,打120,董亚芳扑到电话机前,哆嗦着手,拨了好几次号,终于拨通。

经过抢救,邵招弟捡回了一条命,等出院,她再也不想待在这里,独自一人回了乡下。临走前,邵招弟对女儿说,我这辈子都不想原谅你。

董亚芳顿时觉得天要塌下来了。怎么办?怎么办?难道就这样认输?不行,董亚芳洗了一把脸,她要振作起来,她还有一条路可以走。

见镜子里的自己憔悴不堪,董亚芳化了个妆,这样看起来精神些。又转念一想,不对,她越不成人样,越容易让谢大军对她心生怜悯。她知道,他心软。想到这里,她又把脸洗干净,什么也不涂,抱起孩子,怀着上战场的心情出了门。

谢大军恋爱了,介绍人就是他店里的吕大姐。女朋友名叫林夕儿,是幼儿园老师,长相普通,比他大三岁,脾气不是很好。但谢大军还是觉得高攀了,毕竟自己是农村人,所以对林夕儿很迁就。

当董亚芳抱着孩子出现在谢大军店门口,正好林夕儿也在。谢大军见董亚芳抱个孩子突然出现,心里紧张又有些慌乱,脸上还得尽量自然,免得引起林夕儿的怀疑。他不知道董亚芳这个时候出现有什么目的,看到她怀里的孩子,又想到了那个晚上,心里更是七上八下起来。

林夕儿奇怪地看了董亚芳一眼,不明白这个容颜憔悴的女人抱着孩子站在那里干什么,她问谢大军,你说这人干吗?

谢大军把目光投向门外,语气冷淡地说,谁知道。

董亚芳也看到林夕儿,直觉告诉她,这人可能是谢大军的新女友。她想抱着孩子冲进店里,把这小人儿丢给谢大军,然后自己把房子卖掉,远走高飞。可当她看到谢大军那复杂的眼神,突然改变了主意。是的,一切都是她自找的,如果她现在进去,就算把谢大军新感情搅黄了,谢大军也不可能再跟她在一起,哪怕她手上抱着他的儿子,没有用的。再怎么说,谢大军也曾经爱过自己,自己也爱过他,她确实不能再继续错下去。她已毁了自己的幸福,不能再去毁谢大军的幸福。

想到这里,董亚芳的情绪变得平静下来,她走进店里,故意问,老板,你们这里有没有怎么养孩子的书?

谢大军还没有开口,林夕儿就替他回答了,她说,你最好去书店买新书,干净些,那类书很多的,你可以慢慢去选。我们这里是旧书店,育儿的书也有,只是有些破旧。

董亚芳轻声说,这样啊,那我去别的书店看看,谢谢老板娘!

林夕儿微微一笑,说了一句,慢走。

董亚芳走出店门,她确认了林夕儿的身份,而这个身份原本可以是她的。泪水,再也忍不住流了下来。

那一刻,董亚芳真正后悔了。

当董亚芳抱着孩子走出店里,谢大军悬着的心终于放了下来,松了口气。刚才他不自觉地捏紧了拳头,生怕董亚芳突然来一句这孩子是你的,那他真的不知道该如何面对林夕儿。

林夕儿看了谢大军一眼,开玩笑说,刚才吓我一跳,还以为那女人抱着孩子来认爹了。

谢大军脸一沉说,别乱开玩笑。

林夕儿有点奇怪,觉得哪里不对劲,可又说不出来,还以为谢大军是个实在人,不爱听这种玩笑话,就没有再说什么。

谢大军内心有说不出的压抑,董亚芳的样子已经明明白白告诉他,她的生活发生了大变故。这个贪图虚荣的女人,终于搬起石头砸了自己的脚。他理该高兴,拍手庆祝,可为何心里却没有一点喜悦?这其中究竟发生了什么事?她都替那男人生了孩子,结果那男人连她和孩子都一起抛弃了?难道那孩子?谢大军的头剧烈地痛了起来,脸色变得苍白,头上冒出了虚汗。

林夕儿吓了一大跳,紧张地问,你怎么了,哪里不舒服?谢大军说没事,就是头有点痛,可能这几天没睡好。林夕儿给他倒了一杯热开水,提醒他注意身体。谢大军喝了一口水,缓了一口气说,知道了。

董亚芳回到家里,她做出一个重要的决定,以最快的速度把房子卖掉,然后带着钱和孩子离开明州,去一个没有人认识她的地方,开始新的生活。

李雄自从得知孩子不是他亲生的,就病倒了,过了好多天才慢慢恢复过来,只是人一下子苍老了许多。心头那口气还郁积着,想到自己为这个女人花了这么多钱，结果却一场空，心不甘。他想不管是钱还是房子，他要让董亚芳吐点出来。于是，找了个时间，开车来到董亚芳的住处，发现房子已换了主人。李雄这才发现，自己真的小瞧了这个乡下妹，只好自认倒霉。

回到家里，李雄看着孙发妹忙家务的身影，终于想起她的好，在生病期间，也只有孙发妹尽心尽意伺候他。

李雄叫孙发妹休息一下，家里也不用搞得这么干净，孙发妹奇怪地看了李雄一眼，心想太阳从西边出来了？她当了这么多年的老妈子，今天才发现？见李雄一直盯着自己看，孙发妹心里有些发毛，搞不懂他在想什么，就问，怎么了？

李雄流下几滴老泪说，还是你好，从来都不会骗我。

孙发妹想笑，但忍住了，怕刺激了李雄。她说，我们都多少年夫妻了，打断骨头连着筋，跟外面的女人不一样。那些女人只不过图你的钱，你以为她们喜欢你这个人？

李雄把头靠在沙发上，盯着石膏吊顶，半天没有说话。他心里承认孙发妹说得对，他也从没有当真过，大家各取所需。只不过董亚芳因为孩子的事，让他投入太多，寄予的希望也最大，所以一旦发现不是这么一回事，他心里那个坎就过不去。那个臭女人如果再让我碰到，我非剥了她的皮不可。李雄恨恨地说。

孙发妹继续抹她的灰，她想李雄也许以后就会收收心了，如果真这样的话，那她倒要感激那个女人了。但她又怕李雄好了伤疤忘了痛，什么时候又整出一件风流韵事来，这么多年生活在一起，她太了解他了。

16

* * * *

从1996年开始,林之光开始走书店进驻商场的路线,他的第一个目标是福泰商场。商场负责人说从没有书店进驻商场,这事要向领导汇报,再说也没有空余的场地。

林之光早已观察多日,胸有成竹地说,你们就把进门处的那个转角租给我,我卖报纸杂志,这也是为了繁荣明州文化事业,商场有了书店也提升了品位,一举两得。负责人留下林之光的办公室电话和传呼号,说集体讨论后再给答复。

一星期后,福泰商场负责人给林之光打来电话,同意把大门转角那块巴掌大的地方租给林之光。林之光很高兴,只要第一家成功,他就可以去谈第二家、第三家。

那么小的地方,只能摆几个书报架,林之光叫人做了一个可以挂在墙上的活动杂志架,把最新杂志从头到尾都挂起来,特别醒目。一张小方桌上摆着各种报纸,两个营业员轮班负责。"左岸之光书店"这几个字贴在高处,人家一抬头就能看到。

这个位置实在好,所有进出商场的人都要经过这个报刊摊,很多人顺手就买本杂志或报纸走。由于占地面积小,非常不起眼,收银又单独,没有人知道生意怎么样,只有林之光和周洋,还有两个营业员清楚。

接着,林之光又以相同的方式进驻明州其他几家大商场,发展势头越来越好。

手上有了点钱,林之光开新店的念头又冒了出来,他已经看到实体书店的黄金时期到了,无论如何都不能错过这么好的发展机会。于是就有事没事在城里转悠,寻找合适的店面,一边向人打听,收集各种相关的信息。

一天,林之光听说城南有个新商场在招商,条件很优惠。林之光闻此信息,马上过去看。这个商场大名顶峰,一共五层,刚装修好,由于周边的新楼盘还没有交付,至少在两三年内,是不会有什么生意,但前景还是有。为了吸引商家入驻,商场提出了第一年交百分之三十租金,第二年交一半租金,第三年交百分之八十,第四年开始交百分之百租金,第五年开始,租金逐年递增百分之十的政策。

上上下下转了几圈,林之光又和商场招商办的人详细聊了一下,了解租金的价格,按楼层和平方来计算,心里大概有了数,就说回去商量一下,一旦定下来,就过来签租赁合同。

这是件大事,因为投入的不是一点点钱。林之光先跟周洋说了此事,听下她的意见。周洋表示反对,说风险太大,要投入这么多钱,从哪里来?

积蓄加银行贷款。林之光冒出一句话,眼睛里充满了挑战自我的兴奋。

周洋明白,林之光其实心意已决,来跟她说,就是知会一声他要去干这件事罢了,包括征求他父母的意见也一样。事实上,谁的意见他都听不进去。她比林之光要考虑的事情更多,员工培训、内部管理、资金调配等等,全部要跟上去才行,没这么简单。

林之光让周洋下班一起去他家,他要跟父母说这件事。周洋自从和林之光正式交往后,有时也会去他家吃饭。平时,两个人都忙书店的事,约会并不多,周洋也不在意,她认为男人有事业心是好事,目前是创业阶段,林之光是应该把主要精力放在公司的运营上。她根本不像别的女孩那样要男朋友送礼物,要哄要陪,很独立。林之光也认为周洋是自己事业上最好的伙伴与搭档。

到了林之光家,李小梅见周洋一起来,嗔怪儿子不提前说一声,家里都没什么菜。周洋说没关系,随便吃点好了。李小梅现在对周洋的印象有所改变,她发现这姑娘确实很实在,又能干,能帮到她儿子,人也很好说话,她在心里接受了这个未来的儿媳妇。

饭,很快就吃好了。

周洋主动收拾碗筷到厨房,李小梅让她去坐着不用管。林之光说你们都别整这个,先过来坐,听我讲重要的事。林良友猜儿子又要折腾,每次都这样,他已习惯了。

见大家都坐好,林之光就说了要去顶峰商场开书店的事。他清了清嗓门说,爸妈,我一直梦想开一家大一点的书店,现在有这么个机会,位置我已看好了,准备租二楼的店面,面积约200平方米。第一年房租交百分之三十,再加装修、进货以及人员工资等,这一笔投入比较大,我手上没这么多钱,想来想去,只有去贷款。

贷款?你拿什么去抵押?李小梅跳了起来,她已知道儿子在打什么主意,一口回绝,说你别想打这房子的主意,那是绝对不可能的事。

林之光嬉皮笑脸地说,果然是亲娘啊!

林良友再怎么支持儿子,一听要拿房子去贷款,那也是绝对不会同意的。他严肃地说,你有事业心是好事,可也要量力而行,我们家就这么套房子,万一你还不了贷款,全家睡桥洞去?

周洋也觉得这个风险太大,可以肯定,这顶峰商场的书店两年内肯定是纯亏。从理性角度来分析,她是不赞同的。

李小梅对周洋说,小周,你不能让他胡来,之光年纪也不小了,该考虑结婚了,这房子是绝对不可以拿去抵押的。

周洋说,阿姨,您说得对,这次投资风险太大,而且要做好纯亏的思想准备,我跟你们一样反对。可您了解之光,他想做的事,九头牛也拉不回来。

李小梅把脸一沉,用不容置疑的口气对林之光说,这次没有商量余地,你真要开,自己去想办法,别想从我这里拿走一分钱。

见母亲把话说得这么死,林之光又把求助的目光投向父亲,不料这次父亲毫无通融的余地,一口回绝。林之光知道没戏了,就不再提这个话题,他闷闷不乐地对周洋说,我送你回去。

路上,林之光一副心事重重的样子。周洋见他这样子,就说你真是个固执的人,明知风险巨大,还要执意去做。拿房子去抵押确实过了,你不能只想着自己,要想想你父母,都这个年纪了,万一还不上贷款,房子被银行收走,你让叔叔、阿姨怎么活?

林之光说,我也知道风险大,也知道去那里开店肯定是要亏的,但如果现在不进去,等那个地方热了,成熟了,那就进不去了。就算能进去,门槛也高得不行。我算了下我们现在每个月的现金流,还贷款应该没多大问题。只是我爸妈不同意,我只能另外再去想想办法。

到周洋家,林之光说要进去坐会儿。周洋见父母的房间灯是黑的,也不知道是没回来,还是已经睡了。自从父母下岗,开了一家小店后,作息时间就没有了规律,每天早出晚归,父亲负责进货,母亲守店,很忙碌。

两个人进了屋,周洋还没有开灯,林之光就把她紧紧搂在怀里,热烈地亲吻。他感觉到自己的身体在快速发生变化,手开始不安分起来。在林之光的热吻里,周洋整个人迷糊了,大脑有种缺氧的感觉,快要窒息了。突然,林之光把周洋抱起来,放到床上,他有些控制不住,想完完全全拥有她。当林之光的手从周洋的胸前往下滑,周洋忽清醒过来,她推了林之光一把说,不要,我们还没有结婚。

林之光一愣,只好恋恋不舍地放开周洋,说,你真狠心,那我们马上结婚。

周洋被林之光搞得一愣一愣的,哭笑不得,她说不早了,你回去吧,明天还有很多事要做。

林之光只好说,那我走了,明天见。

周洋躺在床上,半天没睡着,满脑子胡思乱想。她不清楚别人是怎么恋爱的,反正林之光很少有这样激情飞扬的时候。当然,两个人单独约会的次数也不多,店里太忙,她从早到晚基本上都在那里,而林之光也永远有一摊忙不完的事。对她来说,工作就是恋爱,恋爱就是工作,这是她给这份恋情的评语。她的思想还是很传统,不想还没结婚就发生那种关系。另一方面她也害怕,怕被父母发现,她会无地自容。就这样想了半天,不知何时才渐渐进入梦乡。

林之光在骑车回家路上又决定了一件大事,就是结婚。他想早点和周洋结婚,婚后,他就更能全身心投入到创业当中去。对这份感情,他一直是理性多于感性,选择周洋,是因为他觉得周洋适合做他的妻子,她可以成为他事业上的最佳助手。

第二天,林之光跟父母提出,双方家长正式见面,把婚期定下来。李小梅越来越搞不懂儿子,昨天还说要拿房子去抵押贷款开店,今天跑来告诉她,想结婚。

你脑子没问题吧?李小梅疑惑地问。

林之光搔了搔头皮说,妈,反正我之前没想过结婚,现在就想结婚,就这么简单,辛苦你和老爸给我操办一下。

李小梅和林良友你看我,我看你,一脸的狐疑。李小梅想到一事,问林之光,你突然想结婚,是不是周洋有了?

什么有了?林之光一愣,忽然明白母亲说的意思,他摇摇头说,你想歪了,我跟周洋没有上过床。我是觉得结了婚以后,我可以一心一意去创业,周洋也会更加尽心尽责管好店里的事。

李小梅说,结了婚就要怀孕生孩子,周洋哪有时间来替你管那么多事?

林之光马上说,周洋年纪还轻,我们可以暂时不要孩子,等事业有了基础后再说。

李小梅和林良友又被惊到,这个儿子,书看太多看傻了。既然儿子想结婚,那当父母的就只能配合,成了家,父母的任务也算是完成了。

周洋还以为林之光说结婚是随口讲讲,没想到是真的。她也被搞糊涂了,不管是谈恋爱,还是说结婚,都是他一个人说了算,而她只有被动地接受。她没想过这么年轻就结婚,要不要答应他?而且林之光都没有任何求婚仪式,就那么说一句,我们结婚吧,难道自己就嫁了?不行,这次得慎重考虑。

林之光的父母选了一个日子,约周洋的父母见面,商量两个孩子的婚事。林之光去周洋家,传达了他父母的意思。

结婚?蒋春花和周大海很意外,都没订婚,就直接说结婚?

是的,爸、妈,我年纪也不小了,我父母和我的意思就是想早点让周洋嫁过来。林之光一脸诚恳地说,他没有任何铺垫,就改口称爸妈了。

蒋春花哦了一声,说行,你的年纪是不小了,我们都理解,就是周洋还年轻,怕她不懂事。既然你们提出来了,那跟你爸妈说,那天我们会过去。

林之光高兴地说,谢谢爸妈,我想时间定在春节。现在我还处在创业阶段,赚的钱都投到开新店去了,结婚的房子还没有买,先跟我父母住着,等有钱了马上去买。

蒋春花说,住还是分开住好,你们年轻人生活习惯不一样,和老人住在一起容易产生矛盾。

林之光点头,说是的,我有数的,你们放心,我不会让周洋跟着我受苦的。

周洋什么话也没说,回自己房间生闷气,这么大的事,林之光都不跟她说,却直接跟她父母讲,把她当什么了?林之光见周洋神色不对,连忙跟了过来,他把门关上,想去搂她。周洋用手甩开,不高兴地说,你怎么回事,结婚都不跟我商量一下,就自作主张。我不想这么早结婚,你找别人去结好了。

林之光见周洋真的生气了,忙道歉说,对不起,我是认真的,周洋,我想跟你结婚,以后我们夫妻同心,一定可以做出一番事业来。我答应你,我们先不要孩子,你还年轻,我也不想早早让孩子把你牵绊住。你看我都快成小老头了,再等下去头发也白了。

周洋嘟起嘴巴说,你都没有求爱,我就答应做你的女朋友。现在你都没求婚,这次我不答应,你太不重视我了。

林之光挨过去,伸出手把周洋搂在怀里说,真是小孩子,那只是形式。好好,我明天就去买婚戒,向你求婚,好不好?

周洋还是不开心,她说,我都怀疑你不爱我。

林之光的嘴巴又凑了上来,他说,傻瓜,我不爱你,会想着跟你结婚?我只是不会说那么多甜言蜜语,但我对你是真心的。你是第一次恋爱,我也是第一次,要说经验,你没有,我也没有。

周洋是爱林之光的,再说她天生不是一个会作、会撒娇的女孩,听林之光这么说,也就给了他一个台阶下,说,那我就看你行动。

林之光在周洋脸上亲了一下说,好,明天你等着。

天色不早,林之光回去了,蒋春花把周洋叫到房间,说结婚的事。

周洋低着头说,爸、妈,其实我不想这么早结婚。

蒋春花看了女儿一眼说,之光不错,他比你大这么多,想结婚也正常。你哥远在深圳,我们管不了,还不知道他什么时候才能把你嫂子带进门。你嫁了人,我们也少操点心。你的嫁妆你有什么打算?你知道,家里也没什么钱。

周洋的心渐渐往下沉,母亲的弦外之音她已听出来,没钱给她办嫁妆。想到这里,一股酸涩涌上心头,她拼命忍着,不想让眼泪流下来。稳了稳情绪,周洋语气平淡地说,我说过嫁妆的事自己负责,你们就不用管了。

蒋春花见周洋脸色不太好,就说,看看林家给多少彩礼,到时候妈给你去办几样。

周洋似笑非笑地说,什么彩礼?又不是农村,城里不兴这些。好了,我累了,去休息了。有没有嫁妆无所谓,林之光娶的是我这个人,又不是我的嫁妆。回到房间,周洋用被子蒙着脸,哭了半天,心里是说不出的委屈。

第二天,林之光去商场金银首饰柜买戒指,他挑了一只样式简单的金戒指,买了一束玫瑰花,直接去了书店。

周洋仍像往常一样,在店里忙碌着。她的神情有点郁郁寡欢,一副心事重重的样子。

当身穿西服的林之光捧着玫瑰花进来,店里的营业员和顾客都把视线集中在他身上,周洋也看到了,吃了一惊。她没想到林之光会到店里来,难道在这里求婚?

林之光走到周洋面前,单膝跪地,把花举得高高的,很认真地说,周洋,嫁给我吧!

这下可热闹了,大家围了过来,有好事者大声说,答应他,答应他。周洋的脸红得像烤虾,一时束手无措地站在那里。

林之光又说了一遍,周洋,嫁给我吧!

周洋实在难为情,就说,你快起来。

林之光说,你答应了?

周洋无可奈何地说,我能不答应吗?

围观的人发出善意的笑声,周洋接过花,林之光站了起来,从口袋里掏出戒指,戴在周洋手指上,两个人轻轻拥抱了一下,求婚仪式就算结束了。

林之光还惦记着开店的事,对周洋说,我去找几个朋友问问,看他们有没有兴趣参股顶峰商场书店,晚上我们一起吃饭、看电影。

周洋"嗯"了一声,手指上的戒指给了她一种莫名的约束感,这算不算她想象中的求婚仪式?不去想了,她也是个喜欢简单的人。她想只要两个人感情好,那些形式都不重要。

林之光匆匆走了,他去了王青山的公司。平时,两个人的交集虽然不多,但林之光相信王青山是个有眼光的生意人,说不定有兴趣参股,昨天已打了电话,约今天见面。

王青山见林之光穿得这么正式,开玩笑道,你这样子是要准备去结婚吗?

林之光在沙发上坐下说,刚向周洋求婚,我们准备春节结婚,你到时候可要过来喝喜酒。

王青山边倒茶边说,好事,恭喜恭喜。真没想到,你最后还是找了个身边人。

林之光嘿嘿一笑说,这还要感谢你的提醒。

王青山哈哈大笑起来,说那行,到时候你们夫妻俩多敬我几杯酒。

林之光端起茶杯喝了一口水说,那还用说?肯定的。

闲话说过,就开始谈正经事。王青山很明确指出,林之光这次投资亏损的概率是百分之八十,他让林之光说一个非开这家店不可的理由。

林之光很认真地说,我也算过,这家店前两年肯定是亏损的,就是亏多亏少的问题,第三年争取持平,第四年开始赢利。为什么要开这家店?我的想法是这样的,现在明州虽然民营书店开了不少,但到目前为止,还没有一家超过200平方米的,面积都不大,我想做这个第一。这是一个特色。第二,我想做文化活动,利用活动来带动书店人气,这个也是别的书店从来没有过的,又是第一。第三,打品牌,我要把左岸之光的品牌打出去、打响,这样有利于我下一步业务的拓展。我可以用别的店赚来的钱,来补这家店亏损的窟窿。而现在我最大的困难就是资金,一下子拿不出这么多钱。本来想把家里的房子去做抵押贷款,可老娘死活不同意,没办法。如果你有兴趣参与,我们可以商量一个具体的方案。或者,你借钱给我,我付比银行高点的利息。

王青山摇摇头说，我算是服你了，有你这样做生意的吗？你的想法是不错，不过真要操作起来，很费心神。能不能成功，真不好说。我现在除了做教辅，其他书都没有在做。教辅是直接跟学校挂钩，他们下订单，我们这边负责进货、送货，这才是稳赚不赔的生意。这样，之光，我们是好兄弟，还是借点钱给你好了，参与就不参与了，我没你那样的追求。

林之光连忙说，青山兄，你能借钱给我，我已经感激不尽。你放心，我会按时付利息，钱借一年，到时间一定归还。

王青山笑着说，我还不相信你？如果不相信你，就不会借给你了。你现在还差多少资金？

林之光说，还差20万左右。

王青山说，我刚买了几间店面，手上没这么多钱，你等下，我问下财务。

说完，王青山打了个电话，很快，一个大姐进来了。王青山问她公司账上有多少钱马上可以支出来。大姐说刚收了两笔货款，有6万元。

要么你先拿5万过去，其他再想想办法。你把银行卡号给大姐，让她去办。王青山转过头对林之光说。

好好，青山兄，真的太感谢你了，我写个借条。林之光主动要纸笔来写。

王青山拍拍林之光的肩膀说，不用客气的，我也没帮上什么忙。

林之光说，这已是最大的支持。

从王青山公司出来，林之光又去了报社。沈默结婚后，更没了自由，下班回家阮晓晓就把儿子扔给他管，让他苦不堪言。见到林之光，听说他要结婚，衷心祝福，说我是没希望了，你一定会很幸福。

林之光见沈默精神状态不是很好，很担心，说你这样不行，以前那个意气风发，满肚子墨水，梦想成为一个作家的沈默去了哪里？

沈默说，被婚姻这个坟墓埋葬了。

林之光说，你不要这么消极，以后日子还长着，怎么过？

沈默说，别管我了，自己选择的路，跪着也要把它走完。说说你，除了结婚，还有什么好事要向我汇报？

林之光说，想开新店，可钱不够，家里只有一套房子，我妈坚决不同意我去抵押，正在借钱。

沈默说，你这也太激进了，没钱就先不开，不要把自己搞得压力这么大。我现在没钱借你，工资卡在晓晓手里，回头我去问问我姐，如果她有，就问她转借一点。

林之光说，不用不用，我就看看，实在不行就算了，主要是风险确实有点大。又问沈默，你现在是不是都不看书了？文章还在写吗？

沈默摇头，说哪有时间，每天累死。

林之光轻声对沈默说，还是看看书，过几天我给你送几本好书过来，我很期待你有一天能成为作家。

沈默的心莫名酸涩，他明白林之光的意思，也许自己真的该好好想一想了。

走出报社大门，林之光的心情有些沉重，想到沈默这么有才气的一个人，被婚姻搞得灰头土脸的，看来娶个什么样的妻子对男人来说实在太重要了。边感慨边来到再回首书店，关心地问谢大军的近况。

谢大军说，还行，赚点小钱还是有的。

林之光见书店的一个角落放着一堆新书，奇怪地问，你现在也卖新书了？

谢大军笑了笑,低声说,盗版本,价格便宜。

林之光一惊,他说那你要小心,被查到了要罚款的。

谢大军不以为意,他说,我这里卖旧书的,如果来查,我说我又不懂这是盗版,人家当旧书卖给我,我再加点钱卖出去,很正常啊!

其实林之光也知道,现在很多小书店都在卖盗版书,毕竟利润厚,只有他坚持卖正版书,人家私下都在说他傻,有钱不赚,可他有自己的原则。

见谢大军这么说,林之光也就不多言,转移话题,说自己想到顶峰商场开个书店,由于风险太大,没有人支持,可他又不想放弃,看能不能借到钱,如果资金不能到位,那只能做做梦。

谢大军对林之光一向非常敬佩,见他这几年不停折腾,也越来越有成绩,而不是守着一家小书店过日子。相比之下,自己的胆子好像太小,想法也太少。

之光哥,你真厉害,书店一家家开出来,你这样子是要当明州民营书店的老大啊!可惜我刚还了债,没钱可以借给你,真不好意思。谢大军抱歉地说。

你说哪里话,我知道你的情况,你也很不容易的。慢慢来,你这块业务还是可以有所延伸,下次找时间我们好好聊聊,想些好点子。对了,我准备春节结婚,到时候过来喝喜酒。林之光说。

真的?太好了,之光哥。谢大军真为林之光高兴,想到自己,他说,林夕儿父母也在催我们结婚,可我不知道将来会不会后悔,我总感觉林夕儿心底是瞧不起我们农村人的,很嫌弃。也许是因为年纪大了,或者其他什么原因,她才跟我谈恋爱。

林之光见过林夕儿几次,表面看起来也挺文雅的,联想到阮晓晓,说明人真的不能光看外表。怕谢大军会跟沈默一样,林之光很认真地把沈默的事跟他讲了一遍,最后语重心长地说,大军,婚姻真的不是儿戏,你要想清楚。我现在很担心沈默会不会毁在婚姻里。

谢大军是第一次听到沈默的事,很震惊,半天才回过神来,对林之光说,谢谢你,之光哥,我会慎重考虑。

希望我们都幸福。林之光的眼睛里充满了期待。

17

* * * *

开新店的钱不够,林之光想把公园路的书店转让掉,这个方案遭到了周洋的强烈反对。理由很简单,公园路店虽小,但赢利能力却强,而且有一批老顾客。她说,你不能把能赚钱的店关掉,去开绝对要亏损的店,没有你这样操作的。到时候所有的店赚的钱加起来,还不够你去补新店的亏损,你又怎么可能撑得下去?你想开新店没错,等有实力了再去开,而不是现在这样到处借钱,冒这么大的风险。最后,周洋威胁道,你再这么固执,婚期暂缓。

林之光被周洋一棒子打下来,很郁闷。他一个人关在办公室想了许久,考虑再三,只好放弃。他不想因为这件事和周洋闹翻。再说周洋说的也是事实,为了开这家新店,他都没心思考虑结婚的事,想想也过分。只有等下次机会,还是先把婚给结了。主意打定,林之光又把借的钱给还了回去。

新店不开了,林之光就开始准备结婚的事。

李小梅和林良友,蒋春花和周大海,再加上林之光和周洋,两家人第一次在饭店吃饭。

在蒋春花和周大海面前,李小梅有种压抑不住的优越感,这让蒋春花感觉很不舒服,只是不好发作。两家人坐在那里商量结婚的相关事宜,李小梅的意思是婚房暂时不买,先住一起,她不会委屈周洋。蒋春花说结婚太匆促,家里也没给周洋准备什么嫁妆,亲家多担待。李小梅说得很客气,她说没事没事,我们家也不大,嫁妆多了也放不下,等以后有了新房子,让两个年轻人慢慢去添置好了。

周洋坐在那里,一直没有说话,她不知道该说什么,在这个场合,这个话题,她没什么话语权。她唯一的感觉,就是自己一直稀里糊涂地被林之光牵着走,根本没时间去思考对还是错。

林之光怕周洋有想法,就在桌下用脚轻轻碰了碰她的脚,向丈人、丈母娘保证道,新房子我打算明年买,到时候家具什么的肯定全部是新的。本来也可以等房子弄好再结婚,可我等不及,想早点把周洋娶回家。

周洋脸一红,狠狠地踩了林之光一脚,林之光吃痛,叫了起来。李小梅忙问怎么了?林之光嬉笑着说,说错话,被你媳妇教训了。周洋大窘,叫了一声妈,你们看他。李小梅和蒋春花都笑了起来,说,只要你们两个感情好,比什么都强。

这餐饭大家吃得挺高兴,林良友和周大海还喝了不少酒,相谈甚欢。而蒋春花与李小梅没什么交流,在李小梅眼里,蒋春花实在土气,又没什么文化,如果不是儿子坚持,再加上周洋这姑娘不错,这门亲事她是很不满意的。蒋春花则认为李小梅的目光里带着轻视,瞧不起自己,不就是条件稍微好一点吗?有什么了不起。就这样打着肚皮官司,表面还得装作没事一样,

回到家里,蒋春花对周洋说,你那个婆婆不好弄,以后有得你受的。

周洋说,我早出晚归,不会有太多时间在家里。只要我自己做好,不怕她难待候。

蒋春花说,那就好。你结婚的新棉被我已经叫人去弹了,现在不像过去,要好多床,我想给你厚薄各准备两条就差不多了。其他东西,你自己去看看,妈也不懂你们年轻人现在喜欢什么。

周洋说知道了,我会去商场看的。

李小梅对儿子说,这门亲事我还是不满意,你看看你丈母娘穿的衣服,像个乡下大妈。

林之光无奈地说,妈,你别这样,高高兴兴的事,非要搞得人不开心。

这时,林良友也批评李小梅这个说法不对,不能以貌取人,人家周家都没提什么意见,我们说结婚就结婚,说住一起就住一起,彩礼也没说要多少,可以了,别挑三拣四的,真讨个难弄的媳妇进门,有你哭的。

李小梅见父子俩又穿一条裤子,恨恨地瞪了丈夫一眼,气呼呼地说,不管了。父子俩无奈地摇了摇头。

当蒋春花和周大海接过林之光送来的5万元彩礼时,很高兴,觉得林家人通情达理。只有周洋清楚,这钱是从公司账户支出的。蒋春花拿出1万元给周洋,让她自己去买嫁妆,说余下的钱先存着,哪天买了新房子,要添置什么再给。

周洋接过钱,说了一句,够了,剩下的钱留着给哥娶老婆用。

蒋春花听不出周洋这话的另外意思,还以为周洋真是这么想的,不由感动,说,等你哥回来,我会告诉他。

也许是女儿要出嫁了,蒋春花也意识到这么多年对女儿的漠视,现在见她处处为家里着想,内心有愧,可嘴上又说不出那种带有感情的话,只好东拉西扯几句,见周洋没兴趣听,尴尬地回自己的房间去。

第二天,林之光和周洋去胡杨的照相馆拍婚纱照。胡杨很高兴地接待了这对新人,说恭喜两位,你们这一对是事业型夫妻档,理想。周洋,我还记得第一次在书店碰到你的样子,那时候小姑娘一个,现在要当新娘子了,这也是你跟之光的缘分。胡杨边说边拿出一本厚厚的相册,让两个人选拍哪种类型。

胡老师,你好久都没来我们书店买书,是不是生意太忙了?周洋接过相册,笑着对胡杨说。

之光,你看看你这老婆,这个时候还惦记着做我的生意。胡杨打趣道。

林之光一脸得意地说,那是,她比我尽心多了,这充分说明我的眼光好。

胡杨大笑道,不错不错。

周洋选了一套自然系列的婚纱照,问林之光意见。林之光说依你喜欢。

胡杨说自然系列不错,不俗气,拍出来挺好看的。他叫影楼专门负责化妆的小姑娘给周洋化个新娘妆,他去准备背景道具。

当周洋穿着洁白的婚纱,化好妆出来,披着长长的黑发,头上戴着花冠,像个天使一样。林之光愣在那里,他从没有见过这个样子的周洋,美得让人睁不开眼睛。

胡老师,我们结婚那天,就租你家的婚纱吧,给周洋挑两件新的,化妆师能不能也跟着?林之光对胡杨说。

胡杨打量周洋,笑着说,新娘子真漂亮。听到林之光的要求,马上一口答应,说没问题,还可以安排摄像的人跟拍整个仪式,到时候制作成录像带保存。

林之光说好好,这点他没想到。

拍了一上午,终于拍好了。胡杨说等他把照片的小样洗出来,再过来挑哪些需要放大。林之光说好。

从影楼出来已是中午,两个人在小餐馆吃了点东西,然后周洋去书店,林之光回公司。

婚礼定在正月初六。

大清早,林之光就穿上新西服,打上领带,头发刷得溜顺,看起来非常精神。李小梅和林良友起得更早,儿子要结婚,这件大事完成,当父母的可以松口气了。

接亲的时间到了,林之光一行坐着租来的车,带着摄像师前往周洋家。

周洋昨晚没有睡好,母亲跟她说了很多话,提醒她到了婆家要搞好关系,夫妻有事多商量,不要使小性子,母女俩难得谈心。

从深圳赶回来的周松很为妹妹高兴,他在那边一家公司打工,非常辛苦,工作压力很大。周洋问哥哥有没有考虑回来。周松说深圳是个很锻炼人的地方,他喜欢这个能不断激发自己潜能的年轻城市。见哥哥这么说,周洋就放心了。

化妆、换上漂亮的婚纱、喂上轿饭。等林之光的婚车到达,周洋这边已做好所有的准备工作。周松抱着妹妹上车,周家的亲戚在外面放起了鞭炮,摄像师一路跟拍。由于在同一家酒店喝喜酒,林之光接新娘的车子刚走,周大海一家和一些亲戚也都坐车去酒店。

虽然化过妆,但林之光还是发现周洋的眼睛好像哭过。不过新娘子出嫁是要哭的,所以他也没说什么,只是紧握着周洋的手,似乎这是一种无声的承诺。沈默、王青山、谢大军、胡杨等朋友都带着家人前来参加,大家喝了很多酒,说了很多祝福的话。

有关这场婚礼的很多细节,周洋后来都想不起来了,她只记得那天晚上躺在婚床上,累得没力气说话。平时她为了工作,从不穿高跟鞋,这天穿了一双高跟皮鞋,脚痛得不行。再加上天气冷,虽然在婚纱外面披了厚披肩,可还是冷,人都有点冻感冒。

结婚太累,这是周洋心里真实的想法。当这个念头一涌上来,周洋就被浓浓的睡意给席卷了,很快进入了深睡状态。

林之光按亮台灯,盯着周洋的脸,见她睡得这么沉,不忍心吵醒她。新婚之夜,林之光就抱着周洋睡了一晚,第二天早上醒来,手臂都抬不起来了。

周洋睁开眼睛,看到床头那幅放大的婚纱照,她和林之光幸福地偎依在一起,背景是葱郁的森林,有阳光穿过丛林,洒在草地上,画面明亮,给人以信心和希望。从今天开始,就要过自己的生活了。周洋在心里轻轻地说。

林之光和周洋结婚后,两个人都把精力投入到工作中,这一年,左岸之光以小型摊点的形式进入了快速扩张阶段。林之光看准了杂志这一块市场的巨大潜力,建立了很多分销点。有了销量,再把杂志的代理权争取过来,供销渠道畅通,积压少,周转快,几乎没什么风险,而钱是每天都看得到的。图书这一块业务也是蒸蒸日上,像《中国可以说不》这本书,林之光一次性从杭州拉来6000本,两个月不到就卖完了。生意之好,出乎意料。最关键的是折扣低,19.8的定价,他一本就能赚10元。这本书一共卖掉多少本,他后来都没仔细统计,反正卖完就去进,每天几十本、上百本销出去。《中国可以说不》热销后,市场上又相继出现了《中国还可以说不》《中国仍然可以说不》《中国为什么说不》等系列图书。虽然印刷粗糙,但还是有销量。让林之光沮丧的是,一些小众图书越来越难卖出去。

18

* * *

手上有了点钱，林之光又想折腾了。他好像有一个执念，就是书店开得越多，喜欢书的人也会越多。赚钱倒是其次，日子过得去就行。现在，他认为开一家左岸之光旗舰店的时机已成熟。

周洋见林之光又想开新店，就说先买套房子，把自己的家给安了，总不能一直跟公婆住，没个自由的小天地。林之光嘴上说好，行动没有，他认为开店比买房子重要。现在又没孩子，跟父母住，每天吃现成饭，多好，什么也不用管。周洋见他这样，很生气，她就自己在报纸上找房子，不理林之光。回到家里，周洋还得装作若无其事样，不然公婆看到了就要来问，要插手，这让她很郁闷。

对于周洋的情绪，林之光忽略了。他满脑子想着开新店，四处搜集相关信息，顶峰商场的店没有开成功，一直让他耿耿于怀，他想这次无论如何要实现这个梦想。

功夫不负有心人，林之光得到一个信息，在董桥东有一个店面要出租，由于面积太大，一时没有找到合适的商家。林之光就跑去看，那店面刚好在桥头弯下来的地方，有700平方米左右。林之光站在那里，想象一个个书架把这空旷的店面给填满的样子，而来买书的人如潮水般涌来。林之光激情澎湃，潜伏的野心被激发出来，他想一不做，二不休，干脆吃下来开个书城，那将成为明州的一个爆炸性新闻，他要让左岸之光成为书业不可动摇的老大。林之光被自己幻想的前景给迷醉了。

一问房租，出奇的贵，90元一平方每月，这就意味着每个月仅房租就要6万多，押二付一，再加上人员的工资、物业水电、装修以及税费等等，不是一笔小数目。可林之光已被前面的成功冲昏了头脑，他很自信这个明州从未有过的第一家书城，一定能取得成功。

怕父母和妻子反对，林之光自作主张，先斩后奏，就把租赁合同给签了。晚上回家，把合同拿出来，说自己要开书城，合同已经签好。

李小梅、林良友和周洋轮流接过合同一看，脸色大变。特别是周洋，最清楚这个成本核算，一算，整个人都慌了，气得嘴唇发白，不管公婆在场，厉声问道，我还是不是你老婆？这么大的事都不跟我商量一下，就签了合同，你当我是什么？就算我不是你老婆，我也是公司的副总经理，专管财务，你要用公司一分钱，都要有理由。有你这么随心所欲做事的吗？你以为现在钱多啊，明天就去退了，宁可交违约金，这书城也不能开。

李小梅这次坚决站在媳妇一边，她苦口婆心地劝说，之光，你现在日子已经很好过了，有钱就先去买套房子，想开个小书店继续开，可你现在一下子开什么书城，700平方，开什么玩笑？一个月房租就这么贵，要人性命，你到底有没有脑子？

林良友没想到儿子的胆子会这么大，一口想吃成大胖子，他说，之光，你这事做得不对，再怎么样，你也该跟周洋商量一下，更何况是这么大的事。你已经结婚了，要有责任心，不能再像过去一样想干吗就干吗。

林之光在没有拿出合同之前，已做好了迎接暴风雨的心理准备,所以无论父母和妻子怎么个激动,他就坐在那里不说话。等大家都说过了,他开口了,他说,爸、妈,从我第一次辞职开书店到现在,哪一次你们不是反对,最后结果呢?我哪一次没有成功?你们要相信我的判断能力。你们去看看这个城市的变化,妈你在新华书店应该能感觉到,现在是书业的黄金时期,喜欢书的人越来越多。我知道开书城成本高,有风险,可人总要有点冒险精神,不然我现在还在水泥厂挣那几元死工资。周洋,这事我没跟你商量是我不对,我是怕错过机会,被别人拿去。我们的新房肯定会买,目前有地方住,暂时缓一缓,有了钱,还怕没房子?我不但要买房,还要买车,等我把这些目标都实现了,你就安安心心怀孕生孩子。我都计划好了,并不是乱搞。

李小梅被林之光这番话给噎住,周洋阴沉着脸,回到房间,重重地关上房门。她是个不轻易生气的人,性格温和,可这一次她不只是生气,而是心寒,她认为林之光根本没有把她当平等的妻子看,一意孤行。她刚看中了一套新房,正准备找时间去看,现在什么都不用想了。越想越伤心,眼泪就止不住地流下来。

李小梅狠狠地瞪了儿子一眼,说还不快去向周洋赔礼道歉,你确实太过分,我看你是不撞南墙不回头。

林之光站起来,去敲房门,周洋不理他。林之光只好拿钥匙开门进去,把门关上去哄周洋。周洋神情淡漠地坐在沙发上,任凭林之光说尽好话,就是没反应。林之光见周洋在气头上,他也没了耐心,走出房间,说自己去一趟店里。

李小梅无奈地叹息,只好亲自出马,替儿子向媳妇道歉。周洋可以不理丈夫,可不能不理婆婆。她一脸忧虑地说,妈,不是我不支持他,我刚才仔细算过,这么高的成本,想不亏太难。之光盲目乐观,我的话他听不进去。如果他一定要开,那你们二老就做好公司破产的思想准备。

听周洋这么说,李小梅也发起愁来。书店生意再好,一本书能赚多少钱算得出来,这么贵的房租,想想都吓死人。她说怎么办,之光根本不会听我们的话。

周洋摇摇头说,没有办法,他要开就去开吧,只能让事实这盆冷水来浇醒他。妈,我很难过,明明知道这一脚踩下去是空的,可我拉不住他。我太无能,如果我厉害一点,那他多少也能听听我的意见。

李小梅叹着气说,之光太固执,我儿子我清楚,难为你了。

一时,婆媳两人都坐在房间里沉默。

林之光出了门,先到两家书店转一圈,然后来到谢大军店里,说心情不好,到你这边来坐会儿。谢大军问他出了什么事。林之光也不隐瞒,说了自己想开书城的事。

700平方?90元一平方的房租?之光哥,这个你都能吃得下来?你太厉害了。谢大军睁大眼睛,连声说不可思议。

对了,你上次说要开新店,开了没有?我这段时间太忙,也没过来问你。林之光问谢大军。

谢大军说,差不多了,过几天就可以开门营业。稍做停顿,他又把话题转到书城上,说你这冒险精神我怎么学也学不会。

林之光随手拿起一本书翻,说家里人都强烈反对,周洋跟我闹别扭,我也知道风险大,可我真想开家不一样的书店。她们不懂,妇人之见,目光短浅。

谢大军沉吟道,那要么你再考虑考虑?

林之光把手中的书一放说,考虑什么?合同都签了,我明天就找装修的人进场简单装修下,耽搁一天就好多钱,争取早日开门营业。

谢大军又一惊,他说你这什么速度啊!

林之光又得意起来,说就是要这火箭速度,既然下决心要干,我才不会前怕狼后怕虎。

谢大军说,干大事的人果然不一样,有气魄。那你得投入多少资金?

林之光说,具体还没有算过,出版社的货有些可以先拿,后付款。第一次房租就要交20万,以后是一月一付。这些账到时候只有交给周洋去负责,我只管宏观的。我想资金方面应该问题不大,就是怕没生意,那就是纯亏。不过我还是很有信心,毕竟明州这么大的书城从来都没有过。

谢大军才知道林之光的书店可以不用先给钱,就能拿到货,这跟他进旧书不一样,他必须要拿现金去才能拿到货。这个差别还是很大的,他的旧书会积压,因为进的时候,根本不知道这书会不会有人要。新书就不一样了,哪本书好销,会有个市场反馈。不过旧书的优势在于价格低廉,5毛钱一本进来的书可以卖到2元一本,利润比新书高得多。

从谢大军那里回来,李小梅和林良友已经睡了,林之光走进房间,周洋面朝墙壁,一动不动地躺着。林之光上床,去抚摸她,周洋低声说,走开、别烦。林之光讨了个没趣,只好悻悻躺下。

这一冷战,整整打了一个星期。

周洋见林之光铁了心要开这店,只好妥协,但她的内心充满了忧虑。箭在弦上,不得不发,她只能振作精神去帮丈夫,尽量减少亏损。

林之光要开书城了,这个消息风一样地传遍了明州的书圈,有赞叹他有魄力的,有说他太冒险的,也有等着看好戏的,什么样的人都有。

沈默听说了,特意过来问林之光这事的真假。林之光说是真的,装修公司已开始装修,一个月后开业。

之光,做生意我不懂,从一个外行的角度来说,你此举确实有些疯狂,这投资也太大。倘若失败的话,恐怕你这些年都白努力了。沈默说。

我知道,毕竟明州还没有人开过这种规模的书城,可我有信心把它经营好,我觉得我们这座城市需要这样一个书城。林之光信心十足地说。

这种事应该让新华书店去做,公家投资,即使亏了也没事。你是个人,亏了可都是你个人的钱。沈默发现林之光对开书店有一种近乎偏激的执着。

这是我的理想,你清楚的,这么多年,我从没有改变过。林之光见自己最好的朋友也不理解,忽有种说不出的伤感。

显然,沈默是了解林之光的,他什么话也没有说,上前搂住了林之光的肩膀说,到时候给你写篇书城开业的报道。

林之光心一热,说行啊,给我派个记者来。

沈默松开手说,我亲自来给你写。跟你汇报一下,我不当编辑了,从现在开始当记者。

林之光说,当记者好,可以为老百姓伸张正义,抱打天下不平事。

沈默说了两个字,理想。

王青山听到林之光要开书城的消息,正在酒桌上陪客人,马上摇了摇头说,太冲动,那个位置不理想,他这么干,肯定要亏死。

席间，有人不明白，问王青山为什么这么说。王青山解释道，那地方看起来热闹，实际上没有人，这店开不长，不信你们看着好了，林之光不可能有这么多钱可以烧。

又有人说，左岸之光这几年发展很快，开了这么多家分店，林之光这人看起来书呆子一个，居然还会做生意。

王青山说，他挺固执的，是个实心眼，书店这几年发展是不错，遇上好时机了。我能走到今天，也全仰仗各位啊，来来，喝酒喝酒。

一桌人举起酒杯，嘴上说着客气了。

王青山在犹豫要不要提醒林之光，想到这事已成定局，他说等于白说，干脆就装作不知道。

过了一夜，王青山心里还是有点过不去，就给林之光打电话，详细问了开书城的事。林之光见王青山关心，就把相关情况大概说了一下。王青山提醒林之光，那地方只有车，没有行人。

只有车，没有行人？林之光一惊，他没注意到这个问题。

是的，之光，你这次投资有点悬。王青山沉思了一下，还是说出了自己的担心。

这个时候的林之光其实已听不进什么意见，更何况，他的钱已经砸下去，想退也来不及了。对王青山的提醒，林之光还是很真诚地表达了感激之情，只是他想好的事，还是要去做。

性格决定命运。王青山放下电话，脑子里闪过这句话。

反对的人越多，越激发林之光必胜的信心，他抛开一切杂念，全身心投入到书城的开业事宜当中。

19

* * * *

一个月后,左岸之光图书城隆重开业。

这次,林之光特意搞了一个仪式,沈默、谢大军和王青山都送了大花篮。明州的书友们从四面八方涌过来,来见识一下书城的样子,开开眼界。除了面积大,还有书城的收银,启用了最新的收银软件系统,一套电脑是林之光从上海进来的,花了他15000元。

王青山见到书城的规模还是吃了一惊,马上估算了一下投资,暗中摇头。他相信自己的眼光比林之光准,这店要经营下去,绝非一件容易的事。当面,还是给予最真诚的祝贺。

沈默以记者的身份对林之光进行了简短的采访,为什么要开书城?投资多少?有没有考虑过风险?对明州的公共文化事业有哪些促进作用?等等。林之光一一做了回答,他说开书城,就是想方便这座城市所有喜欢书的人购书,让他们有更多的选择。对书城的未来,林之光自信满满地表示,一定会有美好的前途。看到胡杨在不远处选书,林之光又让沈默去采访一下他,说胡杨是左岸之光忠实的顾客,而且喜欢藏书。沈默认识胡杨,以前在书店碰到过几次,于是又与胡杨做了一番交流。

对林之光这样大手笔的投入,胡杨有些不理解,他对沈默说,之光这次胆子太大,这书城我感觉位置不是很好,他这样的投入,一天得卖多少本书才能保本?别看今天人很多,以后不好说。

沈默本来就替林之光担忧,听胡杨也这么说,更加发愁,这么大的书城,万一没生意,那真的会负债累累。

胡杨说,报上发个新闻也好,这是最好的宣传。

沈默说是的,他又拿出相机,拍了几张现场的照片,回去写个新闻稿,明天见报。不管怎么说,毕竟这座城市第一次有这么大规模的书城。

第一天来的人出乎意料的多。700平方米的书城,到处都是人头,像赶集一样。看着眼前这一幕,林之光一脸的意气风发。他成功了,他用行动来证明自己的决定是正确的。

周洋的心里没一点喜悦,凭经验,她很快发现了诸多的问题。人太多,几个营业员根本管不过来,虽然一半是老手,一半是新手,但没有用,面积太大。收银来不及,很多人拿着书出去,根本分不清到底有没有付过款。场面混乱,浑水摸鱼的人肯定有。周洋的心在一点点往下沉。

人仰马翻的一天终于过去了,关上大门,周洋让林之光自己看,现场的书被搞得一塌糊涂,就这整理,把书重新归位,他们这几个人至少得半天。书百分百有被人顺走的,就是不清楚被顺走多少,要等一个月后盘库才清楚。

林之光看着一片狼藉的现场,不禁皱起了眉头。他明白,有些人不是来买书的,是来看热闹和捣乱的。

时间太晚,周洋让大家先回去,明天早上八点过来上班。林之光说我们也回去,不早了。周洋把当天的营业款都收了起来,看起来这么热闹,营业额却只有6000多元,就算有百分之二十的毛利,也才1200元,远远不够成本,还不算丢的书。盯着这个数字,一盆冷水把林之光浇了个透心凉,可嘴上他还得安慰周洋,也安慰自己,说第一天难免,慢慢理顺就好了。

第二天,《明州日报》上关于书城开业的新闻报道出来了。到书城来看新鲜的人不少,不过营业额依然没有明显提高。

书城热闹了三天,从第四天开始,来的人一天比一天少。这么大一个书城,从早到晚,大多数时间只有营业员,你看我,我看你,大眼瞪小眼。周洋急得嘴角都起了泡,可急也没有用,没人来。

这时,林之光才真正冷静下来,想起王青山的提醒,发现自己确实犯了一个严重的选址错误。他以为这店靠近马路,一定是人来人往,很热闹,却不料这里只是车流量大,行人极少。因为周边是几家小店,卖些五金杂货和海鲜干货,最近的居民区都还有好长一段距离。人家想买书可以去市中心的新华书店,也可以到随处可见的民营小书店买,不一定非要跑这么远的路到书城来。想靠一公里之外的居民来买书,那是绝对养不活的。

林之光想搞活动来拉动人气,可由于开业匆忙,装修也没设计过,书城没有开辟出专门搞活动的场地。如果要动,需要拆除几个书架,重新调整。因为书城没一点生意,他也没心情去组织,只好再等等看。

一个月到了,营业额少得可怜,书城要进行第一次盘库。这么多的货想要盘清楚,绝不是一件轻松事。周洋、林之光,再加上四名营业员,六个人,整整盘了一个通宵,最后结果出来,库存与电脑的销售记录,竟然出现了5000多元的差额。

这下,大家都傻眼了。

周洋筋疲力尽地瘫坐在那里,沙哑着声音对林之光说,这个损失,你让营业员怎么赔?

按规定,书店除了正常的损耗,其他的短缺,公司负责一部分,店长负责一部分,营业员负责一部分,都要按比例扣钱。第一次开这么大的书城,整个明州都没有,这等于说没有任何经验可以学习或借鉴,一切都要摸索。如果这损失让营业员赔,一个月工资都不够扣,谁还会在这里?

林之光只好说,营业员每个人象征性扣200元,其他损失公司负责。下个月开始要按规定来,本来就没什么生意,你们注意点就不会让别人把书偷走了。几个营业员听说扣钱,脸色都不好看,可确实是差了这么多,他们也不好说。

回到家里,周洋问林之光,你下一步什么打算,还要不要继续开着?

林之光说,投入了这么多,不可能刚开业就关门,只要我们加大宣传,让更多的人知道,我想生意慢慢会起来的。

周洋沉默不语,她很悲观,已看到书城的结局必然是惨淡收场。既然林之光还想坚持,那就再看看,这次她决定随他心意,只有这样,他才会真正吸取教训。林之光也不想坐以待毙,他想了很多办法,包括去居民小区的信箱塞书城的广告纸,搞促销活动。他也请胡杨帮他在收藏圈里宣传,推荐新书等等。效果还是有一点,但不是很大。

沈默一直关注着书城的情况,见林之光一副焦头烂额的样子,他也帮不上忙,只能干着急。

这一天,沈默在外面采访结束,路过书城,就弯了进来。见这么大的店面,除了满眼的书和营业员,只有零星几个顾客,心不由沉了下去。林之光在公司,周洋在,看到沈默,连忙上前招呼。

平时都这样？沈默关心地问。

周洋点点头说，差不多，星期天人多些，之光白头发都长出来了。

沈默说，那怎么办？你们还能坚持多久？

周洋说，我也不知道，这次就让之光决定，不摔过，他下次还要犯同样的错。

沈默听了周洋的话，不由惊奇，年纪轻轻的她居然有这样的认识，好像比林之光要成熟多了。周洋的通情达理，让他联想到阮晓晓。在家里，他必须什么都得听她，不然就是没完没了地闹。他吵过，也提出过离婚，可阮晓晓一听，立马抱起孩子，说要跳楼，吓得他再也不敢发声。不过从那以后，他在家就很少说话，把自己关在书房里读书，写点想写的文字。无论阮晓晓怎么作，他就是不回应。次数多了，阮晓晓也觉得无趣，只要他在家不出去，她也懒得管他，反倒相安无事，耳根清净。

周洋哪里知道沈默在想什么，见他若有所思的样子，也没打扰他。沈默回过神，说你去忙，我看看。周洋说好。

晚上，周洋跟林之光说沈默来过书城，买了几本书走。林之光说，他给我打电话，很担心我。周洋用手轻轻去拔林之光头上的白发，嘴里数着一根两根。林之光阻止了她，说长就长吧，反正我已讨进老婆，没关系。周洋就停止了动作，一时，夫妻俩都陷入了沉默。

就这样坚持了三个月，书城生意毫无起色，开一天就亏一天。周洋劝林之光关掉算了，再这样下去，严重拖累公司的正常运营。可林之光心有不甘，仍想再坚持。

这时，一个致命的打击出现了，书城前面的马路有一天晚上突然被封住,全部围了起来,说是要修路。

营业员上班,一看这情况,赶紧跑到公用电话亭,打电话到公司办公室。周洋一听,马上和林之光火急火燎地赶来,一看完了,整个人都僵在那里。林之光打电话给相关部门咨询,得到至少要修三个月的答复。

林之光无力地靠在墙上,面无血色,本来已经是开一天亏一天,现在这么一围,彻底完蛋。老天要灭我了吗?林之光从云端一下子直线掉到了谷底。

为了这个店,已心力交瘁,操碎了心的周洋忍不住号啕大哭起来,她想过最差的结果,还是没想到会这样。

这一天,对周洋和林之光来说是黑色的。

沈默接到林之光电话后,赶了过来,一见这个情形,跟着焦虑起来。可嘴上还得安慰林之光不要急,他再去问问。

林之光沙哑着声音说,这下真要完了,我问过,修路。

沈默骂了一句粗话,说这对沿街的商家也太不公平,这损失谁来负责?

林之光苦笑道,别做梦了,公与私之间,当然是私为公做牺牲。要不你这位大记者给我们呼呼呼呼?

沈默当然知道自己这么说太天真,可实在忍不住,想想林之光这一打击,恐怕一时三刻缓不过来,而所有的安慰又显得那么苍白无力。

晚上到家,林之光和周洋连走路的力气都没有了,进门,就坐在那里,一言不发。李小梅和林良友被吓得够呛,一问,也傻眼了。李小梅恨不得狠狠地揍儿子一顿,叫他不要开不要开,就是不听,现在好了,钱全部打了水漂不说,还要负债。可看到林之光和周洋那副万念俱灰的样子,又心疼得不行。

坐了半天,周洋站起来说,关掉,只有这一条路,不可能再熬三个月,根本熬不下去。

林之光低着头,许久才有气无力地说,好,关掉。

这一个晚上,四个人谁都没有睡好。李小梅长吁短叹,林良友觉得特别对不起周洋,对李小梅说,我看之光真不如周洋,别看他年纪大,饭白吃了。李小梅也承认媳妇的眼光比儿子好,如果儿子在做这件事之前,能征求一下周洋的意见,就不可能出现这么被动的局面。

真是自作自受。李小梅恨恨地说。

可事已至此,又有什么办法?只能走一步看一步。

林之光和周洋一夜未眠,早上起来,夫妻俩的眼圈都是黑的,吃饭也没胃口。来到公司,开始着手关店的各项工作。

左岸之光书城热热闹闹开业,四个月后悲壮落幕,在明州书业又引发了一场大地震。同情的有之,看笑话的有之,那些原本羡慕嫉妒的人开始说风凉话,林之光当作没听见。王青山打电话来问情况,表示关心。谢大军第一次认识到"风险"两个字,幸好他投资不大,觉得胆小也有胆小的好处。

对林之光来说,这一番折腾,不但把之前所有赚的钱全部赔了进去,还负了整整30万元的债,元气大伤。对一直顺风顺水的林之光来说这个打击实在太大,他似被抽走了精气神,待在家里,连办公室都不去。周洋见他这个样子,又不好说他,怕他钻牛角尖出不来,只好一个人去面对。亏了这么多钱,只能慢慢再赚回来去填补,逃避不是办法。

周洋更加忙碌,早出晚归,繁忙的工作加上巨大的精神压力,让她迅速消瘦起来。特别是到了月底要发人员工资,再没钱工资也不能拖欠一天,得想办法把钱筹够,拆东墙补西墙也行,去借也行,反正没有人可以帮她,只有她自己挖空心思动脑筋。

李小梅实在看不下去,就狠狠地骂林之光,说你还是男人吗?怎么遇到一点事就变熊样?没出息。当初我们都反对你去开书城,你就听不进去,现在既然已经这样,躲着有什么用?你看看周洋,为了收拾你这个烂摊子,都累成什么样了,你还好意思天天待在家里?我都替你害臊。

林之光捧着脑袋,被母亲骂得抬不起头来。他自知理亏,又好面子,摔了这么大一个跟头,实在没脸见人。可他也知道,不可能一辈子不走出这个门。

晚上,当周洋拖着疲惫的身躯回家,林之光搂住她,哽咽着声音说,对不起,老婆,让你受苦了。我明天就去公司上班,你放心,我会重新把钱挣回来的,相信我。

周洋把头靠在林之光怀里,轻声说,我相信你,以后不要这么固执就好。

林之光亲吻着周洋消瘦的脸说,以后我都听老婆的。

周洋的脸上露出了笑容,她说,你就会哄我。

林之光态度认真地检讨,他说,这段时间我好好反思过,问题确实出在我身上,太盲目、太冲动,没有经过严谨的分析,也没好好观察周边的环境。我开第一家店的时候,还在店门口站半天观察人流量,唉,这次这么大面积,居然大脑发热就草率地把合同签了,失败不可避免。只是付出的代价太大,我们的新房子又要推迟买了。

周洋安慰道,做生意有赚有赔也正常,只是这次失败本来可以避免,伤得实在不值。不过以后你若能脑子清醒,理性分析,那这次教训也算是值了。

林之光佩服地说,老婆,我现在才发现,你比我有头脑。

周洋打了一下林之光的手说,少说好听的,拿出实际行动来。

经过这一事件,夫妻俩的感情反而更加好了,一起面对挫折。林之光相信困难是暂时的,一切都会好起来。

20

* * * *

  林之光去理了个发,他对周洋说,一切重新开始。周洋欣慰地点了点头,她相信,夫妻同心,没什么困难不能克服的。

  虽说负了这么多债,但林之光并不恐慌,他还是有底气的。回到公司,他重新理了一遍各家门店的情况,心里有个数,再考虑下一步的计划。他设在商场里卖报刊的小摊点,人气非常旺。由于他掌握了不少畅销杂志在明州的独家代理权,别的书报摊要拿货,只能问他要,一手交钱,一手交货,虽薄利,但量上去了,收入还是可观的。林之光明白,只有做大,才能掌握更多的主动权。

  这时,周洋发现自己怀孕了。

  林之光第一时间得知此消息,很开心,马上说有了就生下来。周洋在犹豫,她原本想着再等两年要孩子,那时候债还清,房子可能也买下了,再安安心心生孩子多好。再说她这半年一直工作很紧张,很累,情绪也大起大落,从健康角度来讲,眼下其实并不是最好的怀孕时机。可如果不要这个孩子,估计公婆那里也过不了关。思来想去,最后想这孩子既然来了,那就生吧!

  很快,两边的父母都知道了这个喜讯,很高兴。特别是李小梅,她日思夜想,现在终于可以当奶奶了。接下去,她得要注意媳妇的营养,每天去买菜前,都要问下周洋想吃什么。

周洋依然每天上班,想到几个月后要生产,还要坐月子,至少三个月到半年没法正常工作,她手上这块工作需要分解。周洋对林之光说要培养新的店长,来接替她现在的工作。林之光从不过问人事安排这块,就让她自己去物色。周洋想在现有的营业员里选一个比较有责任心和能力的,这样比重新招一个不知水性的要省心。

还没有等周洋选好店长,就发生了一件令人头痛的事。福泰商场左岸之光书店的一位营业员卷款跑了。按规定,白班的营业员每天交接班后,要把当天的营业款存入公司的账户,然后把银行的回单附在日报表上,日报表是要每天交的。另外,每天还要补货,要补什么货由营业员直接在库房配好。夜班的营业员是把营业款带回家,第二天上班前存入。

那天是周六,生意特别好,这位姓熊的营业员是上白班,与她搭班的营业员有事请假,她就一个人从早上到晚上,做了两班,营业款都带回家了。周日,由请假的那位营业员连上一天班。周洋在家休息。周一上班,周洋发现周六的两张报表和营业款都没有入账,连忙给那个营业员的传呼机发了信息,没回。周洋就跟林之光说可能出事了,两个人直奔福泰商场。商场开门了,熊姓营业员没来上班,急忙调人来顶替。林之光又根据招聘时那位营业员留的暂住地址去找,没找到。

这家店由于位置好,生意一向很不错,但每到月底盘库,常出现少很多库存的现象。为此,周洋还特意来观察过,发现很多顾客拿了杂志或报纸,都是随手把钱一丢就走。假如营业员没有入账,那钱就多了出来,营业员如果每天贪一点,细水长流,一个月也是一笔不小的数字。由于没有证据,也不能确定是某个人做的,还是两个人同谋。每次盘库，两个营业员都你说我，我说你，谁也不承认拿了钱，搞得鸡飞狗跳。周洋换过人，没想到这次倒好，带着营业款直接消失了，把周洋气得胃痛。

报了案，其实没什么用，那个营业员身份证上的地址在湖南一个很偏远的地方，你不可能为了这点钱跑那么远的地方去，只能自认倒霉。但这件事的处理还得既高调又低调，高调是说报案了，公安局会处理，性质太恶劣，属于偷盗行为，要负法律责任，警示其他营业员。低调就是最后这件事到底是怎样的处理结果，有没有追回这笔款，就不说了。

为了杜绝类似的事再次发生，周洋决定马上提一个巡视店长，负责巡视各个门店的营业情况，另外加强相互监督机制，不定期抽查。这位巡视店长必须要有责任心，人要靠谱。经过筛选，一个名叫汪静的营业员进入了周洋的视线。汪静三十多岁，本地人，相比其他年轻的营业员，汪静要显得稳重和成熟，平时工作表现也很好。

周洋找汪静好好聊了一下，征求了她的意见。汪静很开心，表态一定会认真负责把工作做好。周洋就跟她说了要做哪些具体的事，每天都有一个巡视记录，发现问题，及时反馈。汪静说她会做好。

李小梅见周洋心情不好，就劝她别想太多，免得影响了肚子里的孩子。又提醒儿子平时要多关心周洋，不要整天除了工作还是工作。

跑了一个营业员，汪静又被提拔当店长，左岸之光书店挂出了招聘信息，要求是年龄40岁以下，本地人或在明州有固定住址，周洋要亲自面试。

谢大军来送结婚请柬，看到书店的招聘信息，想起一个人，对周洋说，我有个亲戚想找份工作，要不我把她叫来，你看看她是否合适?

周洋说,好啊,你亲戚是本地人?

谢大军说,不是,我们一个村的,说起来算我堂妹,名叫卓慧,她是嫁到这里的,之前一直在家带孩子,现在想找点事做。到我店里来过几次,因为我那边暂时不需要人,就没叫她。

周洋说,行,那你把她叫来好了。

谢大军说,我没有她联系电话,不过她给我留过家里地址,我现在就过去走一趟,把她带来。

周洋点点头,说行,既然是你亲戚,那就优先录用。

一小时后,谢大军带着卓慧来到书店。周洋见卓慧长得既秀气又机灵,一双眼睛特别亮,身材非常好,一点也看不出生过孩子,就当即决定留下,把工作时间和工资等情况说了一遍,问卓慧有没有问题。卓慧连声说没问题。又转身向谢大军道谢,给她介绍了这么一份好工作。

周洋说,你明天就可以来上班,最好穿平跟鞋,不然整天站着会很累。

好,我记住了。卓慧感激地说。

谢大军见事情办好,和卓慧各自回家。他和林夕儿分分合合,现在终于决定结婚,买了一套50多平方米的二手房作婚房,简单装修了一下。不过,他的内心也没多大喜悦,只不过是完成一项人生必须要完成的任务而已。

回到家,卓慧向公婆和丈夫汇报了找到工作的事。听说到左岸之光书店上班,吴领娣和罗周正都觉得不错,说书店工作好,干干净净的。还有一个好没说出来,就是书店营业员全是女的,不用担心卓慧会生异心。罗健不懂,反正卓慧高兴,他也高兴。

晚上,周洋跟林之光说,谢大军要结婚了,备一份礼金送过去。另外,他还介绍了他堂妹到我们店里来当营业员,说是嫁到这里的。

林之光说,谢大军自己的堂妹不用,招外面的人,傻。

周洋说,你错了,亲戚才不好管,轻不得重不得。

林之光想想也是,对谢大军和林夕儿之间的事,他有些搞不懂。这两个人明明都知道对方不是合适自己的那一个,却一会儿好一会儿分一会儿又好,也不怕累。不过再不结婚也不行了,林夕儿年纪不轻,拖不起。

周洋见林之光想心事的样子,就问他在想什么。林之光说在想谢大军娶了林夕儿会不会幸福。周洋说感情的事,谁也讲不清,你就少操这份闲心。林之光觉得也是,就自嘲地笑了起来。

第二天,卓慧打扮得清清爽爽去书店上班。她比过去气色好多了,皮肤滋润,脸上有肉,很漂亮。罗家人现在对她有些放心了,看她是过日子的样子,再说和罗健的结婚证也领了,孩子的户口也上了,只是不能跟父亲,安安是农村户口,这是罗家人唯一的遗憾。可没办法,政策规定,孩子的户口只能随母亲。

到了左岸之光书店,汪静带她和别的同事相互认识了一下,又教她注意事项,人站在那里,不能发呆,要眼观八方,要盯牢,不能让人把书给顺手带走。要熟悉书架上各个门类的书,最好能记住,至少有个大概印象,这样顾客来问,就能以最快速度把书给找到。卓慧很认真地听着,把汪静的话记在脑子里。

林之光走了进来,汪静就跟卓慧说,这是我们老板。

卓慧抬起头,看到一个长相斯文的青年男子,心想这人看起来跟罗健差不多年纪,可人家是好几家书店的老板,差距真大。

林之光对卓慧的第一印象很好,漂亮,很有眼缘,就问,你是大军堂妹?欢迎你加入左岸之光。

卓慧说,我会好好工作的。

林之光笑了笑,让汪静带她去熟悉环境,又忙自己的事去了。卓慧盯着林之光的背影,莫名其妙地想起看过的言情小说里男主角的形象。

回到公司,林之光对周洋说,那个卓慧看起来不错,应该是个聪明人,脑子不会太木。

周洋说,现在本地人当营业员的少,要找个靠谱的人不容易。卓慧年轻,而且已完成生育任务,如果能干的话,可以培养一下。不过她好像还没到法定年纪就结婚生孩子了,不知道嫁了个什么样的男人。

林之光笑道,什么时候你也喜欢八卦了?

周洋撇了一下嘴说,好奇心嘛。

林之光说,下次我去谢大军那里,问问他。

林之光从谢大军那里了解到卓慧的情况后,很是同情,觉得命运太不公平,怎么让这么好的女孩子嫁给那样一个男人。周洋也同样震惊,说真没想到卓慧年纪轻轻,却有这样的经历。夫妻俩再见到卓慧时,不免对她有些另眼相看。

谢大军结婚了。

他的婚礼是在老家办的,林之光去参加了,周洋没有去,她身子重,不方便。

那天,董生康和邵招弟把自己关在屋里,一整天没有出门。董亚芳离开明州前给家里写了一封信,说她已卖掉房子,带着孩子去了外地,她身上有钱,日子可以过得很好,请父母放心,也请父母原谅她做的荒唐事,她真知道错了。至于什么时候回来,她也不知道,该回来的时候她会回来的。捏着信,夫妻俩哭了一宿,却也无可奈何。

邵招弟一直疑惑那孩子的父亲到底是谁。不是李雄的,那肯定另有其人,可女儿从没有提起过还有其他男人。她也怀疑过谢大军,可想想两个人早分手了,不可能又扯在一起,这个秘密恐怕只有董亚芳一个人知道。可怜了那孩子,邵招弟重重地叹气,说,这真是命。

董生康对女儿的行为气得不行,说好好的日子不过,瞎折腾,把自己折腾成这个样子,说出去把祖宗的老脸都丢尽了。以后不要再提她,当她已经死了。邵招弟就垂起泪来,那场病后,她的身体每况愈下。

窗外响起了喜庆的鞭炮声,邵招弟站在窗前,痴痴地听着,半天一动不动。她在想自己的女儿和外孙,这母子俩究竟在哪里?

林之光吃过午饭就匆匆返城,公司事情太多。他和周洋都不知道,谢大军的新婚之夜出了点意外。

谢大军的新房是他以前住的房间,重新粉刷了下。家具是前几年做的,床也是,重新油漆过,看起来崭新崭新的。沙发是布艺的,刚从县城家具城买来。彩电也是新的,用一块粉色的布罩子罩着。窗户和墙壁上贴着红双喜,再加上床上大红的缎面被子,很是喜庆。能娶一个城里姑娘,而且还是吃公粮的,谢大军父母脸上倍觉有光。至于年纪,只要他们不说,人家又不知道新娘子比新郎大。

林夕儿是无意中听到有个亲戚在跟她婆婆说,董亚芳真没福气,放着我们家这么好的大军不要,在城里不知跟了什么样的男人,连家都不敢回。

董亚芳?林夕儿暗暗记住了这个名字。谢大军从来都没有跟她提过以前的情感，当然，谢大军也没有问过她的情感经历。也许是女人一种可怕的直觉，林夕儿的脑海里浮现书店门口那个抱着孩子的女人。虽然谢大军一口否认认识她，那女人也表现出一副不认识谢大军的样子，但她还是感觉到谢大军看到那女人时的异常，他好像在极力掩饰什么。

晚上，喝喜酒的人还在继续，谢大军在外面陪着。林夕儿借口累，回新房休息。坐着无聊，她看到书架上有一本《废都》，想起这本禁书自己还没有看过，就抽出来看。刚打开，里面掉出一张照片。林夕儿捡起一看，顿时变了脸色，她看到谢大军和一个女孩的合影，他搂着她的肩膀，很亲密的样子。

林夕儿的心不由往下沉，她的预感是正确的，谢大军果然有秘密瞒着自己，她捏着照片，满肚子的火往上蹿。

张娟进来了，关心地问新媳妇要不要吃一碗桂圆糖水蛋当点心。林夕儿眼珠一转，把门关上，拉着婆婆的手坐到沙发上，把那张照片给她看，轻声说，妈，这个女的是大军以前的女朋友对吗？

张娟一看，心想坏了，这照片怎么会在新媳妇手上？明明都收了起来。她急了，连忙说，夕儿，你可别多想，这是好几年以前的事了。

林夕儿一脸温婉地说，妈，我知道，我只是好奇，你跟我说说嘛。谈恋爱很正常啊，我在认识大军之前，也谈过男朋友，这没什么。

张娟听林夕儿这么说，松了一口气，她说，夕儿，你是文化人，就是不一样。你说得没错，这姑娘是大军以前的女朋友，我们一个村的，当年大军进城打工，那姑娘也跟着去，走之前我们两家订了婚，本来准备第二年下半年要结婚的，结果那姑娘在城里搭上了别的男人，和大军分了手。夕儿，你把照片给妈，妈丢到灶间去烧掉。

林夕儿微微一笑说，我见过那个女的。

张娟又吃了一惊,纳闷地问道,你什么时候见过?

林夕儿慢悠悠地说,有一次我在大军书店,看到一个女人抱着孩子站在店门口,想进来又不想进来的样子,还问大军认不认识她,大军说不认识。

张娟拍了一下自己的大腿说,你不知道,大军恨死她了,再说他也怕你误会。夕儿,照片给妈,咱不说这些陈谷烂米的事了,以后你们两个好好过日子。

林夕儿很体贴地说,妈,没关系的,这照片留着好了,或者让大军自己处理。说完,她把照片重新夹进了书里。

张娟很感动地拉着新媳妇的手说,我家大军找到你是他的福气。

正说着,谢大军带着几分醉意进来,看到婆媳俩手握着手坐在沙发上,一时搞不清状况。

张娟站起来,说时候不早了,你们两个早点休息,妈去收拾收拾。

林夕儿站起来,温柔地说,妈,辛苦你了。

张娟笑着说,不辛苦不辛苦,高兴。

新房的门被轻轻关上。

谢大军上前,搂住林夕儿的肩膀说,老婆,你先洗还是我先洗?

林夕儿轻轻拨开谢大军的手,似笑非笑地说,来,我给你看样好东西。

谢大军摸不着头脑,问,什么?

林夕儿翻开书,把照片放在谢大军面前,一言不发地盯着他,脸上再无笑容。

谢大军拿起照片,神色怪异地看了林夕儿一眼说,你想知道什么?

林夕儿一笑,反问道,你说呢?

谢大军随手就把照片给撕了,扔进了纸篓里,语气平静地说,都过去好多年的事,没什么好说的。难道你非要我向你承认,我因为穷,是怎样被一个女人无情抛弃?

林夕儿还是耿耿于怀,她说,那天你为什么说不认识她?

谢大军觉得好笑,他的酒喝得有点多,口干,就拿起热水瓶,自己倒了一杯水喝,然后说,这不是很正常吗?如果我说认识,你不会多想?再说那个贪图虚荣、无情无义的女人在我眼里,就是一个陌生人,不对,应该是连陌生人都不如。

林夕儿听谢大军这么说,一时接不上话头,只是她的心里有了一个疙瘩。

谢大军见林夕儿不说话,就说,好了,不要让不相干的人来干扰我们的生活。我不管你在我之前交过几个男朋友,你也不要在意我曾经有没有谈过恋爱。只要我们今后两个人一心一意好好过日子,比什么都强。

林夕儿的脸上阴晴不定,再想想自己复杂的情感经历,算了,就不计较了。谢大军又搂了一下她的肩膀,站起来,去卫生间洗漱。林夕儿在心里对自己说,那就把这一页翻过去吧!

有了这个插曲,两个人的新婚之夜似乎不是那么甜蜜。当谢大军第一次进入林夕儿的身体,他不由自主地想起了和董亚芳的第一次,那种慌乱与生涩。

21

* * * *

1998年，亚洲金融危机爆发，林之光意识到书业的黄金发展时期可能已过，接下去恐怕要逐渐走下坡路了。不进则退，虽然还负着债，但他仍是原来的观点，只有做大，才可能不会死得很快。从这些年图书销量上升、影院爆满和满城的卡拉OK厅来看，这座城市对文化消费有着巨大的接纳容量，就看你能不能找准那个点。

这时，明州市新华书店逆流而上，不声不响，突然开出了一个占地近千平方米的书城，一下子吸引了全城人的目光。

林之光得知后，又想起那次让他伤筋动骨的失败，心有不甘。恰好，明州市中心一家新改造的堇银商场来联系林之光，想邀请左岸之光书店入驻。牢记着上一次选址错误的教训，这次林之光慎重多了。不过这家商场就在市中心，选址上没多大问题，加上条件还比较优惠，自然又一拍即合。

周洋已没有精力管这事，她顺产生了个女儿，取名林望之，这段时间在家坐月子。听林之光说又要开新店，新房子又变得遥遥无期，不禁苦笑，前面的债还没有还清，他又要折腾。林之光的意思是，母亲已退休，周洋要上班，孩子肯定要奶奶带，住在一起方便照顾。周洋已经习惯了林之光这一套路，反正她这个男人为了开店，总能找出很多的理由来。

周洋对林之光说,你这事能不能等我上班了再去做?现在你去忙新店,还有时间管公司和店里的事吗?万一出点差错,得不偿失。

汪静大姐还是挺不错的,比较负责,应该没多大问题。新店我要先准备起来,还有,我想到时候把卓慧调到新店去当店长。我问过汪静,也观察过她,她对这份工作很珍惜,也很上心。林之光想了想说,看这样子你也不能多休息,满月就得去上班,我一个人确实管不过来,你身体吃得消吗?

培养卓慧当店长可以的,我也觉得她这个人脑子很灵,很清楚自己要什么,目标明确,但又有底线。如果让她在老店当店长,那些老员工会有想法,毕竟她资历浅,到新店,招的全是新员工,那她就是老员工,不一样。我的身体应该没多大问题,感觉挺好的,就是去上班孩子吃奶比较麻烦。说着,周洋看了一眼睡在身边的女儿娇嫩的小脸。

李小梅走进来,听儿子、媳妇在讨论工作和吃奶的事,说,母乳对孩子身体健康有利,实在不行,周洋只有先上半天班,总不能让我孙女只吃一个月母乳就不让她吃了。

周洋靠在床头说,目前看来也只有这个办法。

李小梅不满地看了儿子一眼说,周洋这么辛苦,你都不让她多休息几天,真是过分。

林之光双手一摊,对周洋说,你看看,我发现我妈现在疼你超过我了。

李小梅伸出手指敲了一下儿子的脑袋,说你们男人根本不知道我们女人生孩子、养孩子的辛苦。

正说着,门外传来敲门声,林之光去开门,原来是丈母娘来了,手上还提了两大袋东西,连忙叫了声妈,接过她手中的东西,请她坐。

李小梅见蒋春花来了,也赶紧出来招待。蒋春花说她过来看看外孙女,有两天没看到,怪想的。又说亲家你辛苦,侍候产妇累的。

李小梅听蒋春花这么说,心里挺高兴,她说,本来是可以叫"出窠娘",可家里这么小,没法住,反正我现在也不上班,就每天做点好吃的给周洋吃。

蒋春花说,周洋有你这样的婆婆是她的福气。

李小梅就更开心了,她说,周洋这媳妇我是越看越满意,又听话又懂事,是你教育得好啊!

两个人在外面相互恭维,周洋在卧室叫了一声妈,她有点纳闷母亲怎么突然变得这么会说话了。

蒋春花走进房间,伸过头看了看小婴儿,一脸欢喜。她对周洋说,人家讲隔代亲,以前我还不信,现在相信了。

周洋淡淡一笑,她明白母亲的潜台词。生了孩子,自己也当了妈,周洋对母亲的心结已没像过去那么重,好也好,不好也罢,一切都过去了,只要现在好就行。

想到这里,周洋让母亲坐,问,你和爸身体好不好?小店生意怎么样?蒋春花说,身体还行,小店生意马马虎虎,就这么过。

我哥怎么样?最近有信来吗?周洋关心地问。

蒋春花从挎包里取出一封信交给周洋,说你哥在那边挺好的,已经有女朋友了。

太好了。周洋接过信,迫不及待地看了起来。

董银商场的左岸之光书店开业后,由卓慧担任店长。吴领娣见她这么能干，既欣慰，又担忧，私下问罗周正，你说，卓慧会不会变心？罗周正劝吴领娣别想太多，这几年卓慧的表现也是有目共睹的，她对罗健就算没有多少感情基础，但一日夫妻百日恩，再说又有了一个可爱的女儿，不会轻易打破这幸福的生活。

卓慧似乎猜到公婆的顾虑，她干脆直接挑明说，爸、妈，我出去工作也是为了这个家，你们要相信我。罗健这种情况，不可能指望他挣多少钱，你们年纪也越来越大，安安要读书，以后花钱的地方会越来越多，我不努力多挣钱，以后我们一家人都喝西北风去吗？

吴领娣见自己的心思被媳妇看穿，有些讪讪地说，我们也没这个意思，知道你是为了这个家，就是看你现在早出晚归的很辛苦，怕你累着。

罗周正连忙说，对对，看你当店长后忙了许多。

卓慧说，当店长比别人多拿了不少工资，我当然要把工作做好，不然怎么对得起人家老板对我的信任？再说这家店是新开的，事情就更加多，等理顺了就会好些。

罗健坐在那里，半天没有说一句话，但有一点他还是知道，就是要维护老婆，见父母在说卓慧，他就不高兴地插了一句，你们不要管。

卓慧拍拍罗健的手背说，没事，爸妈也是为我好。

吴领娣和罗周正见儿子开口，就移转话题，说要带安安出去玩。

卓慧说她要去上班了。罗健原先工作的福利厂关掉后，他被安排到社区一家残疾人小企业，做些简单的手工活，混混日子。

卓慧来到书店，她虽然嘴上说得很好，可心里对公婆的态度还是很不舒服。今天的她，已不是19岁那年第一次到明州时的样子，她会打扮，穿着得体，努力工作。她要强，很要面子，不想让别人知道她嫁了一个呆头老公,所以从来都不在同事面前提她的家庭。

  为了快速提高自己各方面的素养,卓慧请林之光给她推荐一些书看。林之光对她的学习态度很赞赏,就给她找了一堆有关人生哲思、文学、人物传记等方面的书。卓慧白天上班,晚上回到家里,挑灯夜读,还很认真地做笔记。她读《红楼梦》,读《萨特》,读《上帝之眼——托尔斯泰》等等,即使读不懂,也强迫自己看。随着阅读量的增加,卓慧对林之光产生了无法言说的情愫。这个男人可以带领她成长,这是之前二十多年从来都没有过的事。她要引起他的关注,唯一的办法,就是工作出色。卓慧在心里暗暗打定主意。

  周洋满月后就去上班,开始是半天,可没多久,发现事情实在太多,就变成了整天,只不过会稍微晚点到,早一步回。

  这天,周洋刚到办公室坐下,汪静的电话来了,语气很急促,请周洋速到公园店来一趟。周洋听汪静口气不对,急忙赶了过去。一进店里,见三个穿制服的人站在那里,介绍说是市文化稽查大队的。

  周洋还以为是例行检查,不料那三人指着放在桌上的十几本书说,你自己看。周洋一本本拿起看,不由皱紧了眉头,从印刷质量看,这些书无疑是盗版本,怎么回事?她转过头严厉地问白班的两名营业员,怎么回事?这些书是从哪里来的?

  两名营业员急得语无伦次地说,周经理,我们真不知道,可以对天发誓。

  周洋对市文化稽查大队的人说,同志,我们左岸之光从来都不卖盗版书,所有的书都是从出版社正规渠道进来的,有据可查。这些书从何而来,说实话,我也不清楚。但要查清也不难,我们这家小店一共就三个营业员,肯定是有人在中间做了手脚。

  盯着那些书,周洋想了想,说了自己的猜测。她说,有可能是有人把书款私吞了，没有入账，月底到了，马上要盘库，怕被发现，所以去弄了些盗版本来糊弄，补库存的亏空。

说到这里，周洋不禁苦笑起来，说这种事我也是第一次碰到，脑筋够好的。

市文化稽查大队的人相互看了一眼，最后把那些盗版书都收了起来，开了张单子，让周洋第二天把证据交上来，接受处理意见。周洋说好。

等那些人离开，周洋让汪静通知另外一名夜班营业员马上到店里来。汪静去通知了，周洋脸色铁青，这件事性质太严重，如果不查个水落石出，等于给书店埋了无数个地雷，防不胜防。汪静主动向周洋检讨自己工作的疏忽，如果她仔细点，说不定能提前发现这个问题。周洋并没有怪汪静，这么多书，不可能一本本检查，再说，谁会想到这一招。

夜班营业员小马来了，她还不知道发生了什么事，一听说查到了盗版本，脸都变白了。

周洋看在眼里，心里已猜到八九分，她说得很直接，店里出了这样的事，每个人都是嫌疑人，她不想冤枉好人，但也不能原谅做了这件事的人。她说，如果自己站出来承认，她就不去报案，算自动离职，此事不再追究。不承认的话，那就让公安局的人来查，到时候性质就不一样了，属于偷盗行为。

说完，周洋的目光从三个营业员脸上扫过去，威严地问，怎么样？想好没有？既然敢做，为什么就不敢承认？再不说，我就打电话报案了，到时候后果自负。周洋知道，她说得越严重，对方就越承受不了心理压力，就会主动承认。

终于，小马低着头，声音轻得像蚊子，承认这件事是她做的。接着，她又为自己辩解，说家里父亲生病，需要钱，见那几本畅销书卖得很好，一个人的时候，她就钱不入账，装进了自己的口袋。想到月底要盘库，账目对不起来，她就到再回首书店买了盗版本来填补亏空。

周洋非常生气，她说，小马，你如果把这份聪明用在工作上多好。你家里确有困难，可以跟我说，能帮的我一定会帮你，可你用这种手段来损害书店的声誉，弄虚作假，害人害己。对不起，我不能再留你了，你今后好自为之，现在就把工作交接一下。另外，你马上写一份情况说明，还有自动离职的报告。

小马听周洋这么说，很后悔，可来不及了，只好把书店钥匙和相关物体移交出来。又根据周洋的要求，写好了说明，签了字，按了手印。又写了一份自动离职报告交给周洋，灰溜溜地走了。

周洋去谢大军书店，开口就说，我来找你麻烦了。

谢大军请她坐，说行，什么麻烦，你说。

周洋没坐，而是先在店里转了一圈，看到不少盗版畅销书，就奇怪地问，你卖盗版书，文化稽查大队的人不来查吗？

谢大军笑着说，你可别冤枉我，我不是卖盗版书，我是卖旧书的，价格低廉，他们干吗要查我？

周洋叹了一口气说，我真要被气死了，我们店有个营业员就是上你这里买了些盗版书，去补库存亏空的数字，结果被文化稽查大队的人查到，明天还要去接受处理，冤死。那家伙把正版书卖掉的钱装自己腰包，居然弄出这么个狸猫换太子的把戏。

谢大军闻听，也觉得匪夷所思，说这人脑子太灵了，怎么想出来的。那真是冤。看来我下次要注意一下，谁一次性买好多相同的书，肯定有猫腻。

周洋说，你也要小心，被人举报就吃不了兜着走。

谢大军说，我以后一定注意。对了，周洋，你帮我问下之光哥，他啥时候有空，我想跟他聊聊。周洋说好的。

回到公司，周洋跟林之光说了此事。林之光说，这说明我们管理有漏洞。周洋也认为管理上需要进一步加强，具体怎么做，她还需要好好想一想。听说谢大军有事找他，林之光说那我下午过去一趟。

原来，谢大军结婚后，才发现他和林夕儿的性格差异很大。他本身有着诗人的敏感，偏林夕儿骨子里瞧不起农村人，总是有意无意流露出对他的轻视，让他非常恼火，两个人三天一小吵，五天一大吵，日子过得很累。介绍人吕大姐没想到会是这样，只好两边劝说，说婚姻有磨合期，大家都多为对方考虑些，少说那些伤人的话。

由于在店里说话不方便，谢大军和林之光去了附近一个喝茶的地方。林之光见谢大军脸色不好，就问怎么回事。

之光哥，我可能又错了。谢大军呆呆地看着面前的杯中水，突然说。

别急，慢慢讲。林之光猜测谢大军的婚姻遇到难题了。

谢大军就详详细细地向林之光讲了他和董亚芳之间的恩怨，和林夕儿从新婚之夜开始的疙瘩，以及婚后两个人的种种矛盾，痛苦不堪。

之光哥，你是不是觉得我是个特失败的男人？谢大军苦笑着问道。

你千万不要这样想。林之光安慰道，其实我对婚姻也不懂，只是运气比你好，周洋年纪比我小，可却处处包容我、迁就我、支持我，特别是我上次开书城亏得一塌糊涂，她都没怪我。如果换个老婆，还不知道要闹成什么样。你和林夕儿婚前了解不够,可现在已经结婚,就只能一点点磨合,总不能才结婚就去离婚。

我搞不懂这个女人,一边跟我吵架,说不想过,一边又说她年纪这么大,得赶紧生个孩子。如果不想过,那生什么孩子?所以我现在怀疑她并不爱我,只不过想借个种。谢大军抬起头,对林之光说。

林之光迟疑了一下说,这个你可别乱猜。

谢大军用肯定的语气说,我的直觉很灵的,不是乱猜,而是有百分之八十的可能。如果真是这样的话,我他妈的活得太窝囊了。

林之光见谢大军有点激动,就劝他冷静,婚姻不是小孩子过家家,说离就离,还是慎重点好。

我现在还有一个疑问,就是董亚芳生的那个孩子,不知道是不是我的。谢大军捂住自己的脸,说,我怎么会混成这样。

林之光想了想说,按你刚才讲的,这个可能性并非没有,不然她人不像人、鬼不像鬼的,抱着孩子出现在你面前干吗?但如果是你的孩子,她为什么又不说?是怕破坏了你和林夕儿的好事?这么说来,她对你还是有那么一点感情的。

这个女人,她把我害惨了,这辈子我再也不想见到她。谢大军咬牙切齿地说。

爱之深,恨之切,你这辈子恐怕也很难忘了她。林之光看着谢大军沮丧的样子,无奈地摇头。

谢大军说,之光哥,还是你最好,这些年,我在这里就交了你这么一位知心朋友、好大哥。你不要笑话我,很多时候,我真的很恨自己,该断不断,必受其乱。

林之光劝慰道,别多想,一切都会好起来的。既然你当我是大哥,那就听我一句劝,你回去和林夕儿好好谈谈,如果想过下去,两个人都要改一改脾气。实在不想过,那也好说好散,不要爱不成变成仇人。

谢大军郑重地点点头说,我知道,哥,我会听你的话好好跟她去说。

当谢大军拎着买好的菜走进家门,林夕儿正坐在沙发上,悠闲地翻着《绝对隐私》。婚前,她就跟谢大军说过,她不会做饭,从小没干过家务活,所以那些事都得谢大军负责。

谢大军只能做点简单的饭菜,弄好了叫林夕儿过来吃。林夕儿放下书,洗了个手,就在餐桌前坐下。桌上摆着白斩鹅、炒青菜、清蒸小梅鱼、榨菜蛋花汤,看起来很有食欲,就难得表扬一下,说今天菜不错。

谢大军微笑着说,喜欢就多吃点。

林夕儿觉得谢大军今天有点反常,她看了他一眼,拿起筷子开始吃饭。那饭,也是谢大军给她盛好的。

吃好饭,谢大军把碗筷收拾干净,然后走到林夕儿身边坐下,很认真地对她说,夕儿,我们好好谈谈。

林夕儿冷笑道,我就说你今天这么反常,果然有事,说吧,什么事?一副居高临下的口吻。

谢大军耐着性子说,我们既然已经结婚,我想跟你好好过,以后我们就不要再吵架,彼此多宽容、多理解。我想做一番事业出来,这离不开你的支持。你想要个孩子,我们就生一个,一家三口和和美美地过日子。

林夕儿沉默了,她又何尝不想好好过日子,只是两个人在一起,才发现这婚姻生活并没有她想象的那么理想。她不喜欢谢大军的性格,再加上有前女友那个阴影,让她心里一直很不舒服。可如果现在离婚的话,对她来说没一点好处。想到这里,林夕儿的态度也缓和起来,她轻声说,其实我也想跟你好好过。

谢大军伸出手,把林夕儿搂在怀里说,那我们就好好过。

这一晚,夫妻俩算是进行了一次很和谐的床上运动,林夕儿主动配合,不再别扭。谢大军也很努力,尽量让林夕儿得到快乐和满足。最后,两个人相拥着睡去。

第二天,谢大军给林之光打了个电话,说与林夕儿重归于好,希望以后家里能太平。林之光说要紧的,家和万事兴。

22

* * * *

这一年，有几本书让林之光的公司赚了不少钱。1997年出版的《海子诗全编》、1998年的《现代化的陷阱：当代中国的经济社会问题》都很好销。到了年底，一本号称"通向二十一世纪的个人护照"——《学习的革命》火爆市场。让他失落的是，那些学术类、相对比较冷门的书越来越难推销出去。除了像胡杨、沈默这样的读者有时会来买，其他感兴趣的人少之又少。

外债还清后，周洋第一件事就是买了一套三居室的房子。这次，林之光没有话说。再不买房子，他自己也说不过去。而周洋是怕他又要开新店去折腾，看中房子后直接下单买下。

林之光确实有这打算，他已不满足于只在明州发展，想去附近的城市开书店，只是一时没有合适的人选，这个计划只能先想着，暂时还没法实施。说没有人选，心里还是有一个，就是卓慧。卓慧自从担任堇银店的店长后，全身心投入工作，店里销售额逐月上升，这家门店也成为公司一个很好的利润增长点。可林之光知道，卓慧是有家庭的，她的公婆绝不允许她去外地工作，哪怕出再高的工资。周洋也说不可能，因为卓慧的情况太特殊。

对于林之光的计划，周洋有不同意见，她认为还是要在守住现有的基础上,再去开拓新的。外地开店,鞭长莫及,人员和管理都跟不上,到时候不但赚不到钱,搞不好还要亏,还是稳一点好。

在经营理念上,林之光和周洋经常意见不统一,这让他很郁闷。有一次,林之光在办公室跟向他汇报工作的卓慧聊起来,说到去外地开店的事,感叹要找一个可靠又合适,还能走得出去的人太难。

没想到卓慧主动问,你看我合适吗?

林之光见卓慧一脸认真,不像是开玩笑,就说,当然合适,我心里最合适的人选就是你,可你家里人绝对不会同意你出去的。

卓慧听到林之光说他心里最合适的人选是自己,心里翻起喜悦的情感浪花。她轻声说,只要你觉得我合适,我去跟我公婆谈谈。

林之光大喜,说好的好的,谢谢你,卓慧。如果可以,我们明年就进军S市。

卓慧抬头看了林之光一眼说,不用谢,我愿意。

林之光一愣,卓慧似乎话中有话,两个人目光撞在一起,又像火烫似的弹开。

一时,气氛有点尴尬。

这时,周洋进来了,见卓慧在,就说这个月又是你的门店营业额最高,卓慧,马上要过年了,我要给你封个大红包。

卓慧站起来说,谢谢周经理,这是我应该做的,那我先过去了。

周洋点头,说好的。

说到封红包,周洋想到春节前还要发一大笔钱,员工的工资和奖金,她又要动脑筋了,账上没这么多钱。

卓慧走出公司办公室,回店里,一路上在想林之光说的那句话。对这个男人,她从第一眼开始就有好感。尤其是每天晚上回家,看到那个傻老公,心里说不出的难受。她之所以这么努力工作,让自己变得优秀,除了想得到林之光的一句肯定,还有一个原因就是不想待在家里,明明心里厌烦得很,可在公婆面前,还得装恩爱。为了堵公婆的嘴,她发了工资,就给家里大大小小买衣服,买吃的,还时不时拿点钱塞给婆婆,把罗家人哄住。可在她的心里,真的不想再继续和罗健过下去,她还年轻,不想一辈子跟一个傻子在一起,哪怕这傻子全心全意对她好。只是目前她还没有想好该怎么做,但她明白,早晚有一天,她会离开罗家,去追寻自己的幸福。随着时间的推移,她发现自己对林之光的感情越来越强烈,她愿意为他做任何事。只是她也清楚,这只不过是自己的单相思,林之光不可能喜欢自己。不过就算不喜欢,至少林之光也不讨厌她。她记得刚去店里上班,他就很关心她,特别是从谢大军那里知道她的身世后,对她表示了同情,让她好好干,说女人要自立、独立,不说挣大钱,至少要有养活自己的能力。

开了新店,林之光又调她过去当店长,惹得很多老员工眼红。她对他更加感激,真有一种无以为报,以身相许的冲动。为了报答他的赏识,她的工作时间比一般员工都要长,她宁可在店里待到很晚,也不想早早回家。每次看到林之光来店里,她的心就会跳得很快,既甜蜜又酸涩。这次,他有了新的梦想,而她居然是他心目中最佳人选,她能不心潮澎湃吗?卓慧暗下决心,一定要助林之光一臂之力,帮他去开拓新的市场。

卓慧心里总惦记着林之光说过的事,吃晚饭的时候,她终于忍不住试探着跟公婆说,公司明年要派得力的人去S市拓展业务,除了工资、奖金,每天还有很高的生活补助。

吴领娣一听媳妇这么说,马上懂她的意思,问,你是不是想去?

卓慧点点头说,是,我想多挣点钱,以后还要买房子,安安的户口不在这里,读书要比人家多花钱,这是个很好的机会,时间也不会太长,只要店开起来,我就不用天天在那里,两边跑。人肯定会很辛苦,但想要多挣钱,吃点苦也无所谓。

吴领娣很干脆地回答,不行,你有老公有女儿,不合适。再说孩子还这么小,离不开妈。

罗周正心里觉得这是个机会,但他怕卓慧这一出去,心就再也收不回来。她越长见识,就会越瞧不起罗健,这也是人之常情。万一哪天她提出离婚,他们是一点办法都没有。想到这里,他对卓慧说,还是不要去了,钱可能会多点,但太辛苦,再说在外开支也大,差不了多少。

卓慧不说话了,这个结果也是意料之中,公婆会答应才怪。可她心里有一个强烈的声音,去。这声音在她的耳边不停地响起,让她坐立不安。她想,如果自己执意要去,公婆和丈夫又会怎样?

正在低头吃肉的罗健抬起头,看了看父母,又看了看老婆,开口道,你去好了。

卓慧瞪大眼睛问,你同意我去?

罗健还没有回答,吴领娣立马拦截,沉下脸说,不懂不要乱说话,你还要不要老婆?

罗健又夹起一块红烧肉,边嚼得满嘴的油,边含糊地说,要。

吴领娣没好气地说,那就行了,瞎说什么!

卓慧眼中的光又黯淡下来,她在想,也许自己是该重新考虑今后的人生路该怎么走了。

晚上,吴领娣和罗周正在房间里嘀咕,老两口越来越担心卓慧会提出离婚,她已不再是几年前那个急于想用婚姻来改变命运的农村小姑娘。想想那时候她才19岁,就能下这么大的赌注,可见不是个普通的女人,她现在能挣钱,又怎么可能一辈子守着一个傻老公?就算有了孩子,对她来说,也不会有什么牵绊。她不是那种软心肠的人,真想走,谁也绑不住她。

吴领娣忧心忡忡地说,怎么办?这样下去,我们儿子早晚要被她扔了。

罗周正也皱紧了眉头,这是个很现实的问题,他们不可能把卓慧关在家里,不让她去工作。如果她提出离婚,最多净身出户,这婚肯定离得掉。

老两口想了半天,也没想出一个两全其美的办法。一想到卓慧离开,丢下罗健和孩子,而她和丈夫的年纪越来越大,做任何事都力不从心,到时候老的老,小的小,傻的傻,这日子还怎么过?吴领娣不禁打了个寒战。她明白,若想留住卓慧,除非从今以后,所有事都听卓慧的,哪怕她在外面有了别的男人,只要不离婚,罗家人不能说一个不字。当她把自己的忧虑告诉罗周正,罗周正也怔住了。这下,两个人再也睡不着。什么都听卓慧的,罗家人怎么甘心?可若不顺从她的意,她完全有可能翻脸不认人,拍拍屁股就走人。还有一个最坏的结果,就是即使什么都听她的,最终还是留不住她这个人,更不用说心了。

真想到了这一步,罗周正不由冷静下来,他对妻子说,只要我们身体好,把安安抚养大,到时候就算我们走了,罗健在这世上好歹还有一个亲生女儿,她会管他的,你也不要太担心。

吴领娣在黑暗中睁着眼睛,深深地叹了一口气说,都是命,想太多也没用,她要去就让她去,但愿她有点良心,能记得我们对她的恩情。罗周正不再说话。

同样失眠的还有卓慧。罗健虽傻,但身体挺好的,性的欲望也很强烈,三天两头有需求。一般情况下,卓慧尽量满足他,免得他闹起来,让隔壁的公婆听到了不好。晚上,罗健又涎着脸凑上嘴巴来亲卓慧,卓慧很烦,就推开他。罗健不高兴,在那里嘀咕,卓慧翻过身,不理他,心里窝着无名火。罗健得不到满足,就不肯睡,卓慧没办法,想起晚上吃饭时他好歹说了一句让她去的话,只好勉强配合。罗健就爬到她身上,兴致勃勃去玩他爱玩的游戏。等他释放后,沉沉睡去,卓慧坐起来,打开了灯,盯着枕头边这个流着口水的男人,感到从未有过的厌恶。

人就是这么奇怪,一旦起了念头,就会满脑子想这件事。卓慧就是这样,她现在就想着帮林之光去S市打天下。公婆不同意,她也在想对策。只要她想做的事,她一定要做到。没想到,几天后,吴领娣突然对她说,你如果真想去,那就去好了,多挣点钱也要紧的。

卓慧很意外地看了婆婆一眼,见她神情有些凄然,心突然一软。对于公婆的顾虑,她怎么可能不清楚。于是态度诚恳地对公婆说,爸、妈,你们放心,我真的只是想多挣点钱,为了这个家,你们要相信我。

罗周正忙说,相信的,我和你妈知道,你不会做对不起我们的事。

罗健从房间里出来,听到父母与妻子的对话,他心里也明白个大概,只是嘴上表达不出来,只顾闷着头,去厨房盛了一碗饭吃。

吃过早饭,吴领娣送安安去幼儿园,卓慧去上班。骑着自行车,卓慧一扫心中的烦恼,变得欢悦起来。她要告诉林之光这个好消息,明年,她愿意为他去一个陌生的城市开创左岸之光新的辉煌。

当林之光听卓慧说,她公婆和丈夫都同意她去S市工作,一脸震惊,这确实出乎他的意料。再转念一想,罗家人用此法既聪明又无奈,因为他们拦不住卓慧,不如顺她的心意。既然如此,他就要好好规划和布局。同时，他也被卓慧为公司发展愿意做出这样的牺牲而感动。

林之光对卓慧说，谢谢你，不过你要有思想准备，去S市人生地不熟，一切从头开始，会很辛苦。

卓慧朝林之光笑笑说，辛苦我不怕，只要能把店开起来，能为公司赚钱，再辛苦都值得。

林之光把目光移开，他有点怕看卓慧的眼睛，那里面有太多的内容。他不是傻瓜，卓慧这么努力为了什么，他虽不能全知晓，但也略知几分。这个猜测让他的心没有理由地慌乱起来，咳嗽一声，故作镇定地说，行，先这么计划着，具体什么时候过去，等过了年，我先去S市联系好再定。

卓慧点点头说，好，我知道了，如果确定下来，那堇银店你还要另外找人替代我工作。

林之光说，这事到时候就交给周经理去处理。

卓慧走了，林之光站在窗前，看着她骑着自行车远去的背影，若有所思。

周洋风风火火进来，她见林之光站在窗外，奇怪地问，你站哪里干什么？

林之光回过头说，我在想明年去S市开新店的事。

周洋无奈地说，你啊，就喜欢折腾，我不想说你。去外地开店，没有你想得那么容易。你不是一直想开个旗舰店吗？那明年就找机会开一家，不要跑S市去开，费神，又挣不到钱。

林之光微微皱了下眉头说，再看看。

23

* * * *

胡杨搬家了,他终于换了一套大房子,五楼加阁楼。这样,他就不怕没地方放书了。只是买了房子后,他又变成了"负翁"。看着阁楼地上堆着大大小小打好包的书,胡杨还是很有成就感。王霞走了上来,又开始唠叨,说孩子大了,开支也越来越大,书就不要买了,有什么用,浪费钱,还占地方。

为了家庭的安定团结,胡杨不开腔,他现在比较了解王霞的性格,就是嘴巴不饶人,但只要你不跟她争辩,她说过也就算了。见胡杨半天没反应,王霞恨恨地瞪了他一眼,下楼去了。胡杨开始拆包,他要分门别类把书放到书柜上去。这次,他买的都是封闭式书柜,这样书就不会沾灰了。

胡杨在想妻子的话,有一点讲得没错,就是家里需要钱的地方太多。有了女儿,他的肩上就多了一份责任,得为她考虑,实在不行,就"以藏养藏"。胡杨主意打定,决定选一部分书交流出去。当然,前提是要有钱赚,没钱赚的话,就没必要出手。这么一想,拆包的动作明显缓了下来,只有边拆包边选,省得做重复劳动。

突然,胡杨想到了一条生财之道,去二手书店淘宝贝,运气好的话,可以以低廉的价格买到有价值的书。他立马想到了谢大军,不知道"再回首"那里有没有他想要的东西。

谢大军见胡杨来书店,有点惊讶,因为他知道胡杨喜欢新书,从没有来买过旧书。笑着说,胡老师,今天是什么风把你给吹来了?

胡杨说,东南西北风。又问,生意好不好?

谢大军说,还过得去。对了,胡老师,我这里推出了一项业务,生日报。你和你朋友以后若需要,来找我。

胡杨问,什么生日报?

谢大军说,就是你出生那天的报纸,作为生日礼物,可以送朋友,也可以自己留存作纪念。

胡杨说,这有意思,那给我找三张报纸。他拿起柜台上的笔,在纸上写下自己和妻子、女儿的出生日期,交给谢大军。谢大军找来报纸,然后分别装在精美的包装盒里,外面还扎上丝带。胡杨问多少钱。谢大军说送你。胡杨坚决不同意,说不能这样,是多少就多少。最后,谢大军象征性地收了10元。

大军,你这里有没有那种年代很久远的书?古籍类的。胡杨问。

古籍类的?没有。你要的话,我下次进货时关注一下。谢大军说。

好的,你如果收到了那类书,通知我,我现在比较有兴趣。胡杨从口袋里掏出一张影楼的名片,上面有他的联系方式。

谢大军接过,放进抽屉,说胡老师,我有数了。

胡杨第一次了解到旧书市场的行情,这生意看起来不起眼,实际上利润丰厚。真是外行看热闹,内行看门道。胡杨对谢大军说,旧书里有黄金,就看你能不能发现。

胡杨的话让谢大军意识到自己平时还是书读得太少,学识不够,知识面太窄,即使真的有古董放在他面前,他也不懂其价值。旧书里有黄金,没错,要成为一个合格的淘金者,首先得练就一双火眼金睛。谢大军忽感觉自己的思路被打开,开阔了许多,真是一言点醒梦中人。

晚上回到家,谢大军刚要对林夕儿说下一步的打算,林夕儿把一张诊断书放在他面前。谢大军一看,惊喜地说,你怀孕了?太好了。林夕儿的神情有些怪异,说不上有多高兴,也没有多不开心,有几分淡漠。谢大军没注意,他说我马上写信把这个好消息告诉爸妈。

林夕儿叫谢大军先别激动,她走到沙发上坐下,一脸严肃地说,医生说我身子弱,怀孕头三个月要特别注意,所以我们最好分房睡。只是房子太小,这么冷的天,总不能让你睡地上,所以我想这段时间回娘家去住,反正放寒假了,也没啥事。再说你又忙,我在我爸妈家可以吃现成饭。

谢大军想也没想就答应,说好的,你和孩子的身体要紧。

林夕儿没想到谢大军答应得这么干脆,似笑非笑地看了他一眼,说那就给你自由了。

谢大军说,每天事情这么多,哪来的自由,今年过年我一个人回乡下去,你就安心养胎。林夕儿本来就不想去乡下,现在有这么好的理由,当然更不会去了。

这一夜,谢大军小心翼翼地躺在林夕儿边上,怕不小心影响到她,可脑子里不知为何突然闪过董亚芳抱着孩子的模样。这是他的一个心结,董亚芳为什么会抱着孩子出现在他面前?明明是有话要说,可最后却什么也没说,究竟是何原因?本来,他已渐渐淡忘了这件事,今天得知林夕儿怀孕,又让他想起了那件事。他清楚自己心里在害怕什么,不敢去证实。林夕儿也没睡着,她在想心事,那是属于她的秘密。她以前流过产,医生警告她这次一定要小心,不然很容易掉。这个年纪了,她就想要个孩子,对身边这个男人谈不上有多爱,只是因为没有再好的选择才选了他。不然,凭她的条件,怎么可能找个乡下人。要知道,她可是吃商品粮的。

春节到了,谢大军独自回谢家村。

谢刚和张娟听说媳妇怀孕了,非常开心,让儿子照顾好媳妇,不要惹她生气。林夕儿不在,谢大军反而轻松、自在,在家里闲着无事,他就去爬村后的谢家山。这山属于村里的资产,山上种了毛竹和树林,还有一大片坡地不知为何荒着,谢大军看了觉得很可惜。他太熟悉这座山了,从小到大,最喜欢爬到山顶,或去树上掏鸟窝,或去抓野兔,常常玩得忘了时间。夏天,找块大石头坐着或躺着,不小心就睡到天黑。

冬季,北风呼啸,站一会儿就觉得冷,谢大军下山来,在村口碰到了董亚芳的母亲。邵招弟一见谢大军,想躲开,谢大军叫住了她,他叫她婶。邵招弟以为自己的耳朵出了问题,还四周看了下,没其他人,就是在叫她。她张了张嘴,想说什么,又不知该说什么。

谢大军说,婶,我想问你一件事。

邵招弟低声说,什么事?

谢大军犹豫了一下问,亚芳曾经抱着个孩子到我店里来,我看她精神很不好,但那天有旁人在,她没说啥就走了,后来就再也没有见到她。婶,你别误会,我不恨她,我只是关心一下,不知道她后来跟那个男人怎么样了。

邵招弟好像突然明白了一件事,她把谢大军拉到一边,流着眼泪说,大军,对不起,亚芳太糊涂,婶也不怕丢脸,跟你实话实说,她生了个儿子,可不知为什么,那男人说儿子不是他亲生的,好像去做了什么亲子鉴定。可我问她这孩子的父亲到底是谁,她死活不肯说。为这事,我生了一场大病,病好了就回家了。没多久,她给我们写了一封信,说把房子卖掉,带着孩子去外地生活了,让我们不要担心,说该回来的时候会回来。后来就再也没有来过信,也不知道娘儿俩现在哪里。说到最后,邵招弟差点就要号啕大哭了,女儿再不争气,也是自己十月怀胎生的,说不牵挂是不可能的。

谢大军最担心的事终于发生,他几乎可以确定,那个孩子就是他的。怎么办?谢大军记不清自己是怎么回家的,进屋就倒在床上,发起呆来。他的脑海里一遍遍回放董亚芳抱着孩子站在书店门口一脸哀伤的样子,她肯定是想来告诉他实情,只是临时改变了主意。他还爱她吗?他不知道。他恨她吗?他也不知道。他只知道,如果让林夕儿知道他有个私生子,不把他撕了才怪。现在完了,林夕儿怀孕,他不可能离婚,去寻找董亚芳和孩子。谢大军第一次发现自己什么事都搞得像一团乱麻,再也无法理顺。

邵招弟从谢大军的神情里猜到他可能就是孩子的父亲,只是她不明白,这两个人明明早已分手,怎么又会扯在一起?难道是女儿跟李雄一直没怀上焦急,才想出"借种"的法子?亚芳啊亚芳,你这是在寻祸作孽啊!

回到家里,邵招弟跟丈夫说了自己的猜测。董生康是个老实巴交的农民,他的脑子转不过弯来,打死他也想不出女儿为什么这么做。可现在说什么都晚了,只能听天由命。

张娟见儿子出去一趟,回来像丢了魂似的,吓了一跳,忙焦急地问,大军,你怎么了?

谢大军有气无力地回答,没什么,就是感觉有点累,想睡会。

张娟说,那你就睡会,可以吃饭了我叫你。

谢大军没有吭声,闭上了眼睛。张娟走出儿子房间,轻轻关上门,跟谢刚说,这孩子不对劲,咋回事?

谢刚抽着烟说,大过年的有啥事,别瞎说。

那天晚上,谢大军做了一个梦,他梦见一个小男孩风一般朝他跑来,嘴上大叫着爸爸。他张开双臂,想去抱他,突然惊醒过来。谢大军再也睡不着了。

正月初三,谢大军就回了城,他没有去丈母娘家,只想一个人静静。

林夕儿初五回自己家拿东西,见谢大军在,很不高兴地说,你回来了也不到我爸妈那里去拜年,什么意思?

谢大军精神萎靡地窝在沙发上,说我不舒服,所以没过去。林夕儿见他样子,好像真有病,不由急了起来,只是这嘴巴说出来的话像刀子,她说有病就去看,不要拖着,到最后害人害己。心烦意乱的谢大军感到从未有过的绝望,他站起来,拿起外套就冲出家门,身后传来铁门重重关上的声音。林夕儿气得把茶几上的一只玻璃杯狠狠地摔在地上,胡乱整理了几件衣服,哭哭啼啼回娘家去了。

谢大军在街上游荡,他看不清方向,不知道接下去该何去何从。没忍住,他走到一家小店的公用电话前,拨通了林之光家的电话。

周洋接的电话,听是谢大军,就热情邀请他到家里来吃饭。谢大军道了声谢,说有事想找之光兄,不知道他方不方便出来。周洋说方便的,就叫林之光来接电话。谢大军请他出来一趟,他在书店等。林之光一口答应。

放下电话,林之光对周洋说,估计大军又遇到麻烦事了。匆匆来到再回首书店,见谢大军一副无精打采的样子,脸色也不好,忙问怎么回事,大过年的,搞得一点精神也没有。

谢大军就把遇见董亚芳母亲的事说了一遍,说到最后,他控制不住情绪,流下了伤感的泪水。他说,之光兄,我太失败,把自己的人生搞得这么糟,接下去的路该怎么走,我现在大脑一片空白。

林之光也听得心里晃来晃去的，他问谢大军，你确定那个孩子就是你的？万一董亚芳还有其他男人？

谢大军摇头，说不会，这点我还是可以肯定。

林之光理解了谢大军崩溃的心情，换作是他，也一样。作为朋友，他只能安慰几句。林之光说，既然董亚芳带着孩子远走他乡，肯定有她的想法，你想再多也没有用。你要记住这一点，现在你的老婆不是董亚芳，而是林夕儿。你刚才说林夕儿也怀孕了，作为一个男人，你得去面对，不能逃避。当然，这件事千万不能让林夕儿知道，你只能装作不知道此事，毕竟董亚芳并没有亲口跟你说过那孩子是你的。万一有一天，她带着孩子又出现在你面前，说你是这孩子的亲爹，到时候再说。你只要记住，什么事都没有发生过，不要自乱了阵脚。

谢大军苦笑道，我是个没用的男人。

林之光说，不要这样贬低自己，生活中磕磕绊绊的事情多了去了，熬熬就好了。

经过一番私聊，谢大军的心情平静了些，他很感谢林之光的仗义，说，那我现在就去丈母娘家。林之光拍拍他的肩膀说，好，快去。

林之光回到家里，周洋忙问详情。林之光大概说了一下，把周洋听得一愣一愣的，说好意外。

夫妻俩感慨了半天，想到谢大军敏感、忧郁的诗人气质，不禁为他担心起来。

林之光去了一趟S市，寻找合适的店面。明州与S市距离不算太远，坐火车两个小时。这是一个很有文化底蕴的小城市，林之光转悠了两天，发现有不少特色小书店。其中有一家书店，让他感觉很新奇，这家店除了售书，还开辟了一个小小的吧台，兼售咖啡，生意非常好。

合适的店面一下子没有，林之光又去商场转，找负责人谈，看他们有没有合作的意向。不料，人家对书店进商场没兴趣，尤其是外地书店，一句话就把林之光给打发了。

林之光见在 S 市开店没希望，只好打道回府。去车站买票，当天回明州的车票没有，他就买了第二天早上的车票。

闲着没事，林之光又继续在城里晃悠，看看还有哪些书店，有什么可以学习和借鉴的地方。经过一家菜市场，一个手里提着菜袋子的女人从对面走过来，林之光看了她一眼，那女人没注意他，两个人擦肩而过。走了几步，林之光忽觉得不对，那人好面熟。努力搜索记忆，好像是谢大军的前女友，赶紧回头确认，已不见人影。林之光站在那里，心想不会这么巧，估计是自己眼睛看花了，这世上长得相似的人很多。可直觉又告诉他，没有看错。他觉得董亚芳卖掉房子，带着孩子到这里来生活是一个很明智的决定。首先这座小城市生活成本不高，心想回明州也方便，又没有人认识她，挺好的。就是一个单身女人带个孩子生活，还是不容易，更何况那孩子是私生子。这么一想，林之光对董亚芳生出几分同情来。虽说这结果是她自作自受，可孩子是无辜的，可怜。

回到明州，林之光跟周洋说了 S 市的情况，既然没机会，那就在明州开，他想开一家复合型的书店。这次周洋没有反对，但也劝丈夫不要操之过急，等合适的机会。林之光说他知道。又说了他遇见谢大军前女友的事，问周洋要不要把这个信息告诉谢大军？周洋说还是不要讲的好，讲了无益，谢大军也不可能认这个孩子，反而影响他现在的夫妻感情。林之光想想也对，那就把这个秘密放在心里。

林之光去堇银店找卓慧聊了聊。见开拓S市计划受挫,她似乎比林之光还要失望,低着头,坐在那里不吭声。这就意味着她想有个单独的自由空间的梦想破灭,她每天还得回去面对那张痴傻的脸,一想起,心情就烦躁。林之光显然明白她的心思,就劝她慢慢来,以后有机会。

卓慧抬起头,一脸忧伤地说,我从来都不信命,所以我才会以婚姻为赌注,离开农村来到城市,走到了今天。你可能会认为我太功利,动机不纯,但我那时候真的没有其他办法,我要改变自己的命运。我付出了代价,也达到了想要的目的。只是现在我很迷茫,不知道自己的出路在哪里。跟一个傻子过一辈子吗?好不甘心。没有任何的共同语言,根本无法交流。

说着,卓慧的眼泪就涌了出来。

林之光一时束手无措起来。这间小办公室是书店的一部分,临时分隔出来的,供营业员换工作服、吃饭等用,有一张办公桌、一把椅子和几把小圆凳。他怕别的营业员进来看到了误会,只好说,家家有本难念的经。

卓慧也意识到现在不是哭的时候,赶紧收起伤感的情绪,拿一张餐巾纸把眼泪给擦干,低声说,不好意思,让你笑话了。

林之光深深地看了卓慧一眼说,要相信明天会更好。

从商场出来,林之光忽听到有人在叫他的名字,回头一看原来是沈默,打趣道,我现在只能天天在报纸上看你的大名,人影也见不到,这么忙?

沈默打量着林之光说,我连你大名还见不着,怎么一段时间没见,变得又黑又瘦的,是不是又要开书店?

林之光大笑道,知我者沈默也,被你猜对了,这次想开家复合型的书店,到时候你再给我写篇报道?

沈默说,那得看你有没有值得报道的亮点,之光,你这种打不死的小强精神,我真的很服气。我看你除了开书店,对其他事都没有兴趣。

林之光摸摸自己的下巴说,是,我这辈子就跟书店杠上了。你现在家里怎么样?我看谢大军也是一地鸡毛。

沈默说,已习惯这种相处模式,互不干涉,先这么过着,反正自己有精神寄托,无所谓。之光,我现在业余时间在研究明州历史,准备写一本书。说到这里,沈默眼睛里的光一下子亮了起来,他说,我们这座城市还是有很多值得挖掘的东西。

林之光马上说,这件事有意义,我回头给你找找相关的书籍,供你参考。

沈默道了声谢,他说,人活着是要有个目标。之光,我现在感觉特别充实,真的,家里只要给我一张安静的书桌,我就很满足了,其他无所谓。

林之光说,是的,我的目标很简单,就是开书店,让更多的人走进书店。不管怎样,喜欢书总归是好的。有时候看你写的新闻稿,那些青少年犯罪,我在想,如果他们喜欢看书,一定不会以身试法。

沈默说,我知道你的理想,你让我最佩服的地方就是坚持,我也会坚持的。

聊了几句,沈默匆匆告辞,他还有工作要做。林之光看着沈默的背影,感觉这位老同学好像变了不少,至于有哪些变化,一时半会还不好总结,但有一点可以肯定,比过去成熟多了。

24

* * * *

左岸之光旗舰店,经过认真筹划,终于开业了,地点仍在明湖边上,与另一家明湖店隔湖相望。这是明州第一家复合型书店,200平方米左右的店面,简洁的装修风格。进门是一个小吧台,售卖咖啡与新鲜果汁。书店还专门开辟了一个沙龙角,可以搞小型活动。中间放了一张长条桌,几把椅子,可以坐着看书。为了这家店,林之光又一次下了赌注,把赚的钱都投进去,又负了债。

此店一开业,特别受年轻人的欢迎。他们跑到书店来,要一杯香浓的现磨咖啡,捧一本书看,成为一道风景。

林之光把卓慧调到旗舰店当店长,让汪静兼堇银店的店长,这两个人已成为他得力的助手。卓慧见林之光如此器重自己,心里又多了一份感激和爱慕之情,工作更加卖力。

夜深人静之时,卓慧脑海里也常有非分之想浮起,可听到耳边罗健惊天动地的呼噜声,只能暗暗叹息,感叹自己无论怎么努力,都扭不过命运的方向盘。可她又控制不住自己内心疯长的情感之草,只要林之光出现,她的目光就会不由自主地追随过去。

林之光又不是木头,他再迟钝,也能感受到卓慧那灼灼目光里隐藏的温度,但他绝不敢越雷池半步,他没这个胆子。所以平时,他尽量避免和卓慧单独在一起。不过作为男人，能让妻子之外的女人崇拜和暗恋，内心还是有那么一丝无法压抑的窃喜。

林夕儿生了一个女儿，谢大军把他母亲接来在家照顾妻子，自己忙店里的事。上半年，他听从林之光的建议，新开了一家小小的杂志铺，专门卖各类杂志和报纸，生意很不错。对此，谢大军特别感谢林之光。

一直梦想的旗舰店开了起来，林之光就琢磨着要搞活动，他的想法是，让活动成为左岸之光旗舰店的一大特色和亮点。他就喜欢做别人还没有做过的事，具有挑战性。

第一场活动主题是什么呢？林之光就把卓慧、汪静叫到办公室，和周洋一起商量。周洋建议请作家，最好能请到著名的作家，不过眼下没这个资源，难度有点大。实在不行，就先请本市有名气的作家也行。汪静一时想不出来，这方面她外行。

这时，卓慧开口了，她说，你们知不知道明州电台晚上十一点钟有档节目叫"蓝月亮情感夜话"？一周四次，逢单播出。那个主持人叫沈伊，大家都叫她伊姐姐，她有很多听众。我一直在听，真的很不错，你们如果没有听过，今晚上刚好有，可以去听下。我觉得如果能把她请来，一定很受欢迎。她是专门为年轻人解答情感困惑的，听众有什么问题，就打电话或写信，她会针对你的问题来谈。

沈伊？沈默的姐姐？林之光马上给沈默打电话求证，一问，果然是。林之光就把自己的想法告诉沈默，请他代为邀请，问问沈伊什么时候有空。沈默一口答应。

好了，等沈默回话，时间确定下来，我们可以提前做些准备。林之光说，目光却不自觉地投向卓慧。她肯定内心很苦闷，所以才会去听午夜情感热线，心里又滋生几分同情。卓慧的目光本来就时不时在林之光脸上停留,这同情的眼光被卓慧理解成另外一层意思,她的心不禁微微激荡起来,一个念头在她脑子里越来越清晰。

沈默很快回话,沈伊同意来书店讲座,约定活动时间在一周后的周六晚上,七点开始,题目是"爱的困惑"。

大家都觉得这个题目好,吸引人。周洋说,晚上我们听下伊姐姐的节目。又低声对林之光说,卓慧一直在听情感热线,看样子她这个婚姻离解体也不远了。

林之光奇怪地问周洋,你怎么看出来的?

周洋一笑,说这用看啊,想想就知道。你还记得卓慧第一天来上班的样子吗?和现在的变化不是一点点大,可以说是脱胎换骨。当一个女人经济独立,有自己的想法和追求后,她对婚姻的要求肯定会发生变化。更何况,她嫁的又不是一个正常的男人。所以我觉得她肯定会离婚,早晚而已。

其实林之光也知晓卓慧的打算,她是一天都不想待在那个家里,现在不离,最大原因可能就是考虑到孩子还小。林之光顺着周洋的话头说,卓慧其实挺能干的。

周洋说,是很能干,人也特聪明。我觉得她的心挺大的,很有自己的想法,而且目标清晰。如果有个好机遇的话,说不定会成为一个人物。

林之光有些心虚,纳闷地问,你今天怎么突然对卓慧感兴趣起来?

周洋笑了笑说,我一直很关注她的。

不知为何,林之光忽觉得周洋话中有话,可看她的神情,又好像什么事都没有。他想,也许是自己敏感了,本来就没有的事,想多了反而有事了。

好不容易等到半夜,把收音机打开。现在夫妻俩为了孩子是两边住,晚上为了听这节目,跑新房子来了。

伊姐姐的声音非常好听,很温柔,又很风趣。节目开始,她就先念了一封读者来信,一位已婚女士在信中说,她爱上了一位已婚男士,明知不对,可无法控制自己的感情,现在陷入痛苦的单相思当中,问伊姐姐怎么办才好。伊姐姐就开始替那位化名小朵的女听众分析这份感情。她说,小朵,我们很多时候爱上一个人,实际上是爱上一个想象中的人,跟现实有很大的距离。就像你现在单恋的那位男士,你并没有和他共同生活过,所以也没看到他眼角有眼屎,会打嗝、会放屁的样子,你看到的是他光鲜的一面,另一面并不知道。

听到这里,周洋"扑哧"一声笑了出来,说这节目还真有意思,挺好玩的。她说得没错,只有共同生活在一起,才能看清一个人的全部,比如有些人上卫生间总是忘记关门。

林之光翻过来,扑在周洋身上说,你说我,怎么了,开始嫌弃你老公了?一边说,一边把手伸进周洋的睡衣里。

周洋回应了林之光的动作,她说,我才想起,我们两个好像很久没过夫妻生活了,我一直觉得自己是你事业战壕里的战友,而不是老婆。

林之光用嘴唇堵住了周洋的嘴巴,两个人在床上缠绵了一阵,等睡去,已是下半夜。

左岸之光旗舰店第一场公益讲座《爱的困惑》如期举行。沈伊是个长相甜美的知性女人,三十多岁,身材保持得非常好,穿着也得体大方。汪静负责去接她,当沈伊走进书店,发现里面已有很多人安静地聚集在一起,有的坐着,有的站在书架前翻书,不过女性占绝大多数,就笑着对汪静说,你们活动组织得不错。

汪静恭维道,这些人全是奔着你来了,是你的号召力。

林之光迎上去,问,沈伊姐,你还认识我吗?

沈伊打量林之光,笑着说,怎么不认识,你变化又不大。

林之光说,白头发都长出来了,谢谢你的支持!

沈伊说,不用客气。

卓慧走过来,对沈伊说,伊姐姐,我是你忠实的听众,几乎每一期节目都听。

沈伊一脸的开心,客气地说,全靠大家支持。

讲座开始了,周洋和汪静虽然准备了很多小圆凳,可还是不够,来的人数远远超过预计人数。那些稍微晚一点到的人,只好站着听。沈伊身姿优雅地坐在那里,面前放着一杯咖啡,她先讲自己主持《蓝月亮情感夜话》这档节目以来,从收到的听众来信和打进来的热线电话来看,很多年轻人因为一次恋爱或婚姻失败,就钻进牛尖角,走不出来,有的甚至自杀或走上犯罪道路,实在令人惋惜。

沈伊举了一个例子。

一个男孩很喜欢一个女孩,想尽一切办法追她,可女孩不喜欢他,拒绝了。那男孩像着了魔似的,去跟踪女孩,纠缠女孩。他越这样,女孩越讨厌他,看到他就躲得远远的。有一次,男孩看到女孩和一个男人在一起散步,失去了理智,跑到店里买了一把水果刀,守在女孩回家的路口,趁两人不注意,把女孩刺成了重伤,自己也进了监狱,一下子就毁了两个家庭。

沈伊说,在现实中,并不是每一段感情都会有结果,你喜欢他,他喜欢别人,这其实很正常。关键是如何正确面对自己的情感。真正的爱不是占有，不是掠夺，而是彼此欣赏和成全。爱的困惑，来源于心灵的困惑，一个精神有寄托，有梦想的人，看待问题的眼光就会不一样。

卓慧很认真地听着，她在想自己的情感，去何处寻找出口？

讲座分为两部分，伊姐姐讲完后，就由现场的听众提问。大概是这类话题不好意思当着这么多人的面问，到了提问环节，大家你看我，我看你，都变得扭扭捏捏起来。

卓慧见没有人提问，场面冷了下来，就干脆把自己当靶子，站起来提出一个问题，她说，伊姐姐，如果觉得婚姻不合适，是不是为了孩子一定要做出一辈子的牺牲不离婚？

沈伊请卓慧坐下，然后喝了一口咖啡说，在我们传统观念里，离婚是件很丢人的事，所以不管幸不幸福，是否合适，就硬要凑在一起。有的以为了孩子的名义，主动放弃了追求幸福的权利。实际上是怕离婚后，世俗的眼光，特别是对离婚女人很不公平，好像只要你一离婚，就马上成了别人议论的对象，社会上很多人就会用有色眼镜看你，这导致很多女人在婚姻中再受委屈，也不敢离婚。说到这里，沈伊停顿了一下说，所以，女人一定要独立，不管是经济、思想还是感情，有自我掌控的能力，这样才能握住自己的命运，才能得到自己想要的幸福。

不知是谁带头鼓掌，于是现场掌声一片。卓慧很激动，她说，伊姐姐，你讲得太好了，真是这样。

被卓慧一开头，有位胖乎乎的姑娘看看四周，见没有认识的人，就小心翼翼提出自己的问题。她说，伊姐姐，我今年快30岁了，18岁那年，我喜欢上一个男孩，主动向他写了一封情书表白，结果他把我的信公开了，当时我想死的心都有。从此以后，我再也不敢恋爱，也有男人追我,我害怕,不敢接受,一直拖到现在还没有男朋友。你说,我该怎么办?家里父母整天催,我真的烦死了。说完,这位姑娘难过地低下了头。

沈伊明白这姑娘的情况已属一种心理疾病,当年那个男孩公开她的情书一事,成为她此生无法绕开的噩梦,一道浓重的阴影,这恐怕不是倾诉一次两次就能解决问题的。

我怎么称呼你?沈伊微笑着问那位姑娘。

我姓鲁。姑娘抬起头说。

鲁妹妹,我很理解你内心的痛苦,我们不要怕,你听我说,你刚才能向我提问就是一个很好的开始。18岁那件事,你之所以一直耿耿于怀,是因为你觉得你的真情被践踏,那个男孩的举动让你觉得自己是多么的不要脸,浓重的羞耻感淹没了你。从此,你就背上了一个沉重的壳,你把自己缩在壳里面,把你的心封闭起来,你把天下所有的男人都等同于那个公开你情书的男孩,让你失去了很多选择的机会。

鲁姑娘不停地点头说,是是,伊姐姐,你说得太对了,我就是这么想的。

沈伊的笑容越发的迷人与可亲,她说,鲁妹妹,事实上这有什么?男人可以追女人,我们女人为什么不可以主动追男人?我刚才说了,并不是每段感情都会有结果,比如我现在追我们的林经理,她指了指林之光,笑着说,可林经理不喜欢我,难道我就不活了?

现场一片笑声。林之光没想到沈伊会拿他开玩笑,于是就接上这个玩笑说,如果伊姐姐来追我,我肯定一口答应。

笑声更响亮了,气氛变得非常活跃,连刚才愁眉苦脸的鲁姑娘也不禁笑了起来。

沈伊就趁机对鲁姑娘说,从这一刻开始,你要学会打开自己,把自己的心门打开，爱情的风就会进来。你要学会爱自己，学着去爱别人，无论是恋爱还是婚姻，我们都想一次成功，但并不是每个人都这么幸运。其实失败了又有什么关系？这只不过是我们人生经历中一段小插曲而已。多谈几次恋爱没什么不好，可以让我们变得有经验，知道什么样的人才适合自己，而不是稀里糊涂就把自己给嫁了。

听到这里，周洋捅了一下林之光的胳膊说，我就是稀里糊涂嫁给你，都没好好恋爱，真是亏。

林之光说，你应该说自己就是那个幸运的少数人，一谈就成功。

周洋白了丈夫一眼说，自恋狂。

两个小时很快过去，大家还依依不舍的，沈伊也很高兴，她说你们以后有什么问题，可以把信写到电台，写上栏目的名称和我的名字，也可以打热线电话。

卓慧抓住机会推销，大声说，大家若喜欢情感类的书，可以选一下。她指了指一个书架说，都在那边，欢迎大家选购。

这一声吆喝还是很有效，那些姑娘听了就涌过去买书。林之光不禁向卓慧投去赞许的目光。卓慧脸一红，心却像灌了蜜那么甜。

讲座结束后，林之光塞给沈伊一个红包。沈伊拒收，说你和沈默是老同学加好朋友，我怎么会收你的钱。再说，公益讲座，我做点贡献也是应该的。林之光见她坚持不收，只能道声谢谢，把红包收了起来。

首次讲座活动取得了圆满成功，卓慧无疑是有功之臣，林之光对她进行了口头表扬。卓慧看林之光的眼神里又多了一些无法言说的内容。

25

* * * *

这一年年底,中国第一本网络小说《第一次的亲密接触》火爆图书市场。特别是那些很早就触网的网民,本来在网上就追痞子蔡的"轻舞飞扬",看到有纸质书出来,毫不犹豫地掏钱买下。

书中有一段痞子蔡与"轻舞飞扬"的经典对白,令读者唏嘘不已。

痞子蔡说:

"如果我有一千万,我就能买一栋房子。

我有一千万吗?没有。

所以我仍然没有房子。

如果我有翅膀,我就能飞。

我有翅膀吗?没有。

所以我也没办法飞。

如果把整个太平洋的水倒出,也浇不熄我对你爱情的火焰。

整个太平洋的水全部倒得出吗?不行。

所以我并不爱你。"

轻舞飞扬说:

"如果我还有一天寿命,那天我要做你女友。

我还有一天的命吗?……没有。

所以,很可惜。我今生仍然不是你的女友。

如果我有翅膀,我要从天堂飞下来看你。

我有翅膀吗?……没有。所以,很遗憾。我从此无法再看到你。

如果把整个浴缸的水倒出,也浇不熄我对你爱情的火。

整个浴缸的水全部倒得出吗?……可以。

所以,是的。我爱你……"

卓慧看到这一段对话时,不禁流下心酸的泪水。她想,就要进入2000年了,也许她也该给自己的生活翻个篇了。

回到家里,吃好晚饭,卓慧把公婆和丈夫都叫在一起,拿出一份离婚协议书,说她想离婚。在吴领娣还没有反应过来之前,卓慧很真诚地向公婆和丈夫表达了自己的感激之情,同时,也明确表态,她不想再和罗健以夫妻的名义共同生活,但她愿意以罗家女儿的身份,尽自己的力照顾罗健。她不会带走一分钱,净身出户。女儿是罗家人,如果公婆愿意给她,她就带走,不过会随时带孩子来看望爷爷、奶奶和爸爸。倘若不想让她带走孩子,她也同意,每个月她会支付一定数额的抚养费。

说完这些,卓慧长长地舒了一口气,这个决定在她心里埋太久了,今天终于说了出来。

这个结果,吴领娣和罗周正虽早有心理准备,可亲耳听到卓慧说出来,仍然接受不了。罗健再傻,也知道卓慧要离开他了,脸色变得发白,他把自己关在屋里,呜呜地哭了起来。

吴领娣指着卓慧的鼻子怒骂道,你太没良心了,这些年,我们哪里亏待过你？如果没有我们，你一个乡下人怎么可能有今天？现在你有本事了，就一脚把我们给踢开，你还是不是人？

越说越激动，吴领娣拿起离婚协议给撕个粉碎，扔在卓慧脸上说，想离婚，没那么容易。你以为我们罗家是什么？你想来就来，想走就走，你把我们当什么了？

安安被吓坏了，哇的一声大哭起来。罗周正平时最疼孙女，连忙抱起她爱抚，对卓慧说，爸一直觉得你很懂事，没想到你这么自私，只想着自己，一点也不想想你女儿有多可怜。安安还在哭泣，罗周正就抱着孙女下楼去，如果卓慧真要离婚，他是不会同意她带走安安的，这是罗家的血脉。

吴领娣也在哭，边哭边骂，卓慧的头像被炸开一样，她拿起包，逃一样地离开了家。

走到街上，才发现自己无处可去。可既然开了口，她就不可能再回头。不同意离婚，就先分居。卓慧找了个公用电话，给林之光打了个手机，她说，林经理，我跟家里闹翻了，明天想请假一天，我要去找房子搬出来住。

林之光捏着手机，不知该说什么才妥当，只好说，好的，我知道了。

周洋听到林之光在接电话，随口问，谁给你打的手机？

林之光怕周洋误会，按理卓慧应该向周洋请假，而不是跟他，就撒了一个谎，说，是谢大军电话，让我明天过去一趟，有事情。周洋就没再问。

那天晚上，卓慧就住在一家小旅馆，而罗家人一夜未眠。

第二天，卓慧去找房子，在书店附近找了个单间，然后回罗家，说要搬出去住。

吴领娣和罗周正明白卓慧去意已决，无论说什么好话，都无法挽留，心痛得不行，头上的白发似乎也一夜间增加了好多。罗健听到外面的声音，从房间里出来，他的精神状态很不好，两只眼睛怔怔地看着卓慧，像不认识她似的，人看起来越发的痴傻。

卓慧看到罗健这个样子，心里还是很难过，再怎么样，罗健也是无辜的。这些年，他像个孩子一样，一心一意地依恋她，什么都听她的。卓慧走上前，摸了摸罗健的脸说，以后我当你的妹妹好不好？我还是会回来看你，你老了，我也会照顾你的。

罗健突然紧紧地抓住了卓慧的手，瓮声瓮气地说，不好，我要你当我的老婆，晚上陪我睡觉。

吴领娣像个母老虎一样扑过来，把罗健拉到自己身边，愤怒地说，不要你假惺惺，你滚，能滚多远就滚多远，永远都不要踏进这道门。

罗周正还是要理性许多，他说，卓慧，你要离婚，我们也没办法，这是你的自由，那你就净身出户。安安是我们罗家人，我们再苦再累也会把她拉扯大。我们不要你的抚养费，你以后也不要再来见安安，免得影响孩子身心健康。离婚协议书你重新再去拟一份，什么时候想去办手续就说一声，我会陪着罗健去的。从此，你跟我们罗家人再无瓜葛。

卓慧咬紧嘴唇，说好，我同意。

走进房间，拿出一只皮箱，挑了几套像样一点的衣服塞进箱子，然后提着，头也不回走了。

罗周正站在窗前，看着卓慧决绝的背影，摇着头对吴领娣和罗健说，你们也不用难过，这个女人心肠非常硬，她早晚是要走的。算了，她好歹也给我们留了个后代，就随她去吧。

吴领娣阴沉着脸说,她早晚都会后悔的。

罗健呆呆坐在椅子上,一言不发,好像他的魂已随着卓慧的脚步而离开。

卓慧把自己安顿好以后,又重新拟了一份离婚协议。还没有等她去找罗健签字,罗健却出事了。他在过马路时被一辆失控的车给撞飞,送到医院没抢救过来。

吴领娣疯了,她跑到书店,抓住卓慧拼命厮打,哭闹着让卓慧赔她儿子的命来。她用最难听、最恶毒的话诅咒卓慧,说如果不是她要离婚,罗健也不会被车撞,害人精,不得好死。吴领娣布满血丝的眼睛里充满了怒火,她说她不活了,要与卓慧同归于尽。

卓慧听到罗健出车祸的消息,整个人都傻了,任吴领娣打她的脸,扯她的头发,都不知道痛。虽说是意外,但这个时候谁都会把这个意外怪罪到她的头上。

林之光和周洋接到店里其他营业员的电话,以最快速度赶了过来。店里围满了人,其他营业员已把吴领娣拉开,但这么一闹,店里就没法做生意。林之光看到卓慧满脸的手掌印,都红肿起来,披头散发,两眼失神,衣服也被撕烂,心里莫名地痛了一下。他让周洋先带卓慧离开,他来处理这事。周洋点点头,拉着卓慧走到外面,问她现在住哪里,送她回去。

卓慧拒绝了,她说想一个人静静。周洋不放心,一定要送。卓慧只好让她陪同回出租房。走进屋,卓慧紧绷的神经松懈下来,瘫坐在小床上,又突然起来,抓住周洋的手臂说,周经理,太可怕了,太可怕了。

周洋吓一跳,她怕卓慧的神经受刺激,哪里出问题,那就惨了,连忙说,你别吓我。

卓慧的眼睛里闪过一丝恐惧，她说，小时候算命的人说我命硬，说我克父克夫，结果我爸就早早意外走了。我都要跟罗健离婚了，谁知道他竟然被车撞了。从今以后，我就背着克父克夫的罪名，一辈子都活在阴影里。我那么努力，就因为我不信命，我以为我可以掌控自己的命运，谁知道老天爷狠狠给了我两巴掌，告诉我，我什么都不是，无论我怎么努力，都改变不了我的命。卓慧的声音里充满了不甘。

周洋劝慰道，你别想太多，如果说有命，我们每个人都有。明天的事谁也不知道，你要振作起来，别忘了，你还有女儿。

卓慧不再说话，她呆呆地坐在那里，不知道在想什么。过了许久，她才对周洋说，谢谢你，周经理。

这时，周洋的手机响了，林之光打来的。

你那边事情处理好没有？周洋问。

处理好了，劝她回去了。书店是公共场所，她再闹的话，我就报警。卓慧情况怎样？林之光关心地问。

一切都会过去的。周洋答非所问。

卓慧站起来，洗了一把冷水脸，对周洋说，我没事，周经理，你去忙吧，我想请假两天，现在这样子也没脸出去见人。

周洋想一想说，这样，你休息两天，然后到公司来，这段时间就先到办公室帮我做点事，不要在书店出现，免得你婆婆又来闹。我会跟其他人说好，如果她来，就说你已不在这里上班。

卓慧的眼泪又下来了，她哽咽着声音说，太谢谢你了，周经理。

周洋见卓慧的情绪已基本稳定下来，就告辞回公司，跟林之光说了自己的安排。林之光也觉得这个办法不错，先避开一段时间再说。凭着对卓慧的理解，夫妻俩并不担心她会想不开，卓慧不是那么脆弱的人,而且她比较自私,不太可能会钻进死胡同出不来。只是这事对罗健的父母来说,老年丧子,是个毁灭性打击。还有孩子可怜,这么小,就遭受如此巨大的变故,还不知道她以后能不能健康成长。说到这里,两个人的心情都变得沉重起来。

卓慧因为要离婚,导致罗健被车撞死的消息传到了谢家村,王翠花和谢阿根如雷轰顶,吓得魂飞魄散。马大婶也万万没有想到,竟然会发生这样的事,后悔不迭。村里更是各种风言风语,矛头统一指向卓慧,说她太没良心,过河拆桥,肯定外面有了野男人,所以才会做出这种伤阴骘的事。

村里人的指指点点让谢阿根和王翠花抬不起头来。谢阿根本来就是一个脾气暴躁的人,这下更是火大,在家里和王翠花吵架,骂她怎么生出这么个狼心狗肺的东西,辛辛苦苦养大,不但不知回报,到头来还要来祸害他们。

王翠花自知理亏,不敢还嘴,她又想起那个算命瞎子的话,卓慧果然是克父克夫的硬命,太吓人了。她说,早知道这样,我应该生下来就把她扔在便桶里。谢阿根倒竖着眉毛骂道,现在说这些有屁用。王翠花只好闭上嘴巴,去为谢阿根准备下酒的菜。

卓慧在出租房整整躺了两天,除了喝点水,什么也没有吃。昏昏沉沉的,时而清醒,时而糊涂,睡着时不断做噩梦,她在梦里奔跑,后面是一群追杀她的人。她跑到悬崖边,无路可退,脚一滑,就摔下去,醒来,一身的冷汗。这就是我的命吗?难道我想追求自己的幸福错了?卓慧一遍遍地问自己,她第一次感到了从未有过的绝望。

罗健的离去,让罗周正和吴领娣的精神彻底垮了。虽然罗健不是个正常人,但那是夫妻俩唯一的儿子啊,现在白发人送黑发人,怎么受得了?

吴领娣像个祥林嫂一样反复念叨,都是我的错,我不应该给他讨老婆,不应该让他知道这么多。说着说着,眼泪就来了,又开始骂卓慧,狠毒的女人啊,为什么死的不是你?

罗周正的头发一夜间全白了,原来走路腰板很挺,现在背都佝偻起来,苍老得不行。妻子这个样子,孙女还这么小,他只能强撑着,在亲戚们的帮助下,把儿子的丧事给办了。

屋里,冷清清的,东西丢得到处都是,再也没有了生气。连安安都变得异常安静,不哭不闹,只睁着一双大眼睛,呆呆地看着爷爷和奶奶。

办好罗健的丧事,吴领娣病倒了,发高烧,说胡话,送到医院打了好几天吊针,才慢慢缓过来。罗周正既要照顾妻子,又要管孙女,手忙脚乱,人也迅速消瘦下来。那些熟悉的邻里看到,无不同情。有邻居实在看不过去,就主动提出可以帮罗周正接送孙女,罗周正感激地道了谢,他也实在分身无术,只好麻烦邻居。

林之光去了一趟谢大军那里,跟他说了卓慧的事。谢大军震惊无比,好半天才吐出一句话,卓慧命太苦了。

她一直很努力想改变自己的命运,可惜老天爷就喜欢捉弄人。林之光叹了一口气说,她想要重新开始,只有离开这个地方,去一个谁也不认识的城市生活。话刚说完,林之光后悔了,他怕这话让谢大军想起董亚芳。

果然,谢大军的神情变得凝重起来,他想起了那个带着儿子走的女人,不知道她身在何处。说来也奇怪,董亚芳这样伤他,可事实上他从没有忘记过她。

林之光见谢大军一脸伤感的样子,轻声说,你也别想太多,各有各的命。

谢大军苦笑着说,是,各有各的命。

林之光深有感触地说,我们都是命运的提线木偶。

不出所料,卓慧果然向林之光和周洋提出了辞职,她说,我若还在书店,公婆肯定会来找麻烦,影响书店的声誉和生意。再说,现在也没心情工作,不如离开一段时间,去外面走走,散散心,等这场风波过去了再回来。

周洋同意了,她给卓慧多发了一个月工资,对她说,欢迎你随时回来。

林之光对卓慧说,有问题我们应该去面对,去解决,而不是逃避。不过你的情况比较特殊,先出去走走也好,保持联系。

卓慧感激地对周洋和林之光说,谢谢你们,我会回来的。

卓慧走了,离开明州前,去了一趟幼儿园。她站在窗外,偷偷朝教室张望。她看到别的小朋友都在高高兴兴玩,只有安安一个人坐在角落的小板凳上,不吵不闹,小小的身影显得那样的单薄和孤独。一双大眼睛里好像什么都没有,又好像有很多东西,令人心慌。卓慧的泪水奔涌而出。这个时候,她真想冲进教室,把安安带走。可她深知这孩子现在是公婆唯一的精神寄托和支柱,她不能在两位老人失去儿子的同时,再失去孙女。强忍着内心的伤痛,卓慧转过身悄悄离开。要说这辈子她最对不起的人,恐怕就是这个孩子了。

安安,原谅妈妈的自私,妈妈会回来接你的。卓慧在心里对女儿说。

26

* * * *

日子还在继续,让林之光和周洋纳闷的是,卓慧走了后,再也没有音信。没有人知道她去了哪里,她也没有跟任何人联系。周洋问林之光,说卓慧会不会出事了。林之光认为不会,除非发生了意外,不然像卓慧这么命硬的人是不会走绝路的。周洋想想也是,卓慧不想联系,总有她的理由。

随着不断有大型超市入驻明州,各种小型便利店遍布小区及街头巷尾。那些复合型的大型超市生意火爆,林之光自然不会放过这么好的发展机会,与多家超市和便利店进行了接洽、合作,或开店中店,或作为报刊的供货商,生意越做越大,知名度也越来越高。

由于工作需要,林之光、周洋很早就用了电脑,当腾讯推出QQ时,他们都下载、注册了账号,林之光给自己取的网名叫"光",只不过平时没什么时间聊天,好友栏里除了周洋,还有几个熟悉的朋友,没陌生人。

有一天晚上,林之光一个人在办公室加班,处理好事情,喝了一口茶,准备休息几分钟就关电脑回家。这时,一位叫"云烟"的网友申请加他为QQ好友,林之光随手就点了通过。林之光从没有正儿八经和陌生网友聊过天,也有好奇心,就问对方,你是哪里的?

云烟回答：远在天涯。

光：这么说也有可能近在咫尺？

云烟：这世上有的人咫尺天涯，有的人天涯咫尺。

光：有缘千里来相会，无缘对面不相识。

云烟：一个缘字。

光：是的。冒昧地问一句，你喜欢看书吗？

云烟：很喜欢。

光：从事什么工作，可以讲讲吗？

云烟：跟文字有关的工作。

光：哇，你不会是作家吧？

云烟发过来一个掩着笑的表情，既不承认，也不否认。

光：真的？那我太荣幸了。

光：对了，你怎么会加我？

云烟：缘。

光：那真是有缘。

云烟发过来一个调皮的表情，林之光似乎看到一个可爱的小女子在朝他笑，心情竟莫名变得好了起来。自从卓慧走后，他情绪低落了好长一段时间，可又不能让周洋察觉，只好压抑着，跟陌生人聊聊天，倒是一个放松的好办法。两个人你一句、我一句聊得忘了时间，直到办公室电话响起，林之光才惊醒过来。一接电话，传来周洋的声音，问这么晚了，怎么还不回来？

林之光看了一眼手表，都十一点了，于是对周洋说，我马上回来，你睡吧，不用等我。

再回到电脑前，光对云烟道声再见，说太晚了，要回家去了。云烟说，路上小心。看到对话框里这句话，林之光心里有一种说不出的温暖。

回到家里，周洋已睡着。林之光躺在床上，却久久没有入眠。他暗暗惊讶，自己怎么会跟一个陌生网友聊这么久，而且还聊得这么开心，太神奇了。

第二天上班，林之光打开电脑，登录QQ，他看到云烟的头像亮着，就不由自主地给她发了一个道早安的信息。云烟回复了相同的一句话，还加了一朵玫瑰花。两个人聊了几句，林之光就跟云烟说自己要工作了，云烟让他忙自己的事，不用管她。林之光就觉得云烟很善解人意。吃过午饭，两个人又说了好一阵话，发现有很多共同语言，那感觉似乎两人不是初识，而是久别重逢的朋友。

林之光忍不住再次问云烟是哪里的。云烟发过来两个字：拉萨。林之光回了一个惊讶的表情过去，说没想到这么遥远。云烟说，离天最近的地方，可以洗涤灵魂。林之光被云烟的话惊艳，说作家果然不一样。云烟沉默，过了一阵，她回过来一句，我不是作家。林之光说不管是不是作家，反正你是特别的。云烟发过来一个害羞的表情，让林之光有一种异样的恍惚。

这是林之光第一次和一位陌生女网友聊天，他从没有这么会说话，简直就是妙语连珠，什么都能信手拈来。云烟评价他风趣、幽默、成熟，是个很有魅力的男人。很快，林之光陷入虚拟世界里那种说不清、道不明的暧昧情愫当中。这种新鲜的感觉，让他心里有了一种隐秘的喜悦和重回青春的激情。

由于晚上在家不方便聊天，林之光和云烟的聊天多在早上、中午和下班前三个时间段。有时候晚上在书房里，林之光也会忍不住上QQ，每次，他都会看到云烟的头像是亮着的，感觉她一天到晚都在网上。怕被周洋发现，林之光在家一般是不聊的，最多问候一声，就赶紧隐身。云烟也不在意,反正只要林之光发信息过去,她就会回复,见他没反应,她也不打扰他。这让林之光对云烟更有好感,不禁萌生了想走近她,进一步了解她的欲望。

正当林之光渐渐陷入这份虚拟的情感,他从沈默那里得知沈伊正在打离婚官司的消息,一时愣在那里。他跟沈默说,我正在做活动策划方案,想邀请沈伊姐再来讲一次。

沈默说,我姐姐这个人太单纯,我家条件算好了,她却找了一个一无所有的外地男朋友。所有人都反对,可她铁了心,嫁给了那男人,说什么要嫁给爱情。没想到那男人就是一个人渣,坏得很。在外面斯斯文文的,在家里动不动就打她。为了面子,她一直忍着。这次那男人又动手了,她实在忍无可忍,下决心离婚。那男人不同意,所以就向法院起诉了。

林之光摇着头说,怎么会这样?

沈默说,我现在对感情已绝缘,你看我姐,说是嫁给爱情,结果以离婚收场。晓晓也口口声声说爱我,怕失去我,才这样管我,可对我来说,这种没有信任的爱犹如枷锁,只会让我窒息。其实我们都是牺牲品,拥有这一张婚姻的皮,却没有幸福的实质。

林之光不由自主地想起那句"幸福的家庭是相似的,不幸的家庭各有各的不幸",只是感情的事谁能说得清呢?

回到办公室,林之光免不了向周洋说了沈伊的事,周洋什么也没说,只长长地叹了一口气,又去忙她那些永远也忙不完的事。

在电脑前坐下,林之光迫不及待地登录QQ,不知为何,每次看到云烟的头像亮着,他的心情就会很愉悦。每天和她在网上聊几句,好像已成为一个习惯。两个人什么都聊,雅的、俗的、现实的、精神的,有太多的话题可以聊。只是云烟对她个人的信息很保密,林之光只知道她是单身的,至于她多大年纪,从事什么职业,一无所知。问过,云烟避开这个话题,他后来不问了。他想,每个人都有自己的隐私,云烟不想说,肯定有她的道理,他就不勉强。只是林之光在虚拟的网络世界和云烟聊得越多,在现实中就变得越沉默,他和周洋的交流越来越少。

只要一打开与云烟的对话框,林之光不见了,光出现了。

光和云烟说了沈伊的事,说一个这么精通情感问题的人,居然也会走离婚这条路。

云烟说,很多事情就是这样,说别人振振有词,理性分析,自己遇上,往往就糊涂了。

光说,旁观者清,当局者迷。

你有一个美满的婚姻吧?云烟突然发过来这么一句话。

光下意识地回答,我跟我老婆关系是挺好的,只是我们更多时候像战友,不像夫妻。

云烟发过来一个疑问的表情。光解释道,我和她谈的内容基本上是工作,偶尔谈孩子,其他话题很少讲。不像跟你,什么都说。

云烟说,我很荣幸,这么说,我是你的红颜知己了?

光说,那是,百分百。

聊几句,光只好恋恋不舍地跟云烟道别,说他要去忙了。云烟送给他三朵红玫瑰。光回了一朵花还有一个拥抱。

光消失了,林之光回到了现实中。

对林之光的异常,周洋疏忽了,她没有意识到丈夫的情感已处于游离状态。她每天把所有的精力都放在工作上,林之光除了负责进货,做些宏观的布局,其他大小事务都要她来操心。她很累,人一疲惫,自然就不想说话,而林之光是没心思说。躺在床上,也像两个同性一样,身体都很少触碰。

晚上,夫妻俩在讨论网络会给传统书业带来一些什么样的冲击。周洋担忧地说,如果网络越来越普及,这实体书店的生意肯定会很受影响。

正在想心事的林之光听妻子这么一说,回过神来,说你也不用太悲观,虽然现在有很多年轻人喜欢在网上看书,不过只要抓住正确的点,还是可以把一本书炒成爆款。你看看,像《哈佛女孩刘亦婷》《谁动了我的奶酪》等书,一版再版,深受市场欢迎。只是很多有价值的书反而卖不动,实在很遗憾。

周洋说,但愿不会,现在形势变化太快。我们父母那一辈买东西凭票,还要开后门,有钱也不一定买得到,更何况没钱。现在只要有钱,你想买什么就能买什么。商场里的商品也很丰富,条件好了,穿的用的要求都不一样了,就是电视节目都比过去多了很多选择。

林之光说,那倒是,不过我想再怎么发展,喜欢看书的人还是会一直有的。

说到喜欢书,周洋突然想起好久没见胡杨了,就问,胡老师现在不藏书了吗?好久不见他来店里。

林之光说,你不说我倒是没注意,明天我打个电话问候一下。

第二天,林之光给胡杨打了个电话,说,胡哥,你最近在忙什么?周洋都惦记你了。

胡杨在电话笑着说,乱讲,我经常去的,只不过没碰到。你们现在坐办公室,又不在店里。

林之光问,你的影楼生意很好吧?

胡杨说,马马虎虎,混日子。最近连环画炒得很厉害,你有没有关注？我现在一部分资金在做这个，以藏养藏。

林之光没想到胡杨现在炒连环画，他说，我没关注。

胡杨说，其实你也可以了解一下，搞得好，利润还是很可观的。还有，我和大军也在合作，他负责帮我找有价值的古籍，我负责销路，有钱大家一起赚。

这事林之光还真不知晓，听到胡杨让他关注，忙说，这个我不懂，我还是老老实实开书店。

胡杨就在那里笑，说有空约着一起吃饭。林之光说好。挂了电话，在椅子上坐半天，林之光努力搜索记忆，好像谢大军有一次是跟他说过收古籍之类，他也没在意，原来是这样。

谢大军和林夕儿的日子一直过得磕磕碰碰，没有顺畅过。有一次，夫妻俩又吵架，谢大军心烦，就打电话约林之光出来喝酒。正好林之光也想借酒浇愁，于是就答应了。两个男人边喝酒，边说着婚姻的种种不是。

谢大军说自己老婆没有找好，没一天顺心过，太别扭，真不想过下去，可看着女儿那张可爱的笑脸，又于心不忍。而且林夕儿有个很让他讨厌的习惯，每次吵架，她总要提到董亚芳，骂他是不是还在想着前女友。就算他想忘记董亚芳，这时时提醒，他也忘不了。

之光哥，如果亚芳当初没有背叛我，我们两个都是初恋，情感上都干干净净，一起结婚生子多好。我现在只要想到还有一个儿子流落在外，心里就揪着痛。谢大军边喝酒边痛苦地说。

我知道，我知道你儿子在哪里。林之光喝得有点多了，他最近心情不好，因为他发现自己爱上了那个陌生的云烟，而云烟好像比他更早地爱上了他。可云烟到底长什么样，多少年纪，他根本不知道,可就是这么奇怪,他爱上了她。那种感觉,跟他当年爱上周洋完全不一样。

你说什么?谢大军酒醒,一把拉过林之光的胳膊,语气急促地问,在哪里?你快告诉我,在哪里?

林之光的酒也醒了,发现自己多嘴,可话已出口,再也收不回来,只好老老实实地说,具体我也不知道,我有次去S市考察,无意中在菜场门口碰到一个女人拿着一袋菜走过来,很像你前女友。不过也不能完全确定,只能说很像,没看仔细,她就不见了。

肯定是她,那你为什么不早点告诉我?谢大军涨红着脸,带着几分恼怒。

说了有什么用?难道你离婚,然后把你的前女友和儿子接回来,重续前缘?不告诉你是为你好。林之光没好气地说。

谢大军低下了头,林之光说的是实情,就算现在,他知道董亚芳在S市,又能怎样?难不成还去寻人启事?

对不起,之光哥,我太冲动。谢大军抱歉地说。

没事没事。大军,哥最近很心烦。林之光借着酒劲,把郁积的心事都吐了出来,把谢大军惊得合不拢嘴。

你说你爱上了没见过面的女网友?谢大军瞪大眼睛问,以为自己的听觉出了问题。

爱上有什么用?云烟不会见我,她说过网友见光死,让我们一辈子在网络上相爱。你知道吗,她还想和我在网上一个婚恋社区里注册结婚,在虚拟的世界里共同生活在一起。林之光喝多了,把自己的秘密都说了出来。

周洋知道吗?谢大军小心翼翼地问。

她知道什么,她又不关心我,每天工作工作,像个工作机器,一点情趣都没有,不解风情。林之光说着说着,就趴在桌上,醉了。

谢大军盯着酒醉的林之光,心一点点往下沉。他觉得,作为好朋友、好兄弟,他不能眼睁睁看着林之光为了网上那个不知年纪不知容貌不知身份的"三不知"女人,把好好的家给毁了。想到这里,谢大军拿起林之光的手机,找出周洋的号码,打了过去。

没多久,周洋风风火火地赶来,一见林之光趴在桌上睡得正香,不由皱了皱眉头,问谢大军怎么回事,她说,之光一般不会喝醉,是遇到什么事了?

谢大军请周洋坐下,低声把林之光的秘密说给她听。最后真诚地说,周洋,我跟你说这些,是不希望之光哥今后做后悔的事。你千万不要跟他吵,一定要装作不知情,不然我会失去你们两位好朋友。我是提醒你,我的婚姻已经搞得一团糟,希望你们都好好的。你这么聪明,一定有办法把他的心给拉回来。以后你也别整天工作,把自己搞得这么累,钱是永远赚不完的。

周洋静静地听着,她在努力克制自己的情绪,谢大军说的一切她一下子还接受不了,她需要好好消化。

大军,谢谢你告诉我这一切,让我的婚姻避免触礁。你放心,我不会让他知道是你告诉的。这件事我要好好想一想,怎么处理妥当。周洋冷静地说。

好,我相信你一定可以,现在我帮你把之光哥送回去。谢大军站起来,去扶林之光。林之光醒了,见周洋在,还没有搞清楚状况。

周洋说,你喝醉了,大军叫我来接你,我们回家。

林之光的头有点痛,任由周洋搀扶着他走到外面,坐谢大军的车回家。

到家后,都没洗漱,林之光就倒在床上睡着了。周洋开着灯,久久地盯着这张熟悉的脸,把手轻轻放在林之光的胸口,问自己,这个男人的心已经不在这里了吗?

这一夜,周洋想了很多,从认识林之光到现在,无论恋爱还是婚姻,这一路走来好像是平稳了些,波澜不惊,没什么跌宕起伏的情节。平淡,就意味着没有激情,人的感知功能就会下降,变得习以为常和麻木。林之光会迷上女网友,很大程度是因为在虚拟的世界里只有感情,没有世俗的烟火生活。再加上陌生与距离所产生的美感和想象,自然是有位佳人,在水一方。而自己每天的精力被公司那些琐碎又重要的事给牵绊,哪有心情去卿卿我我。这事,自己也有很大责任,忽视了丈夫精神上的需求,交流和沟通太少,一定要注意了。

林之光早上从宿醉中醒来,大脑出现记忆空白,断片一样,他想不起昨晚跟谢大军说了什么,只模糊记得自己说了很多,后来好像周洋也来了。

周洋见林之光醒了,关切地说,以后少喝点,酒醉一次等于得一次轻微的肝炎。

林之光揉了揉脑袋说,下次不喝了,头痛。迟疑了一下,林之光问周洋,昨晚我没说什么吧?

周洋故意反问道,啊,你说了啥?

林之光见周洋没一点异常,心想自己应该没有多说,就掩饰道,我怕把私房钱藏在哪里告诉你了。

周洋笑着说,行,那你现在告诉我。

林之光起来,伸了个懒腰说,我哪来的私房钱哦,全是公款。

夫妻俩吃好早饭一起去上班,林之光准备去买辆车,这样办事方便些,周洋同意了。

林之光平时是很小心的，只要周洋在办公室，他上QQ也是为了联系出版社或接收文件什么的，基本上不闲聊。即使云烟看到他上线，给他发消息过来，他最多回一句就不说了。周洋知道了林之光的秘密，她想找机会看看丈夫和那个女网友究竟到什么程度了。夫妻俩各有心事，只不过表面装作若无其事的样子。

27

* * * *

林之光是个闲不住的人，最近他在筹办一件很重要的事，成立左岸之光书友会。书店作为一个很好的平台，为入会的书友提供购书打折，免费参加各种活动等福利。他想把一批爱书人组织起来，做一些有意义的事。还可以联系本市的作家来讲座，顺便签售他们的作品，一举两得。

沈默觉得成立书友会这件事很有意义，表示要大力支持。周洋表扬林之光脑筋不错。林之光暗暗一笑，这个主意他还是受云烟启发。在一次聊天中，云烟建议他把本地一些喜欢读书的人组织起来，大家可以经常聚会，交流读书心得，对书店也是一个宣传。林之光说他一直有这个想法，但没行动。云烟就鼓励他，有想法就去做。

为了书友会能长期、稳定发展，林之光想正规化，去官方注册登记，这样可以放心大胆搞活动。这几天，他就忙这件事。

林之光出去办事，今天他还要去提新车，走得匆匆，忘了关QQ。若是平时，周洋是绝不会去看的，可现在情况不一样，她也顾不了那么多，坐到电脑前，打开QQ界面，看上面的好友。林之光的QQ好友并不多，周洋浏览下来，很快把目光盯在"云烟"这个名字上，凭直觉，她觉得就是这位。点开聊天记录，周洋没仔细看，大概看了一些两个人的聊天内容,心海像掀起了十八级海啸。周洋万万没有想到,林之光在网上好像变成了另一个人,跟现实中的他完全不一样。暧昧的语言,缠绵的情调,让周洋的心变得好痛,脸色瞬间苍白。这些年,左岸之光名声在外,可只有她知道这其中付出了多少心血,只要书店赚了一点钱,林之光就会把钱拿去开新店。亏了,就关掉。欠债了,一点点还。有钱了,再去开店。一直在这样循环着,真正为此操碎心的人是她。没想到丈夫背着她,和女网友聊得热火朝天,情意绵绵,这让她怎么受得了?

强忍着心中的万千思绪,周洋收起 QQ 界面,回到自己的位子坐下。事情已经证实,但周洋知道,此事若处理不妥,不但不能拉回丈夫的心,还会把他推得更远。怎么办?周洋陷入了沉思。这对她来说,是个很大的挑战,比新店亏损要严重得多。

林之光把新车开了回来,到办公室,发现电脑的屏幕是黑的,悄悄松了一口气。路上他才想起 QQ 没关,怕周洋万一用他的电脑,云烟发消息过来,那就完蛋了。动一下鼠标,电脑亮了,QQ 很安静。林之光对周洋说,以后你上下班不用挤公交了。

周洋边敲电脑边说,是哦,享老公的福,以后我们星期天都可以带孩子一起出去玩。

林之光说,是的。

正说着,谢大军打电话过来,他说,之光哥,公园路店面和街道要进行全面升级改造,通告贴出来了,月底前店面要腾空,你快过去看下,我刚经过那里看到的。

林之光"啊"了一声,说前不久是在传,没想到是真的。好,我马上过来。

放下电话,林之光对周洋说,公园路要改造,看来我们的第一家店要就此消失,我过去看下。

周洋说,好的,你赶紧去,我要安排时间盘库。

林之光匆匆来到公园路,果然看到了通告,每家店也接到了通知。街上,听到不少抱怨声。本来钱赚得好好的,现在突然来这么一下,这临时搬哪里去?作为他人生创业的起点,他对这家小店有着深厚的感情。店里的营业员都知道要搬迁了,问林之光这店还开不开。林之光说换地方开,你们现在有时间可以先整理打包,把货退到仓库,这样盘库也好省点事。

吩咐完营业员,林之光又从街头到巷尾走了一遍。升级改造后,那就不是现在这个样子了,这也是城市发展规划的需要。他想,下次和云烟聊天,邀请她到明州来走走。聊了这么久,他都不知道对方长啥样,却莫名其妙地产生了爱恋之情,太神奇。再一想,也许就因为没有见过,距离产生美,他爱的只是心目中一个梦想的女子,而云烟刚好成为这个梦想的载体。林之光觉得这样也挺好,既不会影响现实的婚姻,又可以在精神上得到某种满足,一举两得。他根本不知道周洋已知晓自己的秘密,而周洋按捺住内心的狂澜,在不动声色中开始拯救婚姻的行动。

周洋一向不爱打扮,穿着朴素、老成,素颜朝天,使她看起来比实际年龄要大。当她意识到婚姻不是保险柜,明白平时还是要注意形象,更需要用心经营,就立马去换了个发型,换上新买的衣服,出现在林之光面前。

怎么样,好看吗?周洋微笑着问。

真是人靠衣装马靠鞍,我怎么感觉像换了个老婆?林之光调侃道。

你们男人好像对换老婆比较有兴趣哦!周洋意味深长地看了林

之光一眼说。

谁说的,机器还是原配的好,老婆也一样。林之光做贼心虚,总觉得周洋话里有话。

周洋就没有再说下去,她怕多讲会控制不住情绪,就转移话题说,今天晚上公园路店盘库,估计要到半夜,你差不多时候来接我一下。

林之光说,好的,晚上我在办公室加会班,就过去给你们帮忙。

周洋马上想到林之光在办公室根本不是加班,而是和云烟聊天,心一阵绞痛,脸上微笑着说,好。林之光晚上待在办公室,确实是想和云烟聊天,这几天比较忙,他都没有好好和她说上几句话,心里很惦记。

由于要盘库,两个人就没回家,而是吃点快餐,然后周洋去了公园路。林之光见周洋离开,迫不及待地上 QQ 去找云烟。

云烟好像就在网上等他似的,一见林之光发消息过来,秒回。很关心地问他这几天在忙什么,要注意身体,别太累。一番温柔体贴的话,说得林之光心暖暖的,他就开始絮絮叨叨地说了公园路的店要关掉,还得找新的店面。书友会的筹备工作搞得差不多了,注册也已完成,接下去就要搞第一次活动。又说他虽然没时间跟她聊天,但心里是惦记着的。

云烟说她也一样,不管做什么事,总会走神,会突然想到他,不知道他在做什么,好不好。

林之光邀请云烟来明州,他买了车,到时候可以带她去玩。云烟说,你老婆不会同意的。林之光说,不让她知道就行了。云烟说,到时候你见了我会失望的。林之光说不会,他说你长什么样已不再重要,我喜欢的是你这个人,当然,你如果现在发一张照片给我,我会很开心。云烟说还是保持神秘感的好。林之光在跟云烟聊天的时候，他好像变成了另一个人，那个叫"光"的男人是自由的，他不是谁的丈夫，身上没有婚姻的枷锁，他想喜欢谁就能喜欢谁。

和云烟聊天常常让林之光忘记时间，不知不觉，快十点了，林之光才猛然想起要去公园路，慌忙对云烟道声再见，就关了电脑，匆匆开车前往。林之光不知道，两个小时前，周洋回来过一次，只是没进办公室，她站在窗外，看林之光在电脑前聊得热火朝天，脸上时不时露出快乐的笑容，又默默转身离去。

林之光到公园路店，盘库还在进行，周洋看到他，就让他一起帮忙，工作一直持续到下半夜两点多才结束。当周洋坐在车里，已是身心俱疲，她想，也许该找时间和林之光好好谈一谈了。因为她怕自己还来不及改变，林之光的心已远离千里之外。看他晚上的情形，已陷得很深，她等不及了。

不过接下去几日，周洋都没有空，公园路店要搬迁，人手少，她就当自己是小工，和营业员一起打包、退货，忙得连喝水的工夫都没有。而林之光也忙着找新的店面，考虑到资金压力，他就想找个面积不超过50平方米的小店面。

等公园路店搬迁完成，新书店开业，已是一个月以后的事了。

又一个夜晚降临，林之光借口加班，在办公室和云烟聊天。两个人约定晚上在网上一个社区的别院举行婚礼。

这个社区的别院很有意思，网友可以在上面进行虚拟注册结婚，也可以离婚，来去自由。页面上会不断出现滚动的消息，诸如祝贺"光"与"云烟"结为夫妇，祝两位永结同心，早生贵子。也有某某与某某友好分手，即日离婚等等。

这个建议是云烟提出来的，开始林之光有顾虑。云烟说没有关系，这只是网络世界里的一个游戏，她让林之光去别院看，说很有趣。林之光去看了几次，感觉很新奇。明明是虚拟的，却像真的一样，于是就同意了。

正当"光"和"云烟"在社区别院举行隆重的婚礼，收到别院里网友们大量的祝福时，周洋悄悄走进办公室，她已在窗外站了很久，通过玻璃的反光，看到电脑屏幕上的内容。林之光太投入，他所有的注意力都在电脑上，办公室的门是虚掩的，周洋穿的是一双平跟鞋，走路没声音，等他抬起头，猛看到周洋，吓得弹跳起来，一看屏幕上喜庆的样子，慌得赶紧去关网页。周洋按住了他的手，似笑非笑地说，别急，婚礼还没有结束，新郎怎么可以溜呢？

林之光的头"嗡"一声，他知道这下要吃不了兜着走了，顿时没有了主张。别院里，主持婚礼的司仪在叫"光"，让他与新娘交换戒指。周洋一把推开林之光，自己坐在椅子上，以"光"的名义，打出一行字：婚礼取消，我老婆来了。

说完，毫不犹豫地退出，关了电脑。

周洋静静地看着林之光，她的嘴唇在颤抖，胸中那股郁积的怒火似即将喷发的火山在呼啸，她拼命压制，不想失了自己的体面，最后冷冷地对林之光说，给你两个选择：一个是离婚；另一个是与那个女网友一刀两断，从此再也不许有任何联系。你自己考虑清楚，三天后给我答复。

说完，周洋转身离开，重重地关上了办公室的门。

林之光跌坐在椅子上，大脑一片空白。离婚，他从来没想过，和云烟最多算婚姻外的情感调剂。他没想到会被周洋发现，平时他也够小心的，晚上实在是太得意忘形。如果非要选择，他只能选择与云烟一刀两断，他不可能为了一个还没有见过面的女网友把现实中的家庭给解体。即使他想离婚,父母也绝不会同意,更何况还有孩子。只是这一次,周洋恐怕不会轻易原谅自己,而婚姻一旦有了裂缝,这心里就会有阴影,再也回不到原来的样子。

想到这里,林之光后悔了,他站起来关了灯,急忙回家去。他不要三天再给答案,晚上就给。

回到家里,卧室的门反锁着,林之光知道周洋肯定没有睡,他站在门外说,对不起,周洋,我错了,请你原谅。给我一次改正的机会,我保证以后绝不再犯同样的错误。

卧室里静悄悄的,林之光见周洋不理他,只好悻悻地到客房去睡。躺在床上,烙了一夜的饼子。他清楚,如果没有了周洋,他一个人是没办法管好这一大摊事的。到时候他失去的不只是家庭,还有事业。这么一细想,为了一个未曾谋面的女网友,付出这么大的代价,实在太不值。第二天早上,林之光早早起来做早餐,平时都是周洋做的。认认真真想了一晚,他就发现周洋种种的好,怪自己平时太习以为常。周洋起来后,没有吃林之光做的饭,而是直接走了。这让林之光很沮丧,他知道周洋不是一个软弱的人,她很独立,离开他,照样可以生活得很好,可他却不行。无论是生活上,还是事业上,他在不知不觉中,已对她生出很深的依赖。

到公司上班,外人一点也看不出周洋的情绪有什么变化,跟林之光说事情也跟平常无异,可晚上回到家里,关上门,她的脸就冷了下来。林之光只好再三道歉、保证,当着周洋的面,把云烟的QQ号给删除了,也把那个别院的账号给删了。

如果你还背着我去跟她联系怎么说?周洋严肃地问。

那我就净身出户。林之光说得很干脆。

好,这是你说的,林之光,这次我可以原谅你,但我希望自己留住的不只是你的人,还有你的心。如果你的心不在我这里,那对不起,请你离开,我不要一个没有心的丈夫。周洋的声音里有那么一丝冷,她不再是以前那个被动的她了,她有自己的主见。

我明白,不会再犯了。林之光低声下气地说。

出于大局考虑,周洋接受了林之光的道歉,表面上,夫妻俩重归于好,但心里的坎一下子还过不了。周洋也清楚,用强制的方式快刀斩乱麻,形式上是清除了危险,可脑子里的东西不是那么容易说没就没的,这需要时间。

周洋给谢大军打了个电话,简单说了下事情的处理结果,感谢他的及时提醒。谢大军说应该的,之光哥也是一时糊涂,网络这东西太厉害,很容易让人上瘾。周洋说是的,那是另一个花花世界。

林之光虽然把云烟的 QQ 号删除了,可说实在话,他一下子真的忘不了她。越是得不到的东西越好,人的心理就是这样。很多次他一个人在办公室时,就会出现短暂的神思游离。他想找个机会向沈默倾诉,不然憋在心里,他真怕憋出病来。

沈默很忙,他正在暗查一起环保事件。

有群众给报社打来热线电话,说有企业晚上偷排污水到堇江,希望报社能派记者过去调查。沈默和举报人取得联系,马上赶了过去。举报人是个 50 多岁的男人,姓李,一脸的风霜。他说大白天这江面什么也看不出来,污水都是深更半夜排的,特别是下雨天,那是排污的好时机,现在关键点是找不到排污口,没有证据,但他确定有偷排污现象。沈默决定和老李一起晚上"蹲守",看能不能找到证据。

深秋的夜晚,已有寒意,老李把沈默带到堇江其中的一段区域,这里远离城区,地点比较偏,偷排污不容易被人发现。老李说,据他观察,排污口百分之八十在这个区域范围内。两个人拿着强光手电筒,带着pH试纸等物,一脚高一脚低地沿着江岸走,时不时蹲下身来,侧耳细听。

来之前,沈默已了解过堇江边有哪些厂家,其中有一家造纸厂嫌疑最大,可这种事若没证据,向环保部门举报是没有用的。

沈默问老李为什么要管这事。老李说,我从小就生活在堇江边上,对这条江有很深的感情,经常在江边钓鱼,看到水不干净,心里特别难受,所以想找找是哪家企业干的好事。又怕一个人即使找到了也没用,所以才给报社打了电话。

堇江是明州的母亲河,人人都要爱护,现在有些企业为了经济利益,不择手段,实在太可恶了。沈默深有感触地说。自当上记者,他接触了很多社会阴暗面,让他郁闷的是,很多报道被中途拦截,无法面世。

不知是不是被人发现了行踪,这个夜晚,风平浪静,两个人守到下半夜三点,还是没有发现偷排现象,只有撤离。

老李很抱歉地对沈默说,沈记者,对不起,这样好了,我晚上反正也没事,有空就来转转,一发现情况,马上给你打电话,你再过来,不然太耽搁你时间。

沈默说,你一个人要注意安全,这几天如果天下雨,我过来,我估计他们肯定不会放过下雨天排污的好机会。

老李说,是的,下雨天排污可能性最大。

沈默一身疲惫回到家里,赶紧冲个澡去睡觉。早上,阮晓晓起来,很仔细地检查了沈默丢在卫生间里的衣服,看到裤脚上有泥灰,再看鞋子上也全是,相信沈默真的是去工作了,就默默把脏衣服丢进洗衣机里,按下了开关。结婚几年,她和他真的成了相敬如宾的典范,不吵也不闹,见面客客气气的。她也知道这样的婚姻不正常,可她就是不愿放手，因为她爱他，爱得很疯狂，爱得容不得有一<u>丝丝</u>的间隙。阮晓晓坚持自己爱一个人没有错，所以这辈子除非死，不然她是不会和沈默离婚的。

这起偷排污水事件，在沈默和老李跟踪了将近一个月后，终于找到了确凿的证据，提交给环保部门，让那家偷排污水的企业受到应有的惩罚。只是让沈默没想到的是，事后，他接到了威胁电话，让他小心点。这更坚定了他成为一名优秀记者的决心。

接到林之光的电话，沈默正准备出门，当记者的一个好处就是不用每天去单位打卡。两个人约定在一家茶室见面。

这是沈默第一次看到林之光在感情上也有非常感性的一面，这段来自虚拟网络的爱情抽离了林之光不少精气神。在多年的好友面前，林之光无所顾忌，也丝毫不隐瞒，详细说了他的网恋经过。

说完，林之光把杯中茶一口气喝完，然后长长地舒了一口气说，行了，这下轻松了。说真的，我觉得特别对不起云烟，你想想，当时我们正在别院举行婚礼，突然被周洋给硬生生打断了。我删除她的QQ，也没个说明，现在有陌生人加我为好友，我也不敢通过。为了表忠心，我主动交出了QQ密码，只要周洋愿意，她随时可以登录我的QQ账号，进行查看。不过周洋说了，她不会再来查，说这事管是管不住的，要靠自觉。这点，我还是很服她，大气。

沈默连声说了几个想不到，他说，之光，真看不出你会去网恋，你让我太意外了。感情的事，我不好发表意见，因为我也是个失败者。我虽跟周洋接触不多，但说实在话，她对你的重要性还真不是一般女人可以替代的。你所欠缺的，刚好是她所长的，你们两个是互补型夫妻。

林之光沮丧地说，我发现了，她离开我照样可以活得很好，可我如果离开她,将会一败涂地。我也不知道为什么会爱上一个网上虚拟的女人,不知年龄、长相、职业,是不是很可笑?

沈默说,不可笑,因为你和周洋的感情是理性多于感性的选择,而那个云烟就因为神秘,所以才这么吸引你。你这个人我还是了解的,读的是理科,骨子里还是文艺青年。云烟激发了你身上潜藏的浪漫细胞,才这样让你念念不忘。

林之光说,也许吧,总觉得那个云烟不是陌生人,似乎我们很久以前就认识,真有这种感觉。沈默,你有过精神出轨吗?

沈默一脸忧伤地说,我已经失去了爱的能力。

两个男人陷入了沉默。

沈默和林之光分手时,说了一句,你还是收收心,周洋值得你爱她。林之光说我明白。

29

* * * *

正当林之光和周洋把全部精力投入到公司发展上，谋篇布局，分店遍地，业务蒸蒸日上之际，一个突如其来的打击，差点让公司折翼沉船。

由于当时是超市的鼎盛时期，左岸之光图书有限公司作为多家超市和便利店的供货商，同时又是很多杂志的批发代理商，在批发市场从事批发业务。按政策，批发的执照只能由文化部门下属的国有企业拥有，民营书店是无权得到的，于是林之光就去租赁了一个。问题就出在那个执照上。这个批发执照由拥有者转让给某一方有背景的人，然后他们又租给了林之光，改行去做别的生意，造成了执照被废。从理论上讲，左岸之光图书有限公司在市场上的批发业务变成了无照经营，而林之光不清楚这其中的细节，依然按合同每年向出租方交纳费用。因期刊代理通常是没有进项增值税的，无法抵扣，所以营业额看起来非常高，引起了税务部门的关注。

有一天，林之光和周洋正在各自忙碌，税务部门的稽查人员突然闯入了公司办公区，呼啦啦地摆出吓人的阵势，说要检查电脑。

林之光对公司的设备很舍得投入，左岸之光书店的销售系统在当时属于比较先进的，数据都是通过网页查看。稽查人员查了半天，也没有发现问题,准备打道回府。

这时,有一个稽查人员突然想到了什么,他很有耐心地在出纳的电脑上查看 Excel 表格,希望能看到一些东西,结果就看到了每家分店,包括批发部的销售额。虽然,左岸之光书店自开店以来,一直是实打实交税,但由于批发部的特殊原因,销售额没有抵扣进项,被视为偷税漏税,一张罚单开下来,上面写着一个巨额的数字,42万元。要知道,这可是在2002年,42万元可以买一套地理位置优越,120平方米左右的新房子了。

这张罚单,对林之光夫妇来说,无疑是个沉重的打击,对正在快速扩张的公司来说,更是一个非常严重的影响。东拼西凑交了罚款,夫妻俩在办公室枯坐半天,心情抑郁。辛辛苦苦这么多年,一夜回到解放前。周洋苦笑道,也不知道在为谁忙,做梦一样。林之光只好安慰妻子,就当开店亏掉了,我们重新再来。周洋叹了一口气,没有再说什么。被罚款的事,林之光和周洋没有跟双方的父母讲,怕老人们担心。

年底,在广东打工的张勇回来了,他带回来一个消息,说广东那边出现了一种很可怕的病,具体不清楚,官方还没有报道。

林之光也没有往心里去,就问张勇这次回来还要不要去。张勇说不去了,准备回来创业。问他做什么,张勇说看看,做点小生意。

说起这几年经历,张勇说一言难尽,不过总的说来有收获。

林之光见张勇几年不见,变化很大,脖子上挂条很粗的金项链,手腕上是明晃晃的手表,烫个爆炸头,像个暴发户,也不知道他经历了什么。

阿哥,你肯定很奇怪为什么这么多年我都没有回家吧。张勇抬起头,对林之光说,开始两年,是我自己不想回来,总想着发财,挣大钱。可事实上哪有这么容易？在工厂里打工，累死累活一年又能挣多少？后来，我从工厂出来，到一家卖家电的店当店员。那个老板见我挺活络的，做事也认真，对我慢慢信任起来，成了他的跟班。我跟着他去了番禺，那是中国最大的走私市场。前几年，市面上像索尼随身听、松下电视机这类东西都是从潮汕地区进的货，还有劳力士手表、登喜路笔、LV等各种引领潮流的奢侈品，全是走私进来的。我算是开了眼界，跟着老板吃香喝辣，日子比在工厂里好万倍。

说到这里，张勇突然停住，过了好一阵，才慢慢开口道，可惜我那个老板后来出了事，有人设套，他掉进去了。我就不想待在那里，所以回来了。我妈让我在这里找个事做，然后找个对象结婚，不要再出去。

林之光说，那你愿不愿意到我公司来？

张勇摇了摇头说，阿哥，我还是想自己创业试试。你就是我最好的榜样，从一家小书店到现在这规模，也就十年时间。

林之光说，好的，经历就是财富，去做你自己喜欢做的事。

张勇点点头，说，我会好好想一想。阿哥，没想到周洋真成了我嫂子，你们女儿都这么大了，过两天去你家看看她们。

林之光说，随时欢迎。

回到家里，林之光跟周洋说了张勇的事，想起那年春节他满怀信心奔向广东，好像还在昨天。周洋说，时间过得真快，张勇出去过一趟，人肯定会成熟许多。她想到了哥哥周松，在外面打拼，看他发来的邮件，已从理想主义回归到现实主义，踏踏实实工作，挺好的。

让林之光和周洋没有想到的是，春节过后，一场简称"非典"的疫情在北京爆发，之后大面积流行。接下去三个月时间，全国很多地方都陷入一种巨大的恐慌当中。由于某些信息渠道不畅通，造成谣言满天飞。超市里食盐、米醋被抢购一空，同时断档的还有口罩和板蓝根。有些人趁机哄抬物价，高价倒卖这些东西。特别是板蓝根，被说成预防非典的神药，价格翻了N倍，有钱还买不到。商场、电影院、舞厅、饭店，包括书店等各种公共场所，非特殊情况，能不去就坚决不去。医院专门开辟了发烧门诊，一旦发现有发烧病人就诊，马上隔离。如果一幢楼发现一位疑似非典病人，那这幢楼的人都要被隔离起来，无法进出，吃的东西专门由政府派人送过来。

左岸之光书店遇到了开店以来最严峻的考验，店门还得开着，可没有人来。这么多家店的租金，这么多营业员的工资，还有各种开支，钱像流水一样哗哗流出去，却没有进账。周洋盯着日报表上少得可怜的营业额，焦虑得牙龈红肿，嘴角溃烂。她对林之光说，这样下去，我们要全军覆没，又要回到一无所有的起点。

林之光也急，一边关注着非典的相关新闻，特别是本市新闻，看看有没有发现新的疑似病人，一边想对策。他对周洋说，先看看，能熬还是要熬，实在不行，只能关店。

一个月过去了，疫情还没有好转，明州也出现了非典病人和疑似非典病人，气氛变得空前紧张。这时，相关部门针对商家出台了短时间减房租、免税、免三金等优惠政策，以缓解商家的压力。这政策让林之光和周洋稍微松口气，但并非所有的店都能减房租，他们也就一家店享受了此政策，因为房东不同，部门也不一样。

两个月过去，熬不住的商家都关门或暂停营业。谢大军的书店采用了暂停营业的方式，他想带着老婆、孩子回乡下去，那边空气好，吃的又是绿色食品。可林夕儿不同意，说万一在乡下染上了病，等送到医院就要挂了，还是在城里安全。谢大军没办法，只好在家陪着。戴着口罩去买菜，房间里被林夕儿用醋熏得一股浓酸味，非常难受。

随着天气渐渐转热,再加上政府的高度重视,疫情得到了控制。大家紧绷的神经也放松下来,生活和工作秩序渐渐恢复正常。只是对林之光来说,又一次损失惨重。由于见识了非典的厉害,周洋对经济上的损失也想开了,她说,只要一家人平平安安在一起,生意亏了再赚回来就好。林之光连连点头,表示同感。

谢大军回了一趟谢家村,结果从父母那里得到一个意外的消息,董亚芳带着儿子回娘家住了三个月,说是躲非典,刚又走了。

张娟说,听说她离婚又结婚了,不然一个人带个孩子过也辛苦。言语间带着几分同情。谢大军的心剧烈地跳动起来,他尽量控制自己的情绪,装作漫不经心的样子问,你碰到了?

张娟说,碰到了,那男孩长得挺可爱的,我看跟你小时候很像。唉,如果她不是嫁给别人,我还以为那是我谢家的孙子。

谢大军差点就要脱口而出,那就是你孙子,又生生忍住。说出这个秘密,必定会掀起一场轩然大波,而现在的他根本没有能力去解决这个问题。在他还没有想好之前,他只能把一切都闷在肚里。不过知道董亚芳带着孩子回过娘家,他放心了,至少知道一切平安。

回到明州,谢大军跟林之光说了董亚芳带着孩子回村的事。林之光很理解谢大军的心情,如果换作他,知道有个亲生儿子既不知所终,又不能认,那感觉肯定和谢大军一样难受。林之光的心情也很不好,左岸之光书店接连两次元气大伤,需要好好休养生息。

林之光从谢大军那里回来,走进办公室,惊讶地看到一张熟悉又有点陌生的面孔。

卓慧?你什么时候回来的?林之光一脸诧异地问。他迅速打量着她,皮肤比过去黑了些,不过看起来很健康,穿着一套民族风服装,留着长发,很漂亮。

她刚回来,就来看我们。周洋笑着说。看到卓慧,周洋很高兴,特别是听说她仍想回左岸之光书店来工作,一口答应。

卓慧朝林之光微微一笑说,林经理,你仍是老样子。

林之光摸着自己的脸说,老了好多,这几年太操心。

卓慧"嗯"了一声,说我听周经理讲了,你们真不简单。

林之光关心地问,你这几年去哪里了?也不跟我们联系。周洋好多次提到你,怕你会不会出意外。这次回来有什么打算吗?

卓慧平静地说,四处流浪,走过很多地方,我还去了西藏,在拉萨逗留了一段时间。

说到这里,卓慧稍做沉默,又接着说,那个地方改变了我很多想法,特别是那些长年累月磕长头的人,对我的震撼极大,我发现人活着还是要有信仰。有了信仰,不管你遇到什么,都不会觉得虚无。

一听到拉萨这两个字,林之光心忽然一紧,他不由自主地想起了云烟。自从他把她从 QQ 好友里删除后,就再也没有任何联系,不知道她现在过得怎样。

周洋好像对拉萨这两个字没什么反应,问卓慧什么时候去的西藏。

我第一站就是西藏,坐飞机进去的,开始几天,高原反应厉害,还以为自己就要死在那里,后来有点适应。在那里待了一个月,离开了,又去了很多地方。卓慧说起那些经历,像在说别人的事,非常平静。

听了卓慧的回答,林之光和周洋几乎同时否定了云烟是卓慧的奇怪联想。

周洋对林之光说,卓慧想重回书店工作。林之光向卓慧表示了欢迎。

谢谢林经理和周经理,你们对我太好了,我会努力工作。卓慧感激地说,她的眼中有隐约的泪水,似有千言万语在其中。

接着,卓慧提了一个请求,她说,周经理,我想去罗家看看罗健的父母和孩子,你能陪我一起去吗?我一个人实在没有勇气,也怕他们根本不让我进门。

周洋马上说,好,我陪你去。

林之光提醒道,卓慧,不管罗健父母怎么骂你,你一定要忍着,老人的心情可以理解。

卓慧说,我明白,我是去赔礼道歉的。不管怎么说,罗健的死我要负一部分责任。

周洋说,卓慧,你比过去成熟了。

卓慧叹了一口气说,再不成熟,我也白活了。

两个人来到罗家楼下,卓慧抬头朝五楼望去,那里晒着几件女孩的衣服,眼眶不禁湿润。上楼,卓慧的脚步有点沉重,她已做好被罗健父母打出来的思想准备。五楼到了,卓慧举起手,轻轻敲了敲门。里面传来罗周正的声音,问谁啊。周洋在门外叫了一声罗伯伯。罗周正听声音很陌生,疑惑地打开了门,看到两个手提着礼物的女人,再一看,其中一个居然是卓慧,一下子愣在那里。

罗伯伯,您能让我们进去坐一会吗?周洋诚恳地说。

爸。卓慧颤抖着嘴唇喊了一声罗周正,眼泪就流下来了,她发现几年不见,公公苍老了许多。

罗周正这才醒悟过来,他站在门口,语气冷淡地说,你们走吧,这里不欢迎你们。

罗伯伯,卓慧是诚心诚意来向你们道歉的。再说,她毕竟是安安的亲生母亲。她知道自己错了,现在回来就是想挑起抚养安安的重任,你们这些年太辛苦,她很抱歉。周洋一脸真诚地把卓慧心里想说的话都说了出来。

罗周正的脸色稍微有点缓和,他一向对卓慧不错,即使儿子意外去世,他也没有像吴领娣那样恨她。说到孙女,罗周正终于转过身,让周洋和卓慧进来。

爸,妈呢?安安还没有放学吧,对不起,我太不负责任,让你们受苦了。卓慧哽咽着声音说。

罗周正在椅子上坐下,半天才说,卓慧,罗家待你不薄,你却让我们家破人亡。

我知道错了,爸,对不起。卓慧走到罗周正面前,深深地鞠了一躬说,我不敢奢望你们能原谅我,我只希望以后让我对安安尽一点母亲的责任,代替罗健向你们尽一点孝道。

罗周正想起乖巧、懂事的孙女不由泪目,他说,卓慧你太狠心,安安太可怜,从小没了爹娘。

卓慧深深地低下了头,对女儿,她的内心充满了永远的愧疚。

罗伯伯,你们都是好人,过去的事就让它过去吧,我们还是要向前看。冤家宜解不宜结,安安需要母亲,这样对她的健康成长也有利。周洋见罗周正是一个通情达理的人,想着如果卓慧的婆婆也这么好说话就好了。

正这么想着,忽听到有上楼的脚步声,一个清脆的童音在说话,奶奶,今天考试我又得了100分。

真乖,我们安安最聪明了。吴领娣的声音传来。

卓慧和周洋同时站起来,周洋看到卓慧激动又惶恐地站在那里,而罗周正忽然意识到大事不好,他忘了时间,这个点,是妻子接安安放学回家的时间,而妻子是绝对不会原谅卓慧的。

来不及了。

吴领娣和安安一进家门,见屋里多了两个陌生女人,一脸惊疑。吴领娣再定睛一看,是卓慧,马上把书包一扔,情绪大变,大叫着扑过去就要打卓慧,被周洋一把拦住。

吴阿姨,吴阿姨,请您别激动,别吓着孩子。周洋轻声说。

卓慧已蹲下身,抱住了女儿,痛哭着说,安安,妈妈对不起你,今天才来看你。

安安被这突如其来的拥抱给吓着了。妈妈?一个多么陌生又遥远的称呼。当她意识到真的是母亲回来了,忍不住哭了起来,说妈妈怎么不要安安了?听得卓慧肝肠寸断。

吴领娣仍想破口大骂,罗周正站起来说,领娣,别当着孩子的面。

听到丈夫这么说,吴领娣硬生生把气憋住,狠狠地拉过安安说,你去屋里做作业,她不是你妈,你妈早死了,别理她,她是个坏女人。

这时,周洋开口了,她说,吴阿姨,不管你们对卓慧有多恨,但她是安安的亲生母亲这点不能否认。

吴领娣把怒火撒在周洋身上,说你是什么人?关你屁事?

安安突然开口道,奶奶,老师说过不可以说脏话。

吴领娣语塞,没好气地说,叫你进屋就进屋,哪来这么多废话!

安安委屈得噘起了嘴巴,眼泪汪汪地叫了一声,爷爷,奶奶骂我。

罗周正马上过来护着孙女说,吓孩子干吗?真是的。

卓慧擦干眼泪,朝吴领娣深深鞠躬,说对不起,妈,我错了!安安让你们费心了。我回来了,以后让我为安安尽尽当母亲的责任。

我不是你妈,你假惺惺的少来,你以为我还会相信你?滚,滚出去,永远都不要出现在我们面前。吴领娣咬牙切齿地说着,拿起拖把,赶卓慧和周洋。

周洋一看阵势不对,就对卓慧说,今天先这样,改天再来。

卓慧低着头又对罗周正和吴领娣说了一句对不起。又对安安说,宝贝,妈妈会来看你的。

两个人前脚刚出门,吴领娣又把她们带来的东西扔了出来,"啪"地关上了铁门。屋里传来吴领娣骂罗周正的声音,为什么让她们进屋?你有病啊!

周洋和卓慧也没捡东西,两个人心情沉重地下楼离开。怕卓慧难过,周洋安慰她,说今天还是有收获,至少罗健的父亲对你的态度还是可以的,你也见到了安安。你就多来几次,拿出你的诚意,我想罗家人看在安安份上,会原谅你的。

卓慧神思恍惚,她的脑海里浮现自己离开明州前,最后一次在幼儿园教室的窗外见到女儿的情景,那个孤独坐在角落里的小姑娘,眼泪又情不自禁地流下来。听周洋在说,好一阵才反应过来说,是,真没想到安安长这么高了,转眼她都读小学了。

周洋说,安安长得很漂亮,皮肤不像你,很白,你就好好努力,为了她,受点委屈也是应该的。

卓慧抹了一把眼泪说,我明白,周经理,我会用实际行动去求得罗健父母和孩子的原谅。

周洋问卓慧住哪里,卓慧说,我暂时住在小旅馆,明天就去租房子,等安顿好来上班。周洋点头,说你也不用急,安排好了再来公司报到。卓慧说好。

回到家里,周洋跟林之光讲了下午去罗家的情况,特别提到安安,说小姑娘又可爱又聪明。林之光说,有这个结果算很好了,我还担心你们会被打出来,接下去的事情就让卓慧自己去处理。

周洋点头,又说到卓慧回公司来上班,现在没有合适的位置。林之光表示他从来都不管人事,周洋觉得怎么合适就怎么安排。

卓慧租好房子,稍做安顿,重新回到左岸之光书店上班。周洋把她安排到仓库,让她先熟悉情况。现在跟几年前还是有很大的区别,店多,书的品种更多,仓库一直人手不够。卓慧没有意见,她说会好好工作,以报答周洋和林之光在她困难时给予的帮助。

后来,卓慧又去了几次罗家,吴领娣都不让她进门,见一次骂一次。卓慧又去学校等安安,可每次不是罗周正就是吴领娣同行,她只能就这样看一眼。安安看到妈妈的神情是复杂的。父母一夜间离开了她,再加上奶奶一直在她耳边说妈妈是坏女人,一会又说她妈妈下了地狱,爸爸去了天堂,搞得她小小年纪心里装的全是事。

终于有一天,当卓慧再次在学校门口等安安,罗周正带着安安走到她面前,对孩子说,安安,去跟你妈妈打声招呼。

安安紧紧拉着爷爷的手,一双大眼睛盯着卓慧,小嘴巴紧紧抿着。卓慧蹲下身,抚摸着女儿可爱的小脸,眼泪又出来了。她说,安安,对不起。说完,把女儿紧紧搂在怀里,泪流满面。罗周正看到卓慧这个样子,也很难过,他已在心里原谅了她,就是妻子还不肯,他也没有办法。

卓慧突然感到有一双柔软的小手在抹她脸上的泪水,她的泪水流得更厉害了,亲吻着女儿的小脸说,对不起,安安,妈妈对不起你。

罗周正轻叹一口气说,好了,我们要回去了。

卓慧再次抱了抱女儿,站起来,朝罗周正说,谢谢你,爸!

罗周正带着安安朝家里走去,已走了好几步路的安安忽然转过身,朝卓慧挥了挥手说,妈妈,再见!

　　卓慧一听安安喊她妈妈,傻了,呆呆站在那里,半天才回过神来,朝着爷孙俩远远的背影,激动地喊道,安安,再见!

30

* * * *

淘宝的兴起,对实体店的影响是渐进式的。作为新生事物,民众都有个了解与接受的过程。网上购物,看起来虚无缥缈,遇到质量问题更麻烦,所以民众还是习惯去实体店购物。再加上物流还没有起来,运费高,没什么优势。林之光对网络一直有关注,但对于网络今后会有怎样的发展,并不十分清楚。让林之光欣慰的是,左岸之光旗舰店已渐渐成为明州的文化地标之一,书友会活动非典期间停止了一段时间,后来又恢复,不定期举行。

林之光又想去S市开书店,这次是商家主动邀请。有一家全国大型连锁超市前两年入驻明州,左岸之光书店在超市里开了一家店中店,生意很不错,双方合作也很愉快。现在那家超市要进入S市,所以想请左岸之光书店也跟着去,作为超市的一大亮点。林之光和周洋商量后,同意了。

派谁去?林之光马上想到了卓慧,没有比她更合适的人了。周洋就请卓慧到办公室来一趟,想听听她的意见。卓慧一口答应。她现在和罗家的关系已有很大的缓和,虽然吴领娣坚决不许她踏进罗家半步,但对她在学校门口看孩子,和安安说几句话,算是默许了。更多时候,吴领娣让罗周正去接送孩子,免得碰到卓慧心情不好。

周洋见卓慧很干脆答应,就对她说,这么一来,你至少得好几个月不在这里,安安不能见到你。你得跟孩子说下,免得小姑娘以为妈妈又不要她了。

卓慧点点头说,好的,我会跟孩子说。

林之光让卓慧安排一下,三天后一起去S市与那边的超市负责人对接,签订租赁合同,接着就要进场装修、办执照、招员工,还有租房子等一系列事情。卓慧说,我会安排好。

谢大军听说林之光要去S市开书店,心里又起了波澜,他想到了董亚芳和孩子,就对林之光说,之光哥,假如这次又碰到她,你问下情况,看她愿不愿意说。

林之光拍拍谢大军的肩膀说,兄弟,这个你不吩咐我也有数,就是不知道还能不能碰到,看运气了。

谢大军说是,碰碰运气。

卓慧收拾好行李,给安安买了几套衣服,然后去学校门口等安安放学。罗周正来了,卓慧上前跟他打了一声招呼,然后把自己要去S市工作一段时间的事跟他说了下,又把衣服袋子和一只鼓鼓的信封交给罗周正。

爸,你们为了安安付出太多,太辛苦,这点钱给你们二老买点滋补品,请您别嫌弃。卓慧真诚地说。

罗周正拿了衣服,钱不要,说我们有。

卓慧把信封塞进衣服袋子说,这是我的一点小心意,对你们和安安,我欠了太多,以后我会慢慢还的。罗周正叹了一口气,不再说什么。安安背着书包出来了,看到罗周正和卓慧,大声叫着爷爷、妈妈跑过来。

卓慧弯下腰一把抱住女儿,在她小脸上亲了又亲,她站起来对罗周正说,爸,我可不可以带安安吃晚饭?吃好饭我就把她送回来,因为明天一早我要出差。

安安仰起小脸问罗周正,爷爷,可以吗?

罗周正看着孙女可怜巴巴的样子,很是心酸,犹豫了一下点头说,好吧,早点送回来,安安还要做作业。

卓慧感激地说,我知道,爸,吃好饭我就送过来。

安安很开心地跳了起来。罗周正看着孙女一蹦一跳拉着卓慧的手向前走去,心里有许多的感触。

回到家里,吴领娣见罗周正没有把安安接回来,脸色一变,厉声问,是不是让那个女人带走了?

罗周正把衣服袋子放在椅子上,掏出那只装钱的信封说,就去吃餐饭,吃好会送过来的。卓慧明天就要被公司派到S市去工作,她想跟孩子吃餐饭,再说安安也想,我就答应了。这是她给安安买的衣服,这钱说是给我们的一点小心意。

吴领娣阴沉着脸说,谁要她的东西,扔了!

罗周正不悦地说,好了,你也别较劲,都是为了孩子。不管怎样,我们有安安这么一个聪明乖巧的孙女,也该知足。安安在慢慢长大,你也不要整天在她面前说她妈妈不好,如果孩子心里都是恨,她就不会快乐。再说,小健是意外,我们不能把所有责任怪罪到卓慧头上。

吴领娣站起来,走进罗健的房间,看着墙上儿子的照片,又伤心起来。

卓慧带着安安去了学校附近的一家小饭店,点了好几个安安喜欢吃的菜。她吃得很少,基本上都是看着女儿吃。

好吃吗?卓慧微笑着问,目光里充满了疼爱。

嗯,好吃。安安咬着一块糖醋排骨,开心地说。

安安,妈妈今天给你买了新衣服,交给爷爷了,你回去看喜不喜欢。还有,妈妈明天要去外地出差,可能要好几个月才能回来,暂时不能来看安安,但妈妈会想安安的。等妈妈那边工作结束,会马上过来看你。卓慧边给女儿夹菜边说。

妈妈,什么时候我可以天天跟你在一起?安安突然问。

卓慧克制着自己的情绪,轻声说,安安,这个问题妈妈会跟爷爷、奶奶商量,你放心,妈妈不会再离开你。

安安充满期待地说,妈妈,那你早点跟爷爷、奶奶去说哦!

卓慧伸出手,摸了摸女儿的头说,放心吧,等妈妈出差回来就去说。

安安开心地笑了。

吃好饭,卓慧遵守约定,送安安到罗家。她没有送上楼,让安安自己上去。她站在楼梯口,一直听到楼上铁门打开又关上的声音,才转身离开。

安安回到家里,很兴奋地跟爷爷、奶奶汇报了与妈妈一起吃饭的过程,叽叽喳喳像只快乐的小麻雀。吴领娣和罗周正看着孙女开心的样子,不由陷入了沉思。

卓慧回到出租房,在黑暗中坐了很久,她的下一步计划就是努力挣钱买一套小房子,然后把女儿接过来一起生活。为了这个目标,她一定要好好工作。明天就要和林之光一起出差,一个沉积心底许久的心事又浮了起来,可想到现实,她又垂下了眼帘。有些事还是不要去想,有些人最好不要去惦记,因为那不是你的。

第二天早上,林之光和卓慧在火车站会合,一起前往S市。卓慧坐在靠窗的位置,林之光坐在她旁边,两个人开始都有点拘谨,随着火车开动,慢慢放松下来。

对了,你当时怎么想到去西藏?林之光好奇地问。

卓慧轻轻地说,逃离。

盯着车窗外一闪而过的风景,卓慧陷入了回忆,当年她逃似的离开明州,只想走得越远越好。可去哪里,她很茫然。想起曾经看到过的一本旅游杂志,上面有关于西藏的介绍,那天蓝得让人怀疑不是人间,于是就选择去了拉萨。初到高原,人生地不熟,高原反应,吃的又不习惯,可她忍着,因为只有在那个缺氧的地方,她的大脑才不会想那么多东西。

你知道吗?当我第一次看到那些磕长头的人,满脸的风霜,三步一拜,真的太震撼了。我在大昭寺前面一坐就是一整天,看那些藏民磕头,一直在想到底是种什么样的毅力和精神在支撑着他们?卓慧转过脸对林之光说,那双眼睛里藏着千言万语。

林之光不敢去解读那眼神,低声说,宗教信仰的力量。

有信仰比没信仰好。卓慧总结道。

是的,这点我相信。林之光说。

说到西藏,林之光不免又想起了云烟,他居然没控制住,顺口就对卓慧说,我以前有一个网友就是那边的,可惜后来没有联系了。

是女朋友吧?怎么没有联系了,是不是跟她网恋被周经理发现了?卓慧朝林之光眨了眨眼问。

林之光不好意思地笑了笑说,也没有,就是多聊了几句。平时工作太累,压力太重,网上跟陌生人说几句也是一种放松。

那你喜欢过她吗?卓慧穷追不舍地问。

林之光心想,如果说喜欢过,万一这话传到周洋耳朵里,自己又要吃不了兜着走,于是否认道,那人我都不知道年纪,也不知道她长什么样,搞不好还是男人冒充的,怎么喜欢?也就聊得比较投机,稍微多聊了几次。

哦,这样啊,我听说现在网恋很多的。不知为何,卓慧的声音听起来有些生涩。

不知道,网上的东西五花八门的都有,陷阱也多,还是要小心点。林之光又问卓慧,你有没有网恋过?

卓慧微笑着回答,有。

林之光见卓慧这么坦率,于是说,你是可以去网恋,反正单身,说不定还真能找到一个如意郎君。

卓慧勉强笑了笑说,不可能的。

说完,低下了头,想自己的心事。林之光也不敢打扰,他又想起了和云烟的点滴快乐时光,心里充满了惆怅。

S市到了。

下了车,先找了一家小宾馆,开了两个房间,把行李放好,然后出门按计划办事去。

S市的这家大超市位置稍有点偏,不过从今后的发展来看,应该会很快热闹起来。与相关负责人接上头,确定了书店的位置。条件仍然跟明州店一样,不收房租,拿营业额的20%,以扣点抵房租,收银由超市统一收,所以书店只要自己招两个营业员就可以了。其实开这种店,林之光并没有赚到什么钱,因为书的毛利最多也就30%到40%,扣去商场的20%,余下的要付营业员工资加各种运营费用和库存损耗等成本开支。若还有结余,就算利润。若不足,就是亏损。到S市来开店,运营成本比在明州更大,像卓慧这种派过去负责的,除了工资奖金外,还要给她房租和生活补贴,所以林之光对赚钱也没抱太大希望,只要不亏就好。

晚上，林之光请卓慧吃饭。事情办得很顺利，林之光很开心，就要了两瓶啤酒，和卓慧一起喝。

酒是好东西，容易让人打开话匣子。开始，两个人谈的都是工作，谈着谈着，就谈人生和理想去了。

卓慧喝了一口酒说，我的理想就是买一套小房子，把女儿接来一起生活，其他的想法没有了。林之光一瓶啤酒下去，觉得不过瘾，见卓慧的酒量很好，又要了两瓶。听到卓慧的理想后，他说，一定可以实现，现在房价虽然比前几年要高些，但你如果去买套小的二手房，应该没多大问题。

卓慧说，是，我想辛苦两年，应该可以实现这个目标。又问林之光的理想。

林之光捏着酒杯说，我的理想一直没变，就是开书店。

卓慧拿过酒瓶，给林之光的酒杯里添了点酒，然后说，我是很佩服你们的，这么多年，一直在坚持，很不简单。当年，我从乡下到明州，接触的就两个男人，一个是罗健，一个是我公公。出来找的第一份工作就是当书店营业员，第一次遇见像你这样另一种类型的男人，这么优秀。

林之光摇摇头说，我哪优秀了，周洋说我一根筋，只在一棵树上吊死。

卓慧盯着林之光的眼睛说，在我眼里，你最优秀。

这话听得林之光心跳加快了好几个频率，他拿起酒杯掩饰道，来来，喝一杯，接下去的事情都要靠你了，有你在这里，我很放心。

卓慧嫣然一笑说，你不怕我背后搞小动作？

林之光的目光落在卓慧的脸上，语气肯定地说，你不会。

卓慧微微歪着脑袋问，为什么？我又不是你的人。

话刚出口，忽觉不妥，但已收不回来，只好低着头吃菜。林之光本来就喝得有了几分醉意，被卓慧这句话搅得心潮起伏，只好说，我们都是兄弟姐妹。

不知不觉，啤酒喝了一大堆，林之光感觉自己再喝下去要闯祸了，急忙买单走人。卓慧见他脚步有些虚浮，就上前扶住了他。林之光说没事。

两个人回到宾馆，卓慧把林之光送到房间，又马上去烧了一壶开水，给他泡了一杯茶。林之光坐在沙发上闭目养神。

卓慧说，我看你酒有点喝多了，早点休息。

林之光睁开眼睛，拿起茶几上的茶杯，喝了两口水，对卓慧说，谢谢你！

卓慧一笑，她走到房门边，又转过头对林之光说，你真的没有喜欢过那个女网友吗？

林之光吃了一惊，酒意醒了三分，不明白卓慧问此话的意思。

卓慧见林之光这个样子，掩饰道，我只是好奇，很想知道这是个什么样的故事，要么你讲给我听听？

林之光趁着酒兴说，行，讲给你听听，但你不要告诉周洋。

卓慧抿嘴一笑道，这个你放心好了，绝对不会告诉她。

林之光就把屁股朝沙发的另一边挪了挪，拍了拍说，那你过来，我讲给你听。

卓慧就给自己也倒了一杯茶，然后到沙发的另一边坐下，催促道，快讲快讲，我都等不及了。

林之光就把自己和云烟的网上情缘简单说了一遍，最后惆怅地说，现在想想，真的很对不起她，连一句解释的话都没有，直接就把她给删除了，我估计她肯定把我给恨死了。

卓慧一直静静地听着,等林之光讲完,她才开口道,可以理解,你也太不小心,怎么会让周经理发现呢?任何一个女人都受不了的。

林之光辩解道,我又没见过她,也就偶尔有空网上聊几句,周洋大惊小怪。

卓慧摇摇头说,你们男人的思维跟我们女人不一样,你虽然没有见过她,但事实上,你已经精神出轨。

林之光一听精神出轨几个字,就不吭声,过了好一会儿才说,这也算出轨?又没有跟她上床。

卓慧哈哈大笑起来,她说,你不知道出轨分好几种吗?一种是纯肉体出轨,比如找小姐什么的。一种是精神出轨,就是你这样的。还有一种最可怕,就是肉体和精神一起出轨。

林之光拍了一下卓慧的手说,讲得头头是道,好像你经常出轨一样。

卓慧突然没声音了,林之光发现自己说错话,连忙道歉说对不起,自己不是有意的。当卓慧再次抬头,林之光看到她脸上的泪水,一时束手无措,不知道该说什么话妥当。

你能不能让我靠几分钟?卓慧睁着泪眼,突然对林之光说,我真的好累。林之光本来就有六七分醉意,算是借了胆,他又挪了挪身子,伸出手搂住卓慧的肩膀,想起她的人生遭遇,不禁有些唏嘘,轻声说,会越来越好的。

卓慧就这样静静地靠在林之光怀里,什么话也没有说。两个人就这样偎依着,时间停止了流动。

渐渐地,两个人都感觉到自己的心跳得厉害,林之光带着酒味的气息在加重,他的体内有一股压抑不住的热流在奔涌,似乎在寻找着一个突破的缺口。他不由自主地低下头,就在他的嘴唇即将碰到卓慧的红唇时,放在茶几上的手机突然响了起来。林之光一看是周洋来电,吓得赶紧站起来,拿起手机走到卫生间,关上了门。

周洋在电话里问,之光,今天事情办得怎么样了?顺不顺利?

林之光就向她做了个汇报,说挺好的,明天准备去办执照、联系装修公司,计划后天回来,余下的事交给卓慧去办。

周洋说,好的,那你晚上早点休息。

电话挂断,林之光洗了一把冷水脸,彻底清醒。当他走出卫生间,卓慧已离开,回自己的房间去了。林之光不由松了一口气,他想刚才如果没有把持住,恐怕就要一发不可收拾,好险。

卓慧躺在床上想心事,对林之光,从第一眼看到他,她就有好感,只是不敢想太多。离开明州这几年,她经常会在夜深人静之时想起他。这种纯粹的单相思,慢慢演变成一只长着锋利牙齿的小虫,会突然撕咬她的心。所以,她回来了,没有去找别的工作,而是直奔老地方,她看到了他。真的面对面,她又觉得自己思念的也许是另一个没有具体姓名和长相的男人。晚上,借着酒精的力量,她终于靠在了他的怀里,虽然只有短短的几分钟,但对她来说已经很满足了。就这一次吧,以后,她再也不可以对他有任何的想法,不然她实在太对不起周洋。就这样胡思乱想着,也不知道什么时候才迷糊过去。

31

* * * *

S市的左岸之光书店开业了,由卓慧具体负责,另招了两名营业员。

卓慧没有想到,居然在超市里会碰到董亚芳。董亚芳一见卓慧,很慌乱,想躲开,卓慧叫住了她,说亚芳姐,好多年不见,你没怎么变。

董亚芳很尴尬,她说,你们到这里来开书店了?

卓慧说,是的,刚开业。她想问董亚芳情况,又怕太唐突,所以张了张嘴,问了一句,亚芳姐,你在哪里上班?

董亚芳说,我没上班,家庭妇女。

卓慧说,早知道你就到我们店里来工作,我刚招了人。

下次有机会,我还有事,先走了。董亚芳说完,急急忙忙离开。走出超市大门,站了好一会儿,董亚芳剧烈跳动的心才慢慢平静下来。

自从那年她带着孩子和钱离开明州来到这里,先租房住,后来考虑到孩子一直没户口,没法读书,她就嫁给了房东,一个离异的男人。虽然年纪比她大得多,但人很善良,对她儿子也不错,还帮忙解决了户口问题。她再婚后没有生孩子,就这样平平淡淡过着。今天去超市,无意中发现左岸之光书店这几个字,想起明州的那段往事,还以为是同名的,结果看到了卓慧。当年,她视卓慧为榜样,落到现在这个样子,不知道卓慧后来又怎样了。董亚芳心里突然充满了好奇,她迫切想知道卓慧的故事。

第二天,董亚芳又来超市了,这次是主动找卓慧,说请她吃饭,尽地主之谊。卓慧对董亚芳离开明州以后的事一样好奇,想到说话方便,她就带董亚芳去了自己的暂住房。

董亚芳说,卓慧你知不知道,当年我就是被你的选择震惊,想过另一种日子,所以才离开大军,谁知道转来转去,最后一场空。

卓慧给董亚芳倒了一杯水说,这个我还真没想到,我是很明确想改变自己的命运,事实上我也确实改变了,只是——说到这里,卓慧的脸色变得晦暗起来,她说,亚芳姐,我跟你一样,也是一场空,但我并不后悔。

接着,两个人详细说了进城后这些年的遭遇。当然,卓慧告诉董亚芳的是删节过的经历,她说了自己在一个浙江人开的商店当营业员,但没有说她和那个三十多岁、老婆在内地的老板有过一段情人关系。那老板欣赏她的才干,又见她长得漂亮,他需要一个自己人替他打理,于是有一次趁她生病,人最脆弱之际,就把她给睡了。她是个很现实的人,那男人长得不错,对她也好,比起罗健不知要强多少倍,但她清楚自己并不爱他,她只是需要这个男人作临时的依靠。同理,她也清楚那男人的目的,各自利用罢了。后来,那男人的老婆来了,而她心里一直惦记着另一个男人,所以就回来了。

对卓慧的经历,董亚芳听得目瞪口呆,她说,你比我厉害多了,跑这么远去。我是一步错,步步错,你还有翻身的机会。

卓慧说,我现在没有太多的想法,只想好好挣钱,然后和女儿一起生活。

董亚芳点点头说,我也是,儿子是我的全部希望。说到儿子,董亚芳的语气就变得兴奋起来,她说,我儿子非常聪明,读书成绩很好。

卓慧说,孩子是我们的希望。

董亚芳犹豫了一下,忍不住问,大军,他好吗?

卓慧说,挺好的,生了个女儿,不过我听说他和他老婆关系也一般。

董亚芳叹了一口气说,这辈子我最对不起的人就是他,第二个对不起的是我儿子。世无后悔药,也只能这样了。

卓慧说,亚芳姐,既然走到了这一步,我们都不要后悔,好好坏坏都是自己选的。

董亚芳苦笑着,说,你见过世面,就是不一样。

卓慧和董亚芳碰面一事,很快传到了林之光和谢大军的耳朵里。谢大军恨不得立马来S市,被林之光阻止,说你这样是想拆散两个家庭吗?谢大军说只想看看儿子,没其他意思。林之光劝他耐心,既然已知下落,肯定会有机会。谢大军只好忍耐。

这时,林之光接到一个消息,说王青山进去了。这几年,王青山的教辅生意越做越大,挣了很多钱,不知犯了什么事进去的。可惜人家也没说清楚,只知道被一个案子牵连。林之光没有王青山家人的联系方式,也不知道能不能探望,而他又没什么人脉关系,找不到可以帮忙的人,干着急。只好寄希望于王青山的那些朋友,相信总会有人伸出援手去帮他。

市郊,明州市拘留所。

王青山站在院子里,抬头望着天空发呆,进来才发现自由的可贵。现在是放风时间,等会又要去车间劳动。

王青山是一周前听到相关风声,说省里有家书店的负责人进去了,反贪局在布置任务,要查各高等学校。没想到是真的,而且动作迅速。王青山并没有意识到这次行动对自己有什么影响,他跟那家书店是有业务往来,但数量并不大。

那天,王青山刚好在 S 市出差,接到办公室的人打来的电话,说有个学校有笔很大的业务要跟他谈,问他什么时候回来。王青山一听有大业务,很高兴,说自己下午就可以到。

办好事,王青山买好火车票,匆匆赶回公司。一走进办公室,就发现不对劲,里面坐着两个陌生男人。看到他进来,那两人说是反贪局办案组的,要依法对他进行传呼。而在他还没有到之前,他的办公室已被搜查过了,但并没有查出什么有用的东西。

就这样,办案组的人把王青山带到一个非常狭小的房间,屋里的灯特别亮,照在他的头顶,没一会儿汗就冒出来了。

原来,办案组的人掌握了省内一些高校负责人在教材教辅进货过程中有受贿情况,但需要行贿人来证明。王青山是供货商,他就是行贿人之一,找到他,是要让他来证明别人的罪。

接下去的 48 小时对王青山来说,是极其痛苦的煎熬。因为在他的理解里,那并不是行贿,而是当时社会上流行的一套潜规则,叫回扣,给主要经办人一点提成,以示感谢。有的经办人把这笔钱拿出一部分分给了各位老师,也有人比较贪就全部落进自己的腰包。王青山刚进去时,什么也不说,一直紧闭着嘴。可后来实在撑不住,长时间有人轮流审问,一刻不停,对意志力和心理是个极大的挑战。最后没办法,他就尽量少说。他很清楚,这既是保别人,也是自保。最后,认定金额有 100 万元左右,成为污点证人,被刑拘。

送到拘留所,进监牢之前,有狱警过来抽掉了王青山身上的皮带,对他拍了一张照片,让他把鞋子脱掉。他被安排在监牢的最角落处,旁边就是厕所。那是夏天,厕所散发出很难闻的气息,让王青山一阵阵反胃。更让他没有想到的是,里面有狱头,他进去没几分钟,狱警刚走,就有一个满脸横肉的男人走上前,狠狠地打了他一巴掌。王青山没提防,被打晕了,一时没反应过来。

那男人斜着眼睛问他,打你了吗?

王青山捂着脸,气得发抖,说你凭什么打人?

话音还没有落下,第二个巴掌就来了。旁边有人朝王青山暗示,让他好汉不吃眼前亏。

再问,打你了吗?

这次王青山学乖了,连忙说,没打。

那男人就在那里得意地笑。

王青山想既然进来了,只能去面对。他迅速调整好自己的心态,三天内背熟各项监规,每天干的活是装打火机,按时完成规定的产量。另外,做好随时接受提审的思想准备。只是夜深人静之时,想到自己到底会不会被判刑,会判几年,王青山不由绝望起来。他的脑子像放电影一样,反反复复来回倒着带,这些年他表面看起来很风光,可背后的付出别人看不到。

开书店之前,他在工厂上班,每个月挣点死工资。后来辞职创业,见同类型的书店在慢慢多起来,加上认识了教育局的领导,搭上了关系,于是就把目光转向了教铺。

这是一条生财之路,想想有多少学校,多少学生,这块蛋糕实在太大,切一个角就够他吃得饱饱的。可人家只是给他指了一条路,至于怎么走,靠他自己。为了能拉到学校的业务,不管刮风下雨,他都亲自去跑业务。有一次下大雪,到一个学校,人家老师都放假了,校长看到他冒着雪花前来,很感动,说就冲着你这么敬业的态度,我们也要跟你合作。请客、送礼,一次次喝得直吐,可还得忍着。方方面面都要照顾到,谁也不敢得罪,活得多累,可又有谁知道?这些年,他挣了不少钱,除了打点各路神仙,和必要的开支,赚的钱被他用来买了店面和商品房。这次事件一发生,对他来说必定是个重创,严重影响公司的运营与发展。幸好自己有些底子可以撑着,不然想翻身恐怕没那么容易。

想着想着,王青山的眼泪不知不觉流了下来。他抹了一把脸,又振作起来,他不可能坐以待毙,这不是他的风格。凭他的社会经验,有钱好办事,有关系好走路,他相信自己不会在这里太久。

这个时候,王青山发现自己平时的情感和金钱投资没有白付出,一方面他在牢里表现良好,另一方面强大的人脉在外面发挥了巨大的作用,有人暗中给他传话,让他好好配合就是,不用担心。

牢里有规定,七天换一个笼头,等同于这个小集体的负责人,不用干活,只记下账就行。当轮换时,王青山就被任命为笼头了。

监牢里的生活是刻板的,起床、做早操、吃饭、放风、喊口号、听新闻报道、干活都有时间。每天在10平方米不到的地方放风,抬头,天井上有网格,蓝天被切割成碎片,那时恨不得自己有绝世武功,或长出翅膀,冲破铁丝网而去。在监牢里,坐的时候腰一定要挺直,旁边有两个人监督着。倘若腰坐弯了,就会有人一脚踹过来。

一天又一天,王青山第一次体会到什么叫度日如年。

幸运的是,第15天,王青山走出了看守所的大门。当他重新呼吸到新鲜的空气,第一次感受到自由的可贵。人虽出来,但他属于限制行动的那类,要离开明州必须向有关部门汇报,不能换手机号,不能跟同案人联系,要随叫随到。

事件的影响很快出来。这些年,王青山一直是跟学校做生意的,现在这么一搞,业务就断了,公司很快陷入亏损状态。

林之光请王青山吃饭,叫上了谢大军,三个男人坐在一起边喝酒边聊。

王青山说,经过这件事我发现自由是最重要的,有没有真心朋友区别很大。这次如果没有朋友关照,我都不知道还会吃多少苦头。还有,钱这东西,来得快,去得也快。今天成功,明天就有可能一无所有。

林之光夹了一粒苔菜花生米送进嘴里,边嚼边说,青山兄,很对不起,你的事我没有帮上忙。现在我才发现自己没一点人脉关系,白混了。

王青山忙说,哪里,你们能记着我就已经很好了。

林之光端起酒杯,喝了一口酒说,人活着就是一场经历,你们看我,一次选址错误,一次被税务部门重罚,每次都欠下一屁股债。跌倒了,爬起来重新开始。你们别看我开店开得很热闹,可真没赚到什么钱,对我来说,能不亏过得去就行。我就喜欢开书店,总觉得一座城市最美的地方应该是书店。

王青山说,你是理想主义。

谢大军分别给林之光和王青山敬酒,说两位大哥的人生很精彩,像我整天守着个二手书店,没什么开拓精神,我老婆说我跟一本旧书一样,浑身散发着霉气。

王青山说,钱多钱少没个底,平平安安就好。

大家都表示赞同,问王青山下一步计划。他想了想说,教辅生意眼下没法做,再说我目前还处于限制行动阶段,哪里也去不了。我还是跟你们一样卖书,反正我有店面,房租不用交,成本低,多少能赚点。

林之光说,你有资本,没问题的。

来来,再干一杯,我明天去理个光头,一切从头开始。王青山豪气地说。

三只酒杯碰在一起,发出清脆的声音。这餐饭吃得三个人都微有醉意,才宣告结束。

很快,王青山收回了自家一间出租的店面,开起了一家综合性书店,店名"山外山"。

一年后,王青山的案子撤销,他终于可以自由行动了。接到通知那刻,王青山那颗悬着的心终于放下。这一年无形的禁锢实在让他太难受。经此一劫,王青山性情大变,变得低调、务实。宁可少赚点钱,也不投机取巧,走歪门邪道。

而林之光除了实体书店,又在网上注册了"左岸之光书库",正式上线。当网上书店第一张订单成交,林之光的心情非常激动,今后他要线上线下同步进行,他的书店梦一定会越来越精彩。

这一年,每个人都有变化。谢大军关掉了二手书店,转身和他一位做厨师的亲戚合股开了一家小饭店,饭店名还是用了"再回首"。而沈默利用业余时间写了一本《明州的前世今生》,并加入了市作协。林之光在第一时间把沈默的书放在书店最醒目的位置,进行重点推荐。至于胡杨,他现在不但炒书,还炒邮票、炒股,每天忙得不亦乐乎。

32

* * * *

2008年年初，又一家左岸之光书店在明州惠风广场的富仁百货商场开业。在左岸之光所有的门店里，这家最高大上，总投资100多万元，仅装修及硬件投入就40多万元，呈现一种全新的书店模式。装修风格典雅，店内还配备了顶级的意式咖啡设备，采用有品质的意大利咖啡豆，还有免费网络。你可以坐着一边喝咖啡一边上网，也可以边看书边喝咖啡，非常有情调。

按周洋的想法，就是要让咖啡的香味和书香混合起来。这家书店一开业，立马成为明州地标性的书店，整个明州区，没有一家书店是这样装修、舍得如此投入的，赢得众多读者的高度好评。

开不开这家店，林之光和周洋还是好一阵纠结。原因是惠风广场地处新城区，很偏僻，而富仁商场的负责人来找林之光谈的时候，给书店的位置又是广场最角落的。夫妻俩经过探讨，认为惠风广场周边的楼盘不错，下一步应该会成为区域的中心地段。而富仁百货又是当地的行业老大，有实力，刚开始肯定要亏，以后应该会慢慢好起来。于是同意入驻，签了5年合同，一年房租40万元。

书店开业后，由于地理位置的原因，没什么生意，亏损严重。对此，林之光和周洋只能通过搞活动来宣传和扩大书店的知名度，聚集人气。

这时,一场突如其来的大地震,让四川汶川瞬间成为世界的焦点。

5月12日下午,周洋正在富仁店,突然接到林之光打来的电话,说刚从网络上看到四川地震了,吓了一跳。她转身对老家在成都的营业员小江说,你打个电话回家,看有没有影响。小江马上打了一个电话回去,父母在电话里说,房子都摇了起来,现在都跑到外面的广场待着。见父母平安,小江也就放心了。问地震情况,回答说不清楚。周洋就让小江安心工作,安慰她没事的,然后回到办公室,看网上新闻,感叹生命如此脆弱,而意外无处不在。

同一时间,谢大军正在饭馆收拾。开业半年来,由于菜做得好吃,价格又实惠,回头客不少,就是饭馆太小,一个月也没挣多少钱。搞餐饮比开书店复杂多了,特别是卫生方面,稍不注意就要被投诉。

当谢大军从墙上的电视机里看到大地震的消息,他马上做了一个决定,他想去看看自己的儿子。他怕万一有一天,自己也遇上这样的意外,连儿子长什么样都不知道,岂不太遗憾了。

这么一想,谢大军就迫不及待想去S市,怕林夕儿怀疑,他让林之光晚上给他打电话,约他。林之光虽然在电话里笑他把自己作挡箭牌,但还是毫不犹豫答应下来。

到了晚上,林之光故意给谢大军打了个电话,声音还特别大,问,大军,明天有没有空,一起跟我去趟S市考察一个项目?谢大军说,行,我安排一下。

放下手机,谢大军对林夕儿说,之光哥叫我明天去S市考察一个项目。

林夕儿眼皮也没抬,鼻子"嗯"了一声就算同意了。她一直不满意谢大军,但也凑合着过了这些年,渐渐认命。

这一晚,谢大军没有睡好,想了很多。早上起来,吃过早饭就匆匆去了火车站。林之光没有同行,他让谢大军到了给卓慧打电话,这两天她在那边,让卓慧约董亚芳出来。

一路上,谢大军思绪万千,算算孩子现在有 13 岁了,而自己却没有尽过一天父亲的责任,内心充满了歉疚。不知道董亚芳愿不愿意让他见到孩子,如果不愿意怎么办?谢大军给卓慧发了个信息,告诉她到达的时间,问她在哪里接头。

十分钟后,谢大军收到卓慧的回复,让他到站后,直接打车到她住的宾馆,她会叫董亚芳过来。

S市到了,谢大军走到车站外,打了车直奔卓慧住的宾馆。

来到卓慧的房间,董亚芳还没有来。卓慧叫了他一声哥,让他不要急,先坐下喝杯茶。两个人聊了聊各自的情况,想起差不多时候离开谢家村,转眼十多年过去了,感慨万千。

正聊着,门铃响了。

卓慧去开门,董亚芳走了进来,一见里面坐了个男人,再一看,居然是谢大军,转身想走。卓慧拉住了她,说来了就坐坐,你们也好多年没见了。

谢大军站起来,眼前的董亚芳和留在他脑子里的董亚芳好像是两个人,他对不起来,嘴上说了一句,喝杯茶。

卓慧将董亚芳按在椅子上坐下。说,你们这一对故人好好聊聊,我先去店里,走的时候帮我把房间退了,我今天要回明州。

谢大军怕卓慧不在,董亚芳转身就要走,他总不能硬拦着她,于是说,卓慧,你也坐着,我们这样三人聊聊也难得。

卓慧就坐了下来,董亚芳坐在那里一言不发,她发现谢大军依然那么瘦,苍老了些。

亚芳,你这几年过得怎么样?谢大军开口了,他想,直接问孩子的事,说不定会惹怒董亚芳。

我挺好的。董亚芳的心情已平静下来,语气淡淡地说。

昨天发生了汶川大地震,给我很大的震撼,意外无处不在,谁也不知道明天会发生什么事。亚芳,过去你我之间的那些恩怨也早已过去,现在我只想问你一件事,那个孩子是不是我的?谢大军还是没忍住,说了出来。

不是你的。董亚芳很干脆地回答。

不可能,你妈跟我说过,那孩子是我的。谢大军使了一个诈。

不是你的。董亚芳一口咬定。

卓慧也是昨天接到林之光电话,才知道这件事,见董亚芳不承认,知道她有顾虑,就开口道,亚芳姐,这里没有外人,大军哥特意跑来,他肯定是心里有数。这么多年,你一个人带着孩子也不知道怎么过来的。你放心,大军哥只是想看孩子一眼,他不会带走孩子,更不会破坏你的家庭。

董亚芳突然捂住嘴,眼泪无法抑制涌了出来。她想起那些心酸的日子,一颗心每天被后悔与自责吞噬着,特别是当孩子问她爸爸在哪里时,她都无言以对。自己酿的苦酒自己喝,怨不得别人。

谢大军和卓慧都没有说话,任董亚芳在那里发泄情绪,等她平静下来,卓慧给她一块热毛巾擦脸。

亚芳,你就让我看一眼孩子,好不好?谢大军的声音里带着几分哀求。亚芳姐,你就让大军哥看一眼吧!你看大地震来了多可怕,生命确实太脆弱了。卓慧劝说道。

董亚芳低着头想了好一阵,才抬起头来说,孩子在学校读书,中午我去接他回家吃午饭，到时候你们两个在路边站着，我会带他过来跟你们打声招呼。

亚芳，谢谢你！谢大军的这一声谢谢是真诚的，不管怎样，那是他的儿子，是她把他的儿子给抚养大了。

董亚芳看了看时间，说，我要先回家去做午饭，你们十一点一刻在学校门口等。

谢大军说，别做了，中午我们几个人一起吃饭。

卓慧马上说，就是啊，难得的，一起吃餐饭。

董亚芳见谢大军和卓慧都这么说，也就不再坚持。三个人很坦诚地讲了各自的经历，真是各有各的苦泪，各有各的悔恨。

时间差不多，三个人出了宾馆，一起去学校。谢大军内心好激动，终于可以见到儿子了。自从他知道有这个孩子存在后，心里从没放下过，一直盼望着有一天能与孩子相认，今天虽然不能认，但能见一面也是很大的满足。

学校的大门开了，孩子们叽叽喳喳地涌出来，这个学校就在小区旁边，地段生，上学放学很方便。

一个长相清秀的少年走了出来，看到董亚芳，一脸惊讶地奔了过来说，妈妈，你怎么在这里？我自己会回家的啊！

董亚芳上前替儿子整了整校服的衣领说，妈妈的朋友来了，所以中午妈妈带你去外面吃饭。

谢大军感觉自己的心脏都要跳出来了，儿子，这是他日思夜想的儿子。看看，长得多帅。他想迎上去，卓慧轻轻拉住了他。董亚芳带着儿子过来介绍道，这是谢叔叔，这是卓阿姨。

少年甜甜地叫了一声谢叔叔、卓阿姨好！

谢大军和卓慧连忙说好好。谢大军忍不住伸出手摸了摸孩子的头说,你叫什么名字?

董思军。少年仰起头,朝谢大军笑着说。

谢大军的手停在那里,他的心里犹如刮过了超级台风,董思军?他把目光投向董亚芳,千言万语明明在嘴边,却什么话也说不出来。卓慧笑着说,这个名字真好听,思军,走,我们吃饭去。

下午要上课的,董思军说。

我们就在边上吃,不会耽搁你上课。谢大军牵起了董思军的手,紧紧握着,舍不得松开。

四个人就在学校附近找了一家小饭馆,谢大军所有的注意力都在董思军身上,问他想吃什么菜,尽管点,今天叔叔请客。父子血缘让董思军对谢大军有种天然的亲近感,他一刻不停地向谢大军说着学校里的趣事,显得特别兴奋,让董亚芳和卓慧惊讶不已。

这餐饭对谢大军来说,恨不得时光就此停留,让他多看儿子一会儿。可没办法,时间很快就到了。

谢叔叔再见,卓阿姨再见。董思军走了几步,突然回头问谢大军,谢叔叔,你下次什么时候来看我?

谢大军马上说,叔叔有空一定会来看你的,思军,你好好读书。

董思军很开心地做了一个胜利的手势,朝学校跑去。谢大军有点控制不住自己的感觉,又怕别人看到了奇怪,硬生生地把眼泪给憋了回去。

董亚芳也要回家了。谢大军问,我以后还能来看他吗?董亚芳摇摇头说,还是不要再来看他了,次数多了,孩子会有想法,被他继父知道,恐怕又要生事。你今天看过就可以了,再说来来去去也不方便。

谢大军不甘心地说,可我答应孩子了。

卓慧碰了一下谢大军的胳膊说,哥,这事慢慢来,你也别太急,我们赶紧去火车站,不然赶不上火车了。

谢大军想想也是,脚长在他这里,既然已知道孩子在这里读书,总会有机会再来的。

在回明州的火车上,谢大军一直沉默,一言不发想心事。卓慧感叹道,今天我算是见识了什么叫骨肉亲情,一点办法都没有,思军看到你就像见到了亲爹一样。大军哥,亚芳姐给孩子取这个名字,说明她对你还是有感情的。还有,思军跟你长得好像,如果亚芳姐和孩子回谢家村的话,估计人家一看就知道这孩子是你的。

正在闭目养神的谢大军睁开眼睛说了一句,一失足成千古恨!

林之光从卓慧那里了解到谢大军见到儿子的过程,也不胜唏嘘,他只是担心从此以后,谢大军怕是更放不下这孩子了。

谢大军给林之光打来电话,说儿子真的很可爱,又乖巧、懂事,可我却不能认他。之光哥,这种感觉太难受了。

林之光只能劝说,大军,你要面对现实。如果让你老婆知道思军的存在,不闹个天翻地覆才怪。

谢大军又何尝不知,他重重地叹了一口气,说了一个字,命!

董亚芳回到家里,枯坐半天,她不知道今天让谢大军见了儿子是对还是错。她曾无数次幻想过父子相见的情景,当真的变成了现实,她还是有点不敢相信自己的眼睛。神奇的血缘,让儿子一见谢大军就变得异常兴奋和快乐。倘若有一天,儿子知道这位叔叔是自己的亲生父亲,又不知会是怎样的情景。

抬起头盯着墙上的结婚照,那个比她大了二十多岁的男人还是善待她和儿子的,虽然她跟他并没有多少感情,但既然已走到了这一步,她早已没有了选择的权利。

接下去几日,董亚芳的内心还是无法平静。特别是当她盯着儿子的脸时,常常会有一种错觉,似乎看到了少年谢大军的样子。世无后悔药,她已为自己的错误付出了沉重的代价,但愿儿子能健康成长,那也值得了。

33

* * * *

王青山开了山外山书店后，发现自己最大的优势还是在教辅上，于是重新招兵买马，一家家学校去拜访。凭着之前打下的坚实基础，业务又慢慢做起来。为了做出特色，他不惜血本，请那些有水平的老师编写教辅，自己投资，找出版社和印刷厂。此举，一炮打响。这些教辅体例新颖，知识点全面、丰富，一经推出，深受学生和家长们欢迎。这让王青山喜出望外，他再次抓住了独特的商机，确定以后就走自主创新教辅之路。至于山外山书店，不用交房租，即使生意差点，他也没多大压力。

当王青山跟林之光说了自己的下一步计划，林之光对王青山有了新的认识。他现在的精力主要放在网上书店，公司具体事务都交给了周洋打理。网络对实体店的影响在逐步明显，周洋对公司的发展策略做了些调整，停止扩张，淘汰那些亏损的店，保留有赢利能力的店，重点在一个"守"字上。

这时，谢大军却动了想去S市开书店的想法，他要找个正当的理由，可以经常去S市看儿子。想来想去，只有去开家店，不然这一年半载他都没法见到儿子。

这件事，只能找林之光商量。林之光听了谢大军的打算，觉得风险太大。一是开店风险;二是此秘密若揭开,等于两个家庭的地震,如何收场?难道都去离婚,重新组合?

谢大军是个很感性的人,他似乎已钻进了一个圈出不来。从他看到董思军那刻起,他的心底涌起了强烈的父爱。特别是当女儿扑在他怀里撒娇,他就会想起他还没有抱过儿子,心就像被针刺似的痛。从S市回来后,他经常会梦见儿子朝他做出胜利的手势,跑向学校的那个场景。醒来,满腹的惆怅。

林之光见谢大军要一意孤行,只好问他,你到底是开书店还是饭店?

谢大军说,还是书店吧,我们两个合作开一家小书店行不行?

林之光摇着头说,你啊你,早知道上次就不该答应帮你。你都这个年纪了,怎么做事情搞得像小孩子一样,诗人的思维方式果然跟别人不同。

谢大军顺着林之光的话说,你干脆直接就说诗人是神经病得了,之光哥,这事你无论如何得帮帮我。

林之光无奈地说,你自己去跟周洋商量,现在她是老大。

谢大军真的去跟周洋说了,周洋也觉得谢大军此举太幼稚,三个人关上门,在办公室商量了半天。最后,林之光和周洋被谢大军那一腔父爱给感动了,心一软,答应了下来。同时也提醒他,这么做可能会造成的后果。谢大军没想这么多,他说他只想有个借口可以去S市看看儿子,并没有想过要去破坏和影响董亚芳母子的生活。

周洋毫不客气地说,你这样做就是最大的影响。

谢大军辩解道,没有,我只是单纯想看看儿子,你们不知道,思军长得有多可爱。

既然决定要做这件事,那就好好策划一下。三个人就开始正式的讨论。店面的事,只能派卓慧过去找,等有合适的,他们再过去看,面积不要大,房租太贵吃不消。

林之光问谢大军,这事跟你老婆说过吗?如果她不同意你去开店呢?

谢大军已想好了对策,他说,晚上回去跟她说,上次我们两个不是去考察过了吗?我就跟她说,这个店是跟你们合作的,应该不会起疑心。

林之光摇着头,玩笑道,好你个谢大军,你就挖了个坑让我们跳。如果这店亏了,就算你的。

谢大军双手一摊说,反正我没什么钱,亏了就欠着你们慢慢还。

周洋笑着说,谢大军,我大写了个服字。

最后约定谢大军出资40%,林之光出资60%。谢大军不参与管理,所有供货、人员工资及具体运营全部由林之光这边负责,赚了分红,亏了风险共担。

真要去S市开家独立的书店,也不是说开就能开,林之光把卓慧叫到办公室,让她去S市找找有没有合适的店面,并把要求告诉了她。

卓慧是个聪明人,马上猜到谢大军是为了看儿子才想了这么一个主意。让她惊讶的事,林之光和周洋居然会答应,因为现在已经不是开书店最好的时机,亏损的可能性很大。她没想到人与人之间的情义可以到这个份上,表示一定会全力以赴办好这件事。

对卓慧的办事能力,林之光很放心,具体需要多少投资现在还不知道,周洋先做预算。

谢大军回家跟林夕儿说了去S市开书店的事,与林之光合作,他开在那边超市的一家店生意很好,现在想开第二家店。

林夕儿狐疑地看了谢大军一眼说,既然生意好,他干吗要跟你合作?有钱自己不会赚啊,傻了?

谢大军说,人家当然想自己开了,是我在他那里听了这个计划,觉得很好,提出来合股。你也知道,我跟之光哥是多年的好朋友,他这人特讲义气。前段时间,我们不是一起去S市考察了吗,发现那边有特色的民营书店并不多,所以决定去开一家。

林夕儿见谢大军说得滴水不漏,信以为真,就问要多少钱。

谢大军说,预算还没有出来。

林夕儿对谢大军的事兴趣不大,但她对钱很关心,于是说,你要开店也好,做什么也好,我不管,但家里的钱你最好不要打主意,要投资自己去想办法。

谢大军知道林夕儿会来这么一招,就说,我又没私房钱,投资的目的也是为了赚钱,你总不能让我去借高利贷吧。

林夕儿不满地瞪了谢大军一眼说,你又没挣到过什么钱,我看你这辈子也就这样了,别想着发财。

谢大军就不吭声了,他怕讲下去两个人又要吵架,这件事他理亏在先,所以还是少说为妙。

卓慧去了S市,骑辆自行车在城里到处转。她想找个离超市不太远的店面,以方便她两家店兼顾。

三天后,林之光接到卓慧打来的电话,说有一家小书店,店主是个女的,要去生孩子,没精力管店,想低价转让,要求是仍然开书店。林之光就和谢大军约定,第二天过去谈。

谢大军想到又可以见到儿子,非常激动。他跑到商场给董思军买了几套衣服,又拐到林之光办公室,把衣服放他那,请他带到火车站。林之光说哪天被林夕儿知道,说不定会被她劈死。谢大军双手抱拳,朝林之光拱了拱手,表示这份情义他会永远记在心里。

第二天,林之光和谢大军去了S市,先办正事,让卓慧带他们去了那家小书店。

这家书店面积很小,只有二十多平方米,门口挂了个小木牌,上面写着"香樟树书屋"。店主看起来不算很年轻,三十来岁左右,挺了个孕肚,脸和腿都有些浮肿。林之光见店堂虽小却整洁,书的品种也不错,比较中意,这样投资不会很大,运营成本也不会很高。谢大军也有相同的感觉。

那女店主很真诚,说自己一直喜欢书,所以开了这家小小的书店,已经好几年了,有一批固定的客源。她没有招营业员,都是她一个人打理。现在因为怀孕生产,估计两三年内没有精力来经营,故而想找个同道中人,接管此店。她就住在附近,想着书店开着,自己也可以随时带孩子过来看看。

四个人坐下来详聊,看了相关证件,包括原来的租房合同,谈妥相关条件,签了转让协议。由于货还没有盘过库,有多少还不清楚,金额先空着。林之光的意思是下午书店就关门盘库,具体由卓慧负责,有多少货,按进价算。女店主身体不便,可以找个人来一起盘,也可以自己监工,女店主同意了。等交接清楚,还要去更改执照等事宜,那些都要交给卓慧去办了。

林之光交了2000元诚意金,女店主出了收条,时间也差不多到了中午,三个人一起离开,直接去了董思军的学校。卓慧已给董亚芳打过电话。

到了学校门口,董亚芳已在那里,她听卓慧说谢大军为了见儿子,拖着林之光到这里来开书店,心里真是百般滋味。她既怕谢大军见儿子次数多了,露出马脚,又希望儿子能多一点亲生父亲的关爱,同时又怕被丈夫知道,引起不必要的麻烦。纠结得不行,真是进也难,退也难,早知道还不如不让谢大军见。董亚芳发现自己老是做错事,老是在后悔。谢大军把一袋衣服交给董亚芳,说是给孩子买的,不知道合不合适,他是大概估的。董亚芳接过,看了下尺码,说差不多。谢大军很高兴。

董思军出来了,看到母亲和上次见过的叔叔、阿姨,还有一位不认识的叔叔站在一起,高兴地跑了过来。谢叔叔,你怎么这么久才来看我啊?董思军直接冲到谢大军面前,摇着他的手问。

谢大军好激动,连忙解释,对不起,思军,叔叔事情太多,这么久没来看你,是叔叔不对,以后一定经常来看看你。

林之光默默地站在一边看着这对父子,这长相简直就是刻板刻出来的,根本不用鉴定,就是谢大军的儿子。唉,亲生儿子叫自己叔叔,这滋味是不好受。仍然像上次一样,几个人在学校旁边的小饭馆吃了一餐饭,董思军就去学校了。谢大军提出他留下来帮一下卓慧,明天再回明州。林之光明白他的心思,就说好的。于是谢大军给林夕儿打了个电话,说店已盘下,有很多事要处理,可能要明天下午才能回。

林夕儿让谢大军把手机给林之光,她有话要问。谢大军就把手机给了林之光,林之光就主动说了大概情况,说我们下午就要去盘库。林夕儿见谢大军是和林之光在一起,也就没说什么。

董亚芳问林之光,你们这店交给谁去管?林之光说,如果找两个店员,成本太高,找一个的话必须得非常信任才行。

董亚芳试探着问,我行不行?

林之光说,我刚才已想过了,本来你倒是合适,可我怕万一哪天大军的老婆心血来潮跑这里来,看到你那就穿帮了。我记得大军说过,你跟他老婆以前打过照面,怕她还认识你,那就麻烦了。

谢大军说,是,我也想到了这一点。

这时,卓慧开口了,她说这个人选确实不好找,要么我留在这里,这家店交给我来打理,要么就是交亚芳姐来管。如果大军哥的老婆真跑这边来,提前通知一声,我先一步到,来替换亚芳姐。找一个不知底细的营业员,怎么放心?

林之光和谢大军想来想去,一时也找不到更好的办法。卓慧又补充一句说,我来管这家店的话,你们得给我补贴,运营成本要增加,亚芳姐在这里,这笔费用可以省了。

谢大军笑着说,卓慧,我看你对左岸之光也够专一的,什么事都替之光哥着想。

卓慧看了林之光一眼说,没办法,我们林经理有魅力嘛。

林之光怕谢大军和董亚芳有其他想法,尴尬地说,你别拿我开涮,那这店就交给亚芳管吧。卓慧,这段时间就辛苦你驻扎这里。

卓慧点点头说,好的。

董亚芳对林之光说,谢谢林经理,你放心好了,我会全心全意管好店的。

林之光也很坦率地说,现在网上可以买书很方便,实体书店生意很受影响,我原本没打算开这店,是看大军想儿子太痛苦,他得找个理由经常来这里,才同意合作,交给你打理我很放心,等于你自己的店一样。

谢大军感激地说,我心里有数,之光哥。

事情办好后,林之光坐下午的车回明州,谢大军和卓慧去香樟树书店。关于店名,林之光建议叫"左岸·再回首书店",谢大军没意见。由于只是更换下执照,也不用装修,在布局和书的品种上稍做调整,比较省事。一周后,那些老顾客发现书店挂上了新的招牌,里面换了一张新面孔。

董亚芳站在店里,看着眼前的一切,恍然如梦。

34

* * * *

左岸·再回首书店开业后,谢大军去 S 市的频率也不敢太高,怕林夕儿怀疑,但一个月至少要去一次。每次,他都拉着林之光。或让林之光故意在晚上给他打电话,找个什么借口,让他过去处理事情。他和董亚芳的关系也变得微妙起来,从开始的刻意保持距离和生疏,到后来单独面对时的自然,那感觉对谢大军来说,就像自家人一样,有一种心照不宣的默契。

就这样相安无事到了 2010 年,谢大军为了能跟董思军多相处一会,每月会挑一个周日去 S 市,这样他可以带着孩子去玩半天,而董思军对他也越来越依恋。

虽然,董亚芳再三嘱咐儿子,不要在继父面前提谢叔叔,可有时候董思军还是会在无意中说漏嘴,让董亚芳的丈夫起了疑心。终于有一天晚上,夫妻俩为此事大吵一架。董亚芳丈夫骂董亚芳在外面找野汉子,白对她母子俩好,吃里爬外没有良心,不想过就滚出去。董亚芳坚决否认,说绝没有做对不起他的事。听着母亲和继父的吵架声,董思军吓得躲在房间不敢出来。

董亚芳觉得这样下去不行,早晚要出事,于是第二天早上偷偷给谢大军发了个信息,让他以后不要再来看孩子,免得她老公把她母子俩赶出家门。

没想到，这条短信让林夕儿看到，这下爆炸了。林夕儿像个母老虎一样厮打谢大军，大骂他是骗子，居然敢在外面偷养私生子。她把谢大军的手机狠狠地摔在地上，还用脚重重地踩烂。又把家里的东西摔得一塌糊涂，最后愤怒地扔下两个字，离婚，然后带着女儿回了娘家。

平时，董亚芳是不会给谢大军发信息的，一般都是谢大军什么时候要过去，提前给她发个信息告知一下。所以谢大军在家里，手机也是随手放。如果他整天拿个手机，林夕儿肯定也会认为他不正常，所以他根本没有提防董亚芳会给他发这个信息。

谢大军坐在沙发上，盯着一地狼藉，发呆。

这个结果其实在他决定去看孩子时，已经想到，奇怪的是，今天林夕儿这样的爆发，他并没有特别后悔，只是觉得快了点，他对她的那份感情终究是浅了些。凭他对林夕儿性格的了解，离婚已是不可避免的一件事。想到林夕儿会不会去找林之光吵架，谢大军赶紧换了套衣服，刚才被林夕儿拉扯得衣服都快撕破了，拿起摔坏的手机出了门。

谢大军直接去了林之光的公司，林之光和周洋见他大清早行色匆匆跑来，脸上还有抓痕，忙问出了什么事。

谢大军把那只摔烂的手机放在林之光面前说，亚芳给我发了条信息，让我不要再去看孩子，说她老公怀疑了。我在上卫生间，手机放在桌上，结果，被林夕儿看到，她跟我打了一架，说要离婚。说完，谢大军一屁股坐在沙发上，陷入了沉默。

林之光和周洋不知说什么才好，这件事错在谢大军，任何一个妻子看到这种情况，都不可能无动于衷。只要这样一闹，谢大军的婚姻就危险了。就算和好，夫妻间从此也会有裂缝，更何况谢大军与林夕儿的感情基础并不牢。

林之光问谢大军，你自己怎么想的？

谢大军摇摇头说，没打算，走一步看一步。

林之光叹气道，你啊，做事情太冲动，太不懂克制。当然，我也有责任，不该帮你，现在反而害了你。

谢大军苦笑道，这是我自找的，哪是你害的。反正我就觉得我的人生像一首没有主题的诗，混乱、幽秘，有一个看不到底的黑洞。

周洋给谢大军倒了一杯水说，诗人，醒醒吧！有问题面对问题，而不是逃避。

谢大军不好意思地朝周洋笑笑说，批评得对。

坐了一会儿，谢大军站起来，说要去买个新手机。刚走了两步，忽想到一事，不由紧张起来，说坏了，林夕儿肯定打电话去骂董亚芳，刚才忘了这事，我借你们的电话打一个。

电话拨过去，董亚芳的手机关机。谢大军猜会不会是被林夕儿打爆了才关的机。于是就借林之光的手机给她发了一条信息，简单说了一下，让她不用紧张，事情他会处理好。

发好信息，谢大军就急急走了。林之光和周洋你看我，我看你，最后不约而同地发出了长长的叹息。为防万一，又通知卓慧，让她去S市，看看董亚芳那边情况。

卓慧回家简单收拾了一下，去了S市。到了后，直奔书店，见店门关着，拨打董亚芳手机关机。凭着记忆，找到董亚芳家，敲门，好一阵，门才开。卓慧看到董亚芳的样子，吓了一跳。董亚芳的半边脸是红肿的，脖子上还有瘀青，披头散发，憔悴得不行。

怎么回事？卓慧问。

打架了。董亚芳低着头说，我这个样子没法去店里，也没顾上给你们打电话，对不起。手机不敢开机，有个女人早上打电话来骂我，说是大军的老婆，我想去换个手机号。

卓慧见董亚芳这个样子，估计这几天都上不了班，就说，那你在家好好休息，我去开店门。你给大军哥发的信息被他老婆看到了，要离婚。唉，你们两个也不知道咋回事。

董亚芳苦笑道，都是我自己作孽。

卓慧安慰董亚芳几句，就走了。开了店门，给周洋打了个电话，说了相关情况。周洋觉得这事麻烦，搞不好董亚芳那边也要离婚，那她根本就没心思工作，现在只能让卓慧顶几天看情况。

放下电话，周洋对林之光说，我们都错了，不应该答应谢大军去S市开那家店，这不是帮他，反而害了他，还害了董亚芳。

林之光也在后悔，说早知道这个结果，真不该陪他蹚这浑水。

林夕儿回到娘家，一番哭诉，说这次一定要离婚，你们谁也别劝我。并迅速拟好了一份离婚协议，谢大军净身出户，女儿归林夕儿，谢大军每月支付1500元生活费。另外，赔偿林夕儿精神损失费10万元。

林夕儿的父母叫谢大军过去，问究竟怎么回事。林夕儿把离婚协议丢在他面前，让他签字。

谢大军一看，坚决不同意，他对林夕儿父母说，我并没有做对不起家庭的事，孩子的事发生在认识夕儿之前，而且我根本不知道他的存在。我是偶尔得知，很意外，所以才跑去看了看孩子，这也是人之常情，应该可以理解，更何况孩子的母亲也提出让我以后不要再去看孩子。

林夕儿的父母倒也通情达理，虽说这个消息太意外，刚听到确实接受不了,听了谢大军解释,心情平静些,毕竟这事发生在婚前,不是婚后,性质还是有所区别。就转过头劝女儿,只要谢大军以后不跟对方联系,还是原谅他一次,回家好好过日子去。

林夕儿面无表情地坐在那里,见父母也替谢大军说话,很失望。她说,你们劝我不要离婚,不就是因为离婚不好听,让你们失了面子。这次,无论你们怎么说,我是不想和他一起过下去了。

谢大军见林夕儿这么说,就问她,你真要离?

林夕儿冷冷地说,离,没什么可以商量的。

大概怕谢大军受不了这个激将法,一口答应,林夕儿的父亲拦住女儿的话说,别动不动就提离婚,不为你们自己考虑,也要为孩子考虑,你们太自私了。大军,你先回去,你们两个都冷静几天再坐下来好好说。

谢大军见丈人这么说,就站起来告辞,说我去饭馆了。

林夕儿就朝父母发起了脾气,说你们不帮自己女儿,帮外人。如果你们嫌我住在这里烦,我另外找房子去住。

林夕儿的母亲说,这件事也不能全怪谢大军,他又不知情,又不是婚内出轨,给你搞个私生子出来。两个人生活,哪有不争争吵吵的?不要动不动就提离婚,很伤夫妻感情。

林夕儿不想跟父母说,拿起包就出门去了。她心情不好的时候,就会去购物,把身上带的钱花了,她才会感觉舒服些。如果现金带得不多,就去刷信用卡,那就更爽。拨打她存的董亚芳手机号,提示已停机,看来那女人是怕了她,不禁冷笑起来。她恨自己反应太迟钝,第一次在谢大军的书店看到那女人抱着个孩子在门口,她就应该警惕。在婆家翻到那张合影,她还是没有意识到这个女人在谢大军心目中的位置。现在回过头来看,从一开始,她就错了,她并不是因为爱情而嫁给谢大军,而谢大军也不是因为爱她而跟她结婚。两个人只不过是到了一定年纪,觉得彼此还顺眼,就走进了婚姻。当她意识到这个问题后,她就不想再继续错下去。当然,房子和孩子她都要。

林之光给谢大军打电话,问了他那边的情况,又说了卓慧反馈来的信息,说帮忙帮出祸事来,倘若你们两个家庭因此事而解体,我会很内疚。

谢大军说,之光哥,这事跟你没有关系,是我自己的问题。林夕儿这次铁了心要离婚,我再努力下,实在挽回不了,我也没办法。

林之光就说好,你慎重考虑一下。

一个月后,谢大军在电话里平静地对林之光说,之光哥,我离婚了,房子和孩子归林夕儿,饭馆和书店的投资算我的。我们两个人很坦诚地谈了一次,并不是因为董思军的事,这件事只是一根导火索。我尊重她的选择,我们是协议离婚,也算是好聚好散。

林之光问,那你打算找董亚芳重续前缘吗?

谢大军说,她没有离婚,我也没想过跟她重续前缘,经历了这么多事,我也不是原来的我,她也不是原来的她。如果真的在一起,不一定会幸福。我会好好思考自己的人生,以后不要再走错路了。

林之光感叹道,大军,你真的变成熟了。

谢大军羞愧地说,之光哥,我已经白混这么多年了。明天我回老家一趟,跟父母说下这事,我也不想隐瞒。以后有任何问题,我会去直面,而不是逃避。

林之光很赞同,说一句保重兄弟,随时联系。谢大军向林之光表示了真诚的谢意。

谢大军回到谢家村,向父母坦诚说了自己与董亚芳和林夕儿之间的事,说了董思军的存在。谢刚和张娟听了,心情复杂,有孙子是惊喜,可儿子离婚了又觉得难过。谢大军安慰父母,说一切都会好起来的。

在家里休息几天,谢大军每天早上都要去爬谢家山,当站在山顶,极目远眺,一个想法渐渐成熟。下山后,他朝村委会走去。

谢大军决定离开明州,回谢家村去,他和村里签订了二十年的合同,承包山地,种果树。当他告诉林之光这个选择时,林之光以为自己听错了,他怎么也无法把两者联系起来。

之光哥,这次真的不是我一时冲动的决定,而是经过了深思熟虑。我发现自己更适合生活在农村,我喜欢大自然。我本身就是一个农民,种果树好,我不但要自己勤劳致富,还想带着村里人一起致富。虽然我不年轻了,但我觉得现在行动也不算迟。等我的果树可以收获了,你们一定要来。谢大军说这些话的时候,他脸上的阴郁不见了,他的眼睛闪烁着光芒。

林之光被谢大军的举动给震撼了,他万万没有想到,人到中年的谢大军会有这么大的勇气,连声说,好,我们支持你,你一定会成功的。

谢大军还告诉林之光,他跟父母说了董思军的事,父母既伤感又高兴。跟董亚芳的父母也坐下来好好聊了聊,现在双方父母都冰释前嫌,像亲戚一样走动起来。

林之光说,大军,你的前景一定会一片光明。

谢大军紧紧握住林之光的手说,在明州这些年,我最大的收获就是认识了你这么好的朋友。之光哥,你是个执着于梦想的人,我很敬佩,希望你也能继续坚守。

林之光重重地点了点头说,我会的。

两个人告别,互道珍重,约定随时保持联系。

当林之光把谢大军回乡当果农的事告知周洋,把正在喝水的周洋差点给噎住。林之光说是真的。

周洋放下手中的茶杯说,谢大军到底还是诗人,他去种果树挺合适,对着满山遍野的果树,他肯定可以写出很多好诗来。

林之光笑着说,我看你还真是谢大军的知音,只是我很好奇,他会种什么样的水果?等他水果熟了,我们就过去摘点吃吃。

周洋说,人家还没有种,你就想白吃,过分。

林之光说,梦想要有的,万一实现了呢?

周洋开始看电脑上的报表,说我的梦想就是希望看到报表上的数据显示是赢利,而不是亏损。

林之光说,会的,我一直很有信心。

35

* * * *

左岸之光富仁店经过两年多的坚守,惠风广场的人气已经集聚起来,随着富仁商场生意的火爆,书店也从每个月严重亏损到开始持平,让林之光和周洋看到了一种苦尽甘来的希望。这几年,为了这家店,林之光和周洋操碎了心,特别是第一年,周边的商业氛围根本没有起来,新开发的楼盘入住率极低,为了扩大影响,林之光差不多一个月要搞一场活动,搞得心神俱疲,但为了明天,咬着牙坚持着。慢慢地,这也成为书店的一大特色。

这个月活动,林之光是通过沈默介绍,请来本市一位写网络小说的女作家来讲讲她的创作经历。

讲座安排在周六的下午两点,林之光亲自去接那位网名叫丝罗织锦的女作家,三十来岁,长得貌不惊人,很瘦弱。据介绍,她的职业是家庭主妇,结婚后就怀孕生孩子,带孩子,后来孩子上幼儿园了,她在家闲着无聊,就看网络小说,看着看着,觉得没啥花头,就自己动笔写起来,在某网站发表。后被书商看上,包装出书,现在已经在写第三本书了,题材是穿越加言情。

林之光说,织锦老师的经历很励志啊!

丝罗织锦很谦虚地表示,谈不上,写着玩玩。

到了书店,粉丝已来了不少,基本上都是年轻的女孩。看到丝罗织锦的样子后,有几个小姑娘在窃窃私语。丝罗织锦坐下来,马上有店员送上一杯浓香的咖啡。她捧起杯子,很优雅地喝了一口,然后微笑着说,你们是不是见到我本人很失望?

大家就摇头,说没有。

丝罗织锦一脸的善解人意,她说,你们失望是正常的,因为我书里的女主个个貌美如花,天仙一般。其实我不应该出来,隐身网络,保持神秘感,你们只要喜欢我写的书就行了。今天这么一亮相,估计要掉好多粉丝了。

丝罗织锦这平易近人的开场白,赢得了在场粉丝的好感,于是大家就七嘴八舌地表示对她作品的喜欢,现场气氛很热闹。

很快,讲座正式开始。

丝罗织锦说自己从小就喜欢看书,读书的时候作文写得挺好的,比较爱好古典文学,写网络小说纯属无心插柳。

有一次,我在网上追一部网络小说,每天等更新,可那作者好像有点懒,并不是每天更,搞得我好焦急。有一天中午,我趴在电脑前看,突然觉得这样的故事我也会写,于是就建了个文档,开始写。写什么呢?我爱看穿越小说,于是就决定写篇穿越,写一个现代的女会计穿越到清朝的故事。为什么女主的身份是女会计?那是我结婚前的职业。说到这里,丝罗织锦笑了,露出细白的牙齿。

粉丝们的情绪又被调动起来,纷纷嚷嚷,让她接着说。丝罗织锦说,女人嘛,都喜欢浪漫,特别是结婚后,这颗浪漫之心不但没死,反而更活了。在现实中实现不了,那只能在书里去实现。所以,你们就看到了嘛,那些女主的情感故事既虐心又浪漫。你们在看的时候,是不是很有代入感?

是啊是啊，织锦老师，我在看的时候常常会把里面的人当成自己。有位姑娘兴奋地说。

姑娘的话音刚落，又有几位女粉丝附和道，还真是这样的。丝罗织锦得意地笑了，这就是她要的效果。又有粉丝问她这些小说是怎么写出来的。丝罗织锦说，其实网络小说要写得好看也不容易，要找很多资料，比如写服饰、写建筑，等等，会去找些资料来借鉴。为此，她买了很多书，有空的时候就看看。

织锦老师，我也想写网络小说，可以吗？一位小姑娘问。

丝罗织锦笑了笑说，谁都可以写啊，想写就写。不过你们写的时候不要抱太大的希望，并不是每个人都能写出来，我是运气好，有太多的人写的网文被很快淹没。

小姑娘"哦"了一声，就不再说话。

一个半小时很快就过去了，最后粉丝们在书店买了丝罗织锦的两本书，请她签名，活动圆满结束。

林之光对丝罗织锦的支持表示了感谢，约定丝罗织锦的新书出版后在富仁店搞一次签名售书，丝罗织锦说好。

谁知道，还没有等丝罗织锦的新书出版，左岸之光富仁店就遇到一件让林之光夫妇愤怒不已的事。

事情最初起因是书店隔壁一家服装品牌要装修，楼层一位姓苟的经理来找林之光协商，说为了美观，希望他们能配合把书店原来的玻璃和门楣拆掉，商场需要在这一块位置另外铺设和过道一样的瓷砖。

书店的装修是林之光花了大价钱请专业的人设计的，要把玻璃和门楣拆除，他心里很不情愿，因为会破坏整体的形象。只是林之光这个人比较好说话，在苟经理再三保证其他不会有任何变化下，他同意了。考虑到隔壁装修，林之光还拿出500元钱给苟经理，作为拆除玻璃和门楣的费用。苟经理收了钱，答应会处理好。

商场的装修速度很慢，对书店生意影响非常大，因为把一条进出书店的路给封住了，再加上装修是围起来的，让书店处于不见天日的状态。周洋想到好不容易持平的营业额又要重新陷入亏损状态，很郁闷。

半个月过去了，玻璃和门楣早已被拆除，林之光见苟经理所说的要铺新的瓷砖，一直迟迟未铺，就把原来的设计师叫来，商量着怎么把进门的地方做得漂亮一点。

两个人正说着，林之光看到苟经理走过来，忙上前去问他，隔壁这家装修何时结束，搞得书店一点生意都没有，商场又不给一分补偿，希望能快点。

苟经理说快了快了，就这几天。林之光见他这么说，也就没有再问，想着那就再等等。

这天，林之光在办公室，汪静打来电话，焦急地说，林经理，你快来富仁，他们把我们的书店门给封住了。

林之光说好，我马上过来。

放下电话，林之光急忙开车前往富仁商场。车子在地下车库停好，林之光就直奔二楼，走到书店门口，气得要骂娘了。隔壁服装店装修好了，却把书店的大半个门给封住了。也就是说，任何一个经过过道的顾客，根本发现不了服装店的背后还有一家书店，而百货公司进入书店的另一道门被商场给完全封住。

林之光去找苟经理评理，这事如果没有商家同意，那家服装店不可能有这么大的胆子把书店三分之二的门给封住。

苟经理在办公室，林之光就进去问他怎么回事。林之光说，服装店在装修前,你承诺了只要我们把玻璃和门楣拆了,其他的都不会有任何改变,现在这个样子算什么?我们是签了正规合同的,每个月3万元的房租不是白交的,你们怎么可以这样做事,我们整整亏了两年多,现在刚刚才持平,这个月生意又被你们搞砸了,现在他们倒是装修好了,把我们搞成那样,什么意思?

没什么意思,这是我们的地盘,我们爱咋弄就咋弄。苟经理突然翻脸,不承认自己说过的话。

林之光愤怒地说,我们的聊天记录还在,要不要我发给你看?你们这个也太搞笑了吧,我还出了500元请你们帮忙拆玻璃和门楣,现在变成我自己掏钱封自己的门,你们太欺侮人了。

苟经理一脸的不耐烦,说这是领导的决定,关我屁事,你有本事找上面领导去。

林之光最不擅长的就是跟人家辩论,见苟经理这个样子,就去找商场负责人,富仁的店长,总经理助理兰女士,结果兰女士的态度非常恶劣。意思很明显,就是你们开不下去就赶紧乖乖让路。

回到家里,林之光跟周洋详细说了这事,周洋马上意识到这是一个阴谋。她对林之光说,以前商场没生意,他们需要我们,现在商场生意好了,就想赶我们走。之前,你没听说过吗?传言有大品牌要进来,肯定是看上我们的位置,所以采取了这么卑鄙的手段。

林之光如梦初醒,说肯定是这个原因,太过分,我们有合同,又没有到期,凭什么要让我们撤?

周洋说,先找他们领导去协商,如果协商不行,我们就找媒体。

林之光说,好,我们太老实了,他们就当我们是软柿子捏。

第二天,林之光继续去找兰女士谈,可人家根本不理他。还直接开了一张通知单,让书店撤柜,理由是商场要做调整。林之光不服,在接下去的两个月时间里,天天去找,不管是苟经理还是兰女士,都避而不见。电话不接,传真拒收,人看不到。

想到书店已经这么多天无法正常营业,周洋又气又急,她给明州的几家报纸和市、区电视台打了新闻热线电话。周洋又在当地的论坛上发帖,附上详细的情况和现场照片,恳请各路大神关注。

很快,各路记者都到富仁商场,看到这种情形,都为书店受此不公正的待遇抱打不平。电视台记者也拍摄了新闻。林之光带着记者们来到兰店长的办公室,要求富仁方面把那堵墙给拆了,对方一直没有反应。

当天晚上,市、区电视台都播出了相关新闻,谴责富仁商场不讲诚信,以大欺小,在合同期内,以封门这么卑劣的手段逼一家在明州很有知名度的书店关门。新闻播出了,很多人跑到商场,看到实际情况,对书店的遭遇深表同情。奇怪的是,平面媒体没有一家把新闻登出来,林之光打电话去问沈默。沈默告诉林之光,由于富仁集团是报社的大客户,得罪不起,稿子写好领导说不准发。其他几家,他已帮林之光私下问过了,同样理由。沈默很无奈,也很难过自己帮不上忙。

林之光又想到还有一家媒体,是从北京来的,以"讲真话、办实事、树正气"为名,于是托人找里面的负责人,问能不能报道一下此事。结果人家回答说,不行啊,富仁是我们的大客户,非常有背景,稿子即使写了也不会发,以前有些什么负面新闻,我们都要帮他们搞掉。

放下电话,林之光感到从未有过的沮丧,这家店从开业到现在,投了这么多钱,眼看着可以赚钱了,却要被这无良的企业赶走,这口气怎么咽得下去。可无权无势的小老百姓,面对财大气粗的富仁,犹如鸡蛋碰石头，根本不是对手。

周洋发在论坛上的帖子得到了众多网友的关注，很多网友留言，作为商业城市的明州，卖衣服的店太多，卖书的店太少。而左岸之光书店的特色更让他们留下深刻的印象，希望这家地标性的书店能坚持开下去。

还有网友留言：富仁好找，左岸难寻。富仁可以不存在，左岸一定要存在。

网友们的声援让林之光和周洋很感动，可实际问题依然没有解决。那堵墙，依然在。周洋还不甘心，她在网上找到了富仁集团董事长的微博，给他留言反映这个情况。她很天真地想，这位董事长一定不知道下面发生的事，看到留言说不定会过问一下此事。

周洋没想到她等来了兰女士的威胁电话，说识相点就乖乖撤，不识相的话，等着瞧，后果自负。你们太愚蠢了，看不清形势，不知道跟谁在斗。

这堵墙整整封了左岸之光书店四个月的大门，富仁和兰女士、苟经理赢了，林之光书生式的维权以惨败而告终。书店被迫撤出，所有投资打了水漂，而明州众多的爱书人为失去这么好的一家书店深感惋惜。

三年心血化成灰，林之光和周洋再一次遭受重创。

36

* * * *

谢大军回到谢家村后,就全身心投入种植业中。他请来专业的技术人员指导,又雇了几个工人,在荒坡上种下了大量猕猴桃和橘子树。搭起了简易房,很多时候,他就住在山上,虽然条件非常艰苦,但谢大军却感到从未有过的充实。他给林之光打电话,托他帮自己买些果树栽培及病虫害等方面的书籍,寄到他家里。林之光很快把书配齐,直接快递过去。

谢大军与林之光约定,等猕猴桃成熟季节,让他带着家人一定要到谢家村来。林之光说一言为定。

村里人一开始不理解谢大军,觉得他脑子是不是有问题,明明已经在城里过上好日子,当老板,怎么突然回到村里来种果树?各种猜测,最多的猜测是他破产了。不过后来见他真的在踏踏实实做这件事,也就没有什么闲言碎语了。

这天,谢大军在山上忙活,手机响了,是母亲打来的,说董亚芳带着孩子回娘家,让他下山一趟。

谢大军在犹豫要不要见。他想起周洋以前跟他说过的话,有问题要面对,而不是逃避,于是决定下山。

回到家里,张娟非常激动地说,我在路上看到孙子了,真的跟你长得一模一样。村里人见了,估计又要说什么闲话。不过,无所谓,就是我谢家孙子,又咋的了?

谢大军换上一套干净的衣服,说去下董亚芳家。张娟也想跟去,谢大军让母亲在家等,说如果董亚芳同意,他就带孩子过来坐坐。张娟再三嘱咐儿子,一定要把孙子带回家来,最好能在这里吃餐饭。

谢大军来到董亚芳家,董思军一见谢大军,很惊喜地喊了一声,谢叔叔。又打量谢大军,用少年老成的口吻说,谢叔叔,你现在好黑啊!

谢大军笑着说,因为叔叔在山上种果树,等可以吃了,你帮叔叔来摘。思军,你长高了许多,像个男子汉了。

董思军挥着胳膊说,我妈说我长得太瘦,再壮实点就好了。

谢大军说,只要平安健康就好。

董亚芳盯着谢大军,见他的样子变了很多,皮肤又黑又粗糙,不过人倒是充满了精气神。她已从父母那里了解到详情,对谢大军的选择,内心也是很震动。

董思军缠着谢大军说,我现在就想去山上看。

谢大军把目光投向董亚芳,征求她意见。董亚芳想了想说,去吧,早点回来。董思军开心地欢呼起来。董生康和邵招弟默默地看着这对父子,心情复杂。等两个人走远了,邵招弟突然说了一句,亲生的就是不一样。

谢大军和董思军一起去山上,走到半路上,董思军突然问,谢叔叔,你是不是我爸爸?

谢大军的心一热,停下脚步,微笑着说,思军,你为什么这么问?

董思军很认真地说,我继父跟我妈吵架,我听到了。我已经长大了,应该有权知道谁是我的亲生父亲。

谢大军颤抖着声音说,对不起,思军。他说不出话来了,上前,一把搂住儿子,泪流满面。

董思军明白了,他仰起脸,问谢大军,你真的是我爸爸对吗?那我可以叫你一声爸爸吗?

谢大军抹了一把眼泪,笑着说,是,思军,我是你爸爸,原谅爸爸之前不能认你。爸爸做梦都在想,这辈子不知道能不能亲耳听到你叫我一声爸。

董思军站在那里,一只手紧紧拉着谢大军的手,似乎怕一松开,谢大军就不见了。他轻轻地喊了一声,爸爸!

谢大军再次喜极而泣,紧紧拥抱儿子,不停地说着对不起。

好不容易等情绪平复下来,谢大军抚摸着董思军的脑袋说,儿子,这些年让你受委屈了。

董思军说,小时候我最羡慕别人有爸爸了,问妈妈,我爸爸在哪里,她告诉我爸爸出国去了,等我长大了,爸爸会来看我,我就天天盼着长大。

父子俩边走边说,来到山上,看到这么多果树,董思军很开心,边跑边大声说,爸爸,等我放假了就回来陪你住山上。

谢大军说好,你在山上可以认识很多植物,你也可以帮爸爸干农活。

董思军一脸期待,连声说好。

在山上转悠半天,父子俩下山,谢大军对董思军说,爸爸带你去见见爷爷奶奶,好吗?

董思军高兴地说,好。

当谢大军带着董思军走进家门,谢大军的父母听到孙子叫爷爷、奶奶,激动得老泪纵横,搂着孩子不肯松开,话也说不出来,只会哭。

谢大军把手机给儿子,让他给他妈妈打个电话,说在这边吃好晚饭再过去。董思军照办了。董亚芳听到儿子说在爷爷、奶奶家吃好饭回来,还以为谢大军告诉了儿子这个秘密,不禁有点生气,她怕会对儿子有影响,就让儿子把手机交给谢大军,她有话要跟他说。谢大军接过手机,董亚芳指责他擅自做主,告诉思军的身世,也不跟她商量一下。

谢大军拿着手机走到外面,低声说,思军早就知道我是他爸爸,是他主动问我的。亚芳,孩子已经长大了,既然他已知晓,就没必要再瞒着他。不管怎样,我都要谢谢你,把儿子养这么大了。

董亚芳听是儿子主动提的,就没有再说什么。

张娟为了招待孙子,把冰箱翻了个底朝天,做了满满一桌菜出来,把董思军吃得直喊撑着。

吃好晚饭,谢刚给孙子封了一只大红包。董思军说不要,谢大军说,拿着吧,这是爷爷奶奶的一点心意。见父亲这么说,董思军就拿着红包,很有礼貌地向爷爷奶奶道了谢。

天黑了,谢大军送董思军回外公、外婆家。董思军拉着谢大军的手说,真想和爸爸睡一晚。

谢大军心酸,说等你下次放假回来,如果你不怕吃苦的话,就跟爸住山上去。

董思军说,我不怕吃苦。

到了董亚芳父母家,谢大军跟董亚芳父母打了声招呼,又跟董亚芳和董思军说,你们早点休息,我走了。

董思军朝谢大军说,爸爸,明天见。

谢大军开心地点头说,明天见。

董亚芳和她父母见董思军拿着个大红包回来,快乐又兴奋的样子,也就默认了父子相认的事。

董亚芳在娘家住了三天,就回S市了。她不会离婚,年老的丈夫需要她,她和谢大军的往事早已翻篇。这三天,董思军天天和谢大军在一起,走的时候依依不舍,把谢大军心里搞得酸酸的,他让思军好好读书,等放寒假了再来。董思军说他会用功的。

送走了董亚芳母子,谢大军给林之光打了个电话,说他已经跟儿子相认了,悬在心头多年的一件事终于尘埃落定,从此他就安安心心去做自己想做的事。林之光向谢大军表示了祝贺。

卓慧提出了辞职,周洋同意了。在网络的强大冲击下,左岸之光书店现在只剩下最后两家实体店在苦守。

你有什么打算?周洋关心地问。

卓慧说,我想去开家小书店,兼卖鲜花。

周洋说,现在书店都没生意,你怎么还想着去开?

卓慧说,这么多年在书店工作,感情实在太深,我对其他工作也没兴趣。就想开个小店守着,一半卖书,一半卖鲜花。也没想过要赚多少钱,只要日子过得去就行。

周洋很诚恳地说,虽然我很舍不得你走,但现在的情况你也看到了,那两家店合同到期,我们也只能暂时撤离。天下没有不散的筵席,你去做自己喜欢做的事,很好,为你高兴。如果遇到自己真心喜欢的人,你也该考虑一下。

卓慧很感动,向周洋再三表示了感谢,说这么多年你们一直厚爱于我,在我最困难时给予帮助,我不会忘记,我也想好好去寻找自己想要的幸福。

周洋说不用客气,大家都是朋友,你若有好消息了,别忘了告诉我们。

卓慧笑着说,一定。见林之光不在办公室,卓慧说,我等会给林经理发个信息告别一下。周洋说好。

正在外面办事的林之光收到卓慧的一条短信:"我本云烟,感君信任,多年情谊,珍藏于心,今日离去,后会有期。珍重!"

林之光盯着那几句话,愣在那里。"我本云烟"?难道卓慧真的是他唯一一次网恋的对象云烟?林之光的脑子像飞进了千百只蜜蜂,嗡嗡地响。冷静下来,他仔细回忆,确实发现很多异常。卓慧对工作的尽心,完全是把书店当成了自己的事,不管他叫她去做什么,她都是愉快地服从,从没有拒绝过,也从没有提过任何附加的条件。难怪他和云烟在聊天时,就有一种强烈的似曾相识之感。他想起记忆中两个人那短暂的偎依,她再三问他有没有爱过云烟,终于明白,其实她一直在暗示他,只是被他很大意地忽略过去。林之光不由暗暗庆幸,幸好粗心,不然他怕自己也会像谢大军一样,婚姻破裂,那就不值得了。因为他明白,再也没有比周洋更适合自己的伴侣。

怎么回复?林之光想了想,最后回了四个字,"祝福珍重!"然后按下删除键,把卓慧的信息给删了。回到公司,周洋说卓慧辞职了,她准备去开家小店,卖书和鲜花。林之光"哦"了一声,说没想到,希望她成功。

周洋看了林之光一眼,突然说,你心里是不是很失落?

林之光大惊,连忙否认,说你在瞎说什么。

周洋笑了笑说,我没瞎说,其实我一直知道卓慧对你有好感。一个女人只有爱一个男人,才会什么也不计较地去为他做很多事。不过你这个男人不懂得怎么去爱女人,某些方面感觉还是比较迟钝。

　　林之光的冷汗都快出来了,他没想到周洋洞察秋毫,在旁边看得清清楚楚,可她却什么都没说。如果自己真有些什么事,想蒙混过关,怕是不可能的。想到这里,林之光一脸严肃地说,没有事,你别乱猜疑。

　　周洋走上前,轻轻扭了一下林之光的耳朵说,看你紧张的样子,算你老实,不然我早跟你没完了。还有,你以前的那个女网友云烟就是卓慧,别以为我不知道。

　　林之光瞪大眼睛说,我都不知道,你又怎么知道的。

　　周洋一笑,说我当然知道。

　　林之光不明白了,他说既然如此,你为什么还要让她在公司?你不怕我们两个有什么问题?

　　周洋认真地说,卓慧工作有责任心,肯吃苦,人又聪明,是个难得的管理人才,她喜欢你是她的事,关键是你喜不喜欢她。我相信你,所以才留她在身边。

　　林之光叹服,说老婆,你太厉害了,你是如来佛,我是孙悟空,这辈子别想逃出你的手掌心。

　　周洋斜了丈夫一眼说,你想逃吗?

　　林之光举起双手作投降状,说小人不敢,打死也不敢。

　　周洋得意地说,谅你也不敢。

　　卓慧的鲜花与图书小店开起来了,店名"云烟书屋"。店面很小,她就一个人守着。店门口放着几只白色的塑料桶,鲜花就养在里面。每天早上,会有人把花给她送过来,这是花店开展的新业务,本市范围内,达到多少金额,可以免费送。云烟书屋的书都是她一本本挑选的精装本,在左岸之光这些年,她练就了挑书的好眼光。

胡杨是在晚上散步时无意中发现这家店的,因为离他家很近,结果一进去,发现是卓慧开的。他认识卓慧,也知道她的一些情况,很惊讶。两个人聊了很久,为左岸之光书店这些年的起起落落唏嘘不已。

作为只收精装本的藏书家,胡杨的眼光是很毒的,他把书屋里的书仔细地看了一遍,表扬卓慧书挑得好。最后,胡杨选了几本书带走。

卓慧很感谢胡杨照顾自己的生意,就从塑料桶里拿了一枝红玫瑰送给胡杨,说胡老师,这枝花你拿回家送给夫人,她一定会很高兴。

胡杨拎着一包书,笑着说,我没夫人,光棍一个。

卓慧的脸唰地红了,连声说,对不起。

胡杨说,这有什么好对不起的,又不是你让我当光棍的。

卓慧不禁被胡杨的幽默给逗乐了,她说,胡老师你真有趣。

胡杨摇摇头说,老头子一个,还有趣啥。

两个人又站着聊了好几句,直到有顾客进来,胡杨才拿着书离开,边走边纳闷,今天自己的废话咋这么多?这根本不像他的风格,奇怪了。

胡杨回到家里,看着满满一屋子的书,突然有一种从未有过的孤独感。这些年,他赚了很多钱,房子越换越大,可婚姻却走到了头。王霞无法忍受他长期对她的漠视,在女儿的鼓励下,两个人协议离婚。直到王霞离开,胡杨才醒悟自己这么多年对妻子的亏欠,他想过复婚,可惜王霞不给他机会,他也就死了心,只是赚钱的兴趣不似过去那么大了。

走进书房,胡杨随手拿起一本1993年上海古籍出版社出的布面精装本《司马相如集校注》翻了起来,"凰兮凰兮从我栖,得托孳尾永为妃。交情通意心和谐,中夜相从知者谁?双翼俱起翻高飞,无感我思使余悲。"

今天怎么多愁善感起来了?胡杨微微一愣。

卓慧也在想胡杨,觉得这个胡老师说话挺有意思,真没想到他是单身的。从那天开始,胡杨每天晚上都会在散步过程中,走进书屋来看看,和卓慧聊上几句。

慢慢地,胡杨对卓慧有了那种意思,只是他不能肯定卓慧有没有这个想法,于是有一天,他烧了几个好菜,请卓慧到家里去吃饭。卓慧关了店门去了,一进胡杨家,卓慧傻掉了,她从没有见过哪户人家有那么多书,书柜都是顶天立地的。她说,胡老师,你天天就跟这些书做伴吗?

胡杨说,是啊,书中自有黄金屋,书中也有颜如玉。

卓慧佩服得五体投地,说你太厉害,太让人膜拜了。

胡杨说,有什么用,书呆子一个。

卓慧看到桌上的菜,再次惊讶,说没想到你菜烧得这么好,还说自己是书呆子。

胡杨说,烧菜简单,一个人生活也要讲究品质嘛。

他请卓慧坐下,给她倒了一杯鲜榨的果汁,两个人边吃边聊。胡杨第一次问卓慧的情感,他说,如果介意的话,可以不说。

卓慧一笑,说都过去好多年了,没什么好介意的。于是就从她的19岁讲起,一直说到现在。

胡杨没想到卓慧的经历这么坎坷,非常同情。他也说了自己的情况,一个人和书过日子,有时候虽感觉寂寞,但也习惯了。给卓慧添了点果汁,胡杨说,小卓,你也是个苦命人。

卓慧从没有听到过这么暖心的话,眼泪突然就出来了。胡杨把餐巾纸递给她,轻声说,一切都会好起来的。

胡杨试探着问,你有没有考虑过再婚?

卓慧沉默了,她的脑海里闪过林之光的身影,这个男人牢牢占据了她的心,哪怕在西藏的时候,她和老板睡在一起,想的还是林之光。她不是傻瓜,自然知道胡杨的意思,只是现在她还没有想好要不要再次走进婚姻,因为她还没有爱上眼前这个男人。她希望自己的第二次婚姻,是因为爱走在一起,而不是其他。

对不起,胡老师。卓慧抱歉地朝胡杨笑了笑说,我暂时没考虑。

胡杨明白了,心里不禁有些失落,不过又很快释然,说,这个讲究缘分,缘分来了推也推不开。

卓慧说,是的,是你的总是你的,不是你的强求也没用。

胡杨说,以后你就把我当大哥,有什么事需要帮忙的,只要我办得到,一定帮你。

卓慧感动地说,谢谢胡大哥!

走出胡杨家,卓慧抬头看了看天空,她想,如果真的能把一个人一辈子放在心上,见不见面又有什么关系?这是她一个人的事,与他人无关。更何况,她还有安安。想到安安,卓慧马上决定去一趟罗家,看看公婆。虽然,吴领娣一直没有原谅她,但态度比过去缓和多了。卓慧相信,精诚所至,金石为开,总有一天,罗家人会重新接纳她。

37

* * * *

自从 2012 年两家实体书店关掉后,林之光一直存着重新出发的念头,2013 年下半年,他接受位于明湖边的明州财富商业广场的邀请,决定开一家集图书、饮品、鲜花、杂货于一体的"左岸之光"书店,面积 200 多平方米,总投资 130 万元。

周洋非常认真地对林之光说,如果这家店再以亏损关门,以后就不要再提开实体店的事了,这可是全部的身家。要知道,这么多年,为了开书店,林之光还没有换过车,就换了一次房,还是周洋做的主。林之光信誓旦旦,一定要把这家店开成功。

合同签了三年,第一年房租 60 万元,接下去每年以百分之十的幅度涨价。周洋预算了一下运营成本,至少要 10 万元一个月,巨大的压力让她的心情无法轻松起来。为了林之光的心愿,周洋也豁出去了,把第一套房子卖掉,投入到新店中。

装修、招营业员,周洋身边已无得力助手,只好事事亲自出马。这么贵的房租,关一天就是巨大的损失,所以装修不再像富仁店那样讲究,而是简装,做了一些书柜,吧台,隔了一个小间出来放货等,加强了实用性。考虑到以后要搞活动,林之光还是坚持留出了一部分空间,放了一张长条桌和一些椅子,可以供读者坐。

左岸之光书店重新开业了，这个消息让很多喜欢书店的老顾客又重新涌了过来。王青山来了，听说这店的运营成本这么高，提醒林之光，说你这次投资还是有点悬。

林之光说，我有信心。

周洋看了林之光一眼，对王青山说，没办法，不让他开这店，他整夜睡不着，我只好咬咬牙再陪他玩一次。这次如果店开不下去，以后就别想再开了。

王青山说，周洋，之光好福气，找了你这样一个老婆，那么支持他，真的太不简单了。

周洋说，有什么办法？一条船上的。

这时，林之光看到一张熟悉的脸，高兴地迎了上去，大军，你什么时候来的？

谢大军现在的样子已从一个文弱书生变成了劳动人民，身体看起来比以前结实多了，他说，刚到不久，就先过来看看你们。

转了一圈，谢大军眼里流露出羡慕的神情，说之光哥，你这书店也够有特色的，真好，希望这次能开得长久一些。

林之光说，努力吧，我已经押上全部家当了。

又问谢大军情况，他说挺好的，果树长势良好，明年开始就有收益了，每天过得很充实。

周洋插话道，大军，你现在还写诗吗？

谢大军笑着说，写，在山上没事干的时候，就看看书，写写诗，已经有厚厚一本了，等条件成熟了去出本诗集。

周洋说，到时候别忘了送我一本，我都几百年没写了。

林之光说，你现在哪有心情写诗，大军人家是过陶渊明的生活。

谢大军说，不同的生活方式，只要自己喜欢就好。

左岸之光书店的灯再次亮了起来,林之光清醒认识到现在的大环境跟过去完全不一样,这个时候的明州,可供选择的文化娱乐越来越多,图书馆的服务走向精细化,网上书店多如牛毛,特别是几家大型的网络平台,做图书完全是一副烧钱的样子,价格非常优惠,实体书店越来越没有优势。经典图书的销量下降厉害,即使很努力去推,一个纯文学作家的作品,根本无法跟畅销的网络作家比。

周洋每天盯着日报表发愁,她对林之光说,如果不靠鲜花、饮品与杂货的销量,只有图书的话,这店三个月都坚持不下去。可就算有那些利润填充,每个月还是亏,只不过是亏多亏少的问题。

为了把图书的销量搞上去,书店推出了会员卡,办张会员卡可以打七五折,这个价跟网上的差距不大,而对书店来说,几乎没有了利润空间,只不过为了跑量而已。可惜效果不大,因为现在的人越来越依赖网络,在电脑前和手机上可以完成的购物,就不想到实体店多花一点时间。对那种现场的体验感,不再在意。

林之光心里虽然也在忧心这次投资的最终结果,可不到最后一刻,他还是不想放弃。夫妻俩绞尽脑汁,尽量减少成本,不放过任何一个促销机会,可除了周六、周日人多些,平时人还是比较少。请作家讲座、签名售书,除非是畅销书作家,一般名气的,再也难以出现排长队买书的现象。

林之光不得不承认,这次投资想收回成本太难了,他的实体书店梦最终的结果恐怕只能梦醒。可他仍想坚持,因为这是他的理想。

随着网络遍布城乡角落,时代大势,势不可当。虽然林之光和周洋费尽心力,想保住这最后一颗实体书店的硕果,可还是没有用。2016年冬季,特别地寒冷,合同到期,左岸之光书店在坚持三年后,再次悲壮落幕。

周洋和林之光提前半个月在微信朋友圈发了一个悲情通告,配上店里的一张图片,打上所有货品全部打折处理的文字,很多人都在自己的朋友圈转发。

左岸之光书店,再次成为人们注目的焦点。

那半个月,是左岸之光开业以来最热闹的半个月,每个人怀着不同心情过来,有的是想捡点便宜货,有的是来与书店做个告别,有的纯粹看热闹。各种各样的人都有。来拍照留念的人不少,周洋自己也拍了好几张,心里是无限的感伤。

林之光一个人坐在办公室里,回忆这一路走来的风风雨雨。开了这么多年的实体书店,曾经辉煌过,没想到最终是以这种方式画上句号。他是个失败者,从起点到终点,画了一个圆圈,他又回到了起点。这是一场梦吗?可他明明能清晰地感受到心中的疼痛。

林之光在想他身边的人,每个人都在寻找自己的方向和位置,而他的这些经历也是人生必须要经历的,既然实体书店没有了市场,那就好好把网上书店做好,好歹仍在这一行业里。他实在是太喜欢了,无法割舍。

左岸之光书店最后一天营业,林之光和周洋早早就来到店里,经过半个月的清仓处理,书少了些,几个杂货架上有一大半的货已没了,鲜花没有了,只剩下装饰用的几瓶干花在角落里,显得那么的落寞。

夫妻俩站在那里,谁也没有说话,心情沉重。三年的努力与坚守,最终还是一场空。

以后我们就好好做网上书店。周洋轻声说。

是,我们把网上的左岸之光开好也一样。林之光振作精神说。

最后一天,来的人特别多,多多少少都带点东西走。或一本书,或一只花瓶,或一本笔记本,作为一种告别的纪念。

卓慧来了,看到林之光和周洋,轻声说,我过来拍几张照片,在左岸之光书店工作了这么多年,我还没有一张书店的照片。

周洋跟着拿出手机,说我也拍几张,以后怕再也不会开实体书店了。

卓慧说,那也不一定,说不定哪天左岸之光书店又重新开业了。

林之光笑了笑说,借你吉言。

卓慧走了,林之光看着她的背影,发现自己无法把那位叫云烟的网友和与他偎依过几分钟的卓慧,再与这个背影联系起来。他想一定是记忆出问题了,他从来都没有过那样的事,一切都是臆想出来的?想到这里,又看忙碌的周洋,告诉自己,这个女人才是他今生的幸福。

微信朋友圈里,不断有人在发左岸之光书店的现场图片,哀悼又一家实体书店在网络时代被无情终结。

沈默过来了,他已离开报社,成立了一家出版传媒公司,和出版社合作,专门从事策划、编写地方志等方面的工作。他对林之光说,做这个比较有意义,一本好的地方志有留存的价值。明州有着丰厚的历史文化底蕴,这里有很多古村、古桥、古寺,有太多的文章可以做。最近在编几个乡镇的镇志,忙得都没时间来看你们。

林之光说,没事,这样的告别我也不想让你看到。

沈默抬起头,盯着"左岸之光"四个大字,说你别灰心,我相信在不久的将来,这四个字又会在明湖边亮起来。别忘了,这店名还是我们两个人共同取的。

林之光的眼前又出现了公园路上左岸书店第一天开业的情景,小小的店堂挤满了顾客。他和张勇一个收钱一个招呼客人,每卖掉一本书，那颗心就激荡一下，从早上到晚上关门，一整天都处在亢奋状态。现在张勇已是一家旅行社的老总，有了自己的事业。而他从踏进书业那天开始，就一直没有离开过。这辈子，他真的跟书杠上了，起起落落，从不曾后悔过。

几乎同时，王青山的山外山书店却开出了第二家分店。林之光去取经。王青山说，之光，你最大的错误是有钱的时候没有置业，而是花在房租和装修上。你看我，店面是自己的，成本大大降低，除了书，还有各种文创用品，照样可以生存。再说现在政府在大力提倡全民阅读，文化客厅、阅读空间、社交平台，以阅读为主题的活动越来越多，书店积极参与有好处。还有扶持政策，只要符合要求，每年能得到一定数额的资金补助，多动动脑筋，要活下去并不难。

林之光说，性格决定命运，很多方面我确实不成熟，需要好好反思、总结。

王青山说，明州的民营书店里少了左岸之光还是有些遗憾，等着你重新再来。

手机响了，谢大军打来的。他说他进城来了，想见林之光一面，问林之光有没有空。林之光说有空，两个人约在一家咖啡馆见。

经过几年的辛勤付出，再加上网络销售，谢大军种植果树取得了很好的经济效益，可他仍不忘写诗，这次进城，就是送书稿到出版社，他要自费出一本诗集。

林之光很为谢大军的今天高兴，两个人说起当年第一次在书店聊天的情景，犹如昨日。只是说到现状，林之光有点黯然神伤。

谢大军说，之光哥，这真的算不了什么，再说你也不老啊，人家六七十岁重新创业的都有，怕什么？你最清楚我这一路走来了，哪有那么多的一帆风顺？我很庆幸那时的当机立断，如果一直没改变，估计现在都不知道上哪混了。在做出那个决定之前，我也不知道自己居然有这样的潜力，可见很多时候我们都无法正确认识自己。

林之光喝了一口咖啡说，你说得对，这段时间也在思考自己失败的原因。虽说实体书店的衰落跟时代发展、网络的冲击、人们的购买与阅读习惯的改变分不开，但归根结底还是我自身的原因。如果我不贪多贪大，盲目扩张，用赚来的钱买几间店面，用来开书店，不受房租涨价的压力，就不会是今天这个结果。没有了房租的压力，复合型的书店一定可以生存下去。可惜我明白得太晚，每次赚到钱，都是马上投到新店去，甚至负债去开店，开不下去了就关掉，仅装修费和房租损失就是一笔巨大的数字。

谢大军是懂林之光的，他问，之光哥，你是不是还想着开实体店？

林之光叹了一口气说，想有什么用，周洋已经表态，再也不支持我开店了。她真的受不了了，这些年确实太辛苦她，更何况现在的经济状况也不允许我再去投资上百万开家书店。

谢大军沉吟道，之光哥，来个约定，如果一年后，你仍然想着开实体书店，而我也有能力帮你，那我们合作。你出51%，我出49%，我不参与任何管理，所有的事都由你做主，如果赢利，你给我分红，亏了我们一起承担。

林之光的眼睛瞬间又亮了起来，他说，真的？

谢大军笑着说，当然是真的，我也一直有书店情结啊！我想再过一年，我的果园应该会有不错的收益。现在网络销售这块很好，我接下去会跟人合作在山上搞农家乐，可以赚周末经济的钱。我已经在果园养了一百只土鸡，自由放养，猪也养了好几头。

林之光朝谢大军竖起大拇指说，兄弟，你真的让我刮目相看。

两个人又畅谈了一番美好的前景,把林之光心中的阴郁一扫而光。

谢大军告诉林之光,林夕儿再婚了,找了一位离异的老师,对方也有一个女儿。他说,这次,大概她找到真命天子了。

林之光"哦"了一声,对谢大军说,你有合适的也该考虑一下。

谢大军笑着说,我太忙,哪有时间想这些!再说,现在农村年轻人太少,更不用说年轻女人。还是顺其自然,先创业要紧。

林之光说,我还以为你会跟林夕儿复婚。

谢大军摇摇头说,有些人分开了就是一辈子,就像我跟亚芳,错过就错过,再回来也不是从前的那个人了。对了,思军在上海读大学,这孩子是块读书的料,他的生活费和学费现在由我负担。每年放假,他都会到谢家村来看我,平时我们父子俩也有视频,微信聊天,我很知足。

林之光回想谢大军的这二十多年经历,不禁感慨万千。他说,做人的乐趣,可能就在于我们永远都不知道明天会发生什么,未知的乐趣。如果一出生,就知道你会遇到哪些事,那太没劲了。

谢大军笑着说,有一件事生下来我们就知道。

林之光立刻明白他的意思,摊了摊手说,不止一件,生、老、病、死,四件大事。

谢大军把杯中最后一口咖啡喝了,说,之光兄,我今天还要去办点事,不请你吃饭了,下次来明州再聚,有空欢迎你们到谢家村来玩。

林之光站起来说,好,一定去。

走出咖啡馆,谢大军朝林之光挥手,说,别忘了我们的一年之约。

林之光大笑道,我会牢记在心,一年后找你。

　　走出咖啡馆,林之光抬头看到商场外墙的广告显示屏上在滚动播出"一人一艺,书香明州"的活动消息,而不远处有一幢高楼,上面挂着醒目的"明州书城"四个大字。他的脑海闪过小时候去母亲工作的新华书店的场景,那个狭小的空间里,摆满了领袖的石膏像,墙上挂着领袖的画像,柜台里摆着毛选,他的目光穿过这些阻碍,贪婪地盯着另一个柜台里的小人书,心想如果可以让我随便看书就好了。转眼这么多年过去,他早已实现了童年时期的小小心愿。他想,也许开书店的梦想种子,就是在那一刻埋下的。左岸之光,是他心里的一盏精神明灯,他要它一直燃着,无论散发着多么微弱的光,只要有光就好。

　　林之光开着车,朝公司驶去,他要告诉周洋自己真实的想法。他想,周洋一定会继续支持他去追逐心中的梦想……

尾　声

* * * *

2018年一个春光明媚的日子,林之光和沈默开车来到谢家村。谢大军高兴地迎接两位的到来,三个人一起走向谢家山。

站在山顶,吹着舒爽的春风,三个男人思绪万千。

林之光对谢大军说,我现在终于明白你为什么要回来,站在这里,心胸就开阔。没有了城市的喧嚣,人就会安静下来。也只有安静下来,才能看清自己真实的内心,才会明白自己到底要什么。

谢大军遥视着前方的青山说,确实如此,我喜欢站在山顶,当我第一次认真思考自己的人生,才发现哪些路走错了。其实我对物质的要求一向不是很高,我更注重精神的追求。我喜欢这片土地,不要以为植物不会说话,错了,它们有它们的语言。当我蹲下身去倾听,就能找到灵感的源泉。夜深人静之际,站在月光里,就能听到天籁。这些,在城里根本不可能。

沈默说,虽然我们三个人职业不同,但事实上是同类,都注重精神追求。我很庆幸自己没有陷在无爱的婚姻中自暴自弃,也庆幸自己在不断改变中成熟。现在我跟大军一样,也是把所有的精力都投入到事业当中。我们不但要追寻个体的生命价值,还要让所做的事有社会效益,这样路才能越走越宽。

谢大军接过话头说，我很开心这些年心血没有白费，现在的谢家村依托这漫山遍野的果树，村民们都富裕起来。我们办起了农家乐和民宿，城里人最喜欢我们的土鸡、土鸡蛋、土猪肉，还有各种土特产。他们到这里玩了吃了，还要带一些走，通过微信朋友圈就可以把生意做起来。你们看山下的村庄多漂亮，新农村建设，家家户户房前屋后种起了花木。再过个一年半载，吃住行一条龙服务会更加成熟。把谢家村打造成大明州的后花园，这是我的理想。

沈默说，大军，说实话，当初你的这个选择真出乎我的意料，看到你今天这个样子，真为你高兴。人活着要有目标，这样的人生才有质量。

林之光说，有梦想，并坚持去做，这过程本身就很有意义。

谢大军和沈默同时问林之光，你呢？准备再次在明湖边点亮你的左岸之光吗？

林之光目光坚定地说，是，我不会放弃，一定要在明湖边再次点亮左岸之光的灯……

2018 年 7 月 3 日初稿于大理
2018 年 12 月 9 日定稿于宁波